Maman a un amant

CALIXTHE BEYALA

C'est le soleil qui m'a brûlée	*J'ai lu* 2512/2
Tu t'appelleras Tanga	*J'ai lu* 2807/3
Le petit prince de Belleville	*J'ai lu* 3552/3
Maman a un amant	*J'ai lu* 3981/3

Calixthe Beyala

Maman a un amant

Éditions J'ai lu

Oh, l'Amie, je veux te raconter une histoire, une histoire tel un chemin dont on ignore l'itinéraire et qui traîne ses hésitations. Et si ma raison parfois frôle l'abîme, j'accouche, insatisfaite, de ces lignes sans pitié.

Sache, l'Amie, que l'hiver reprend ses droits. J'ai un demi-siècle. C'est dur de vieillir. Ma vieillesse me contemple dans une glace comme un monstre dont je ne vérifierai jamais la tournure.

Parce que, l'Amie, je n'ai plus aucune chance! Aucune chance ou rien.

C'est le chant de l'exil qui me dicte ces syllabes.

Son sang mêlé à mon corps se traîne dans mes souvenirs.

Ses ongles ont creusé des crevasses dans l'amas de chair qui dit l'histoire suspendue.

Mes répertoires se rétrécissent.

Je suis réduite à l'indifférence ou à mon plus petit dénominateur.

A moins que ces fondations si vacillantes, creusées à des profondeurs si inexactes, ne soient d'une utilité dont je ne saurai jamais mesurer l'effet sur mon bonheur.

De souvenirs en illusions, je construis un monde en faillite.

Car je viens d'un pays planté de lianes qui pendent dans mon corps.

M'ammaryam
(Mémoires de M'am, traduits du bambara par Mamadou Traoré, dit Loukoum)

La liberté des femmes, c'est de la mauvaise graine. Elle pousse n'importe où, même entre leurs cuisses.

Ce n'est pas moi qui l'ai dit, c'est mon papa.

Et la première des choses que je peux vous certifier, c'est que M'am a un AMANT.

Pour être une nouvelle, c'en était une. Elle a même créé une certaine sensation. Elle a dégringolé les escaliers. Elle s'est retrouvée au café de Monsieur Guillaume où toutes les informations se réunissent. Elle s'est ensuite dispatchée dans les tribus-nègres-bellevilloises. Elle traînait partout, répandant ce qu'il y avait à répandre. C'était si sensationnel que les Nègres en sont restés la langue dehors, les yeux sortis de la tête. Ce qu'ils entendaient, c'était à ne pas y croire. Une intox ? M'am n'est pas député. Elle ne peut pas se mouiller et rester au sec comme bébé Pampers. En outre, les Nègres de Belleville ne se shootent pas à la pipe de chanvre. Ils ne dérivent pas. Ils ne rêvent pas les yeux dans le vague. Non ! C'est pas leur truc. Leur dada, c'est plutôt marcher dans les sillons tout tracés. Toucher du dur, du palpable. Tenaces.

Il n'y avait pas l'ombre du doute. M'am a un AMANT ! « Khaïe ! Khaïe ! Khaïe ! Walaïe ! » Certains tapaient dans leurs mains. D'autres frappaient leurs cuisses et rigolaient. Ils ne se fendaient pas la poire pour de vrai, bien sûr! vu qu'il n'y avait pas de quoi. Il faut comprendre.

Ce sont des gens vachement ordinaires, des gens de rien, avec seulement leurs petites affaires, avec seulement leurs pets, leurs bâillements et le goût de cola dans la bouche.

Il faut comprendre et pardonner quand on peut. C'est vrai, quoi! Il ne faut pas commencer à compter avant mille pour qu'une femme musulmane titrée s'adonne à l'outrage public. Et encore! C'est le genre de scoop à te faire courir dans le soleil sans savoir où se trouvent ta bouche et ton trou du cul.

Mais ce n'est pas arrivé d'un seul coup, comme des catastrophes naturelles sur lesquelles tu ne peux pas compter.

D'abord, il a fallu aller en vacances. C'était la première fois qu'on se tirait de Paris vu qu'être payé à se mettre le cul au soleil n'est pas donné à tout le monde. Mais nous, on était plus n'importe quels Nègres. On avait gravi les échelons. M'am avait son affaire de bracelets exotiques. Papa se laissait vivre et n'engraissait pas. On s'habillait chez Tati, et la fripe, on la balançait à la poubelle municipale. Et, comme dit l'intellectuel Ndongala : « Nous avons quitté l'hémisphère des mortels Lambda pour nous catapulter sans écraser l'accélérateur en première page des journaux. »

Vous vous souvenez de l'histoire de ce Nègre qui faisait des fausses déclarations et qui a niqué les allocs de plusieurs millions de francs? Ça a fait un raffut du tonnerre! Il fallait être aveugle pour louper le scoop : « UNE FAMILLE D'IMMIGRÉS FAIT DES FAUSSES DÉCLARATIONS ET DÉTOURNE PLUSIEURS MILLIONS DE FRANCS. »

Mais j'ai oublié de me présenter, car il faut toujours se présenter pour se faire inviter aux anniversaires :

Nom : Mamadou Traoré.

Pseudonyme : Loukoum.

Âge : Dix ans officiels; et douze saisons pour l'Afrique. Tout ce mic-mac, c'est pas de la triche bien sûr! C'est juste pour ne pas être plus vieux que tout le monde dans la classe!

Père : Abdou Traoré. Profession : balayeur de France au chômage.

Mère gynécologique : Aminata. Profession : prostituée en semi-retraite, chanteuse d'occasion. Et accessoirement épouse de l'oncle Kouam. Elle m'a confié à mon papa alors que j'avais six mois vu qu'elle ne pouvait pas s'occuper de moi parce que j'étais un accident de la nature. Je ne la connais que depuis deux ans. Elle a débarqué chez nous et elle a dit : Rendez-moi mon fils! Comme si c'est pas malheureux ça de s'amener et de réclamer son fils sans payer d'intérêts au bout de dix ans? Mais je ne suis pas là pour vous parler de ça, d'ailleurs j'ai déjà tout raconté dans *Le Petit Prince de Belleville*.

Mère officielle : Maryam, dite M'am. Première épouse de père. Profession : vendeuse de bracelets.

Mère adoptive : Soumana. Deuxième épouse du père. Décédée par chagrin.

Sœurs : 1° Fatima, sept ans, aussi peste et têtue qu'un syndicaliste.

2° Aziza, quatre ans, rapporteuse. Elle répète tout ce qu'elle entend, un vrai perroquet, je vous le jure!

3° Sorraya, deux ans et demi, premier prix de la meilleure pleureuse du monde.

Langues parlées : bambara, français.

Langue écrite : français, appris depuis peu grâce

au concours de ma maîtresse préférée, Mademoiselle Garnier et de mon copain Pierre Pelletier, fils de médecin français.

Toujours est-il que pour les vacances, j'étais heureux à chialer. Il y avait du remue-ménage dans ma tête et, là encore, la nature est intraitable et ton cœur bat à une telle vitesse qu'il te précède partout où tu veux aller. Si bien qu'en voulant garder le secret, les mots sortent d'eux-mêmes de ta bouche. C'est les lois des organes. Ils prennent leur indépendance. Et quand j'ai annoncé à mon copain Alexis qu'on partait, il en est resté le cul sur le ciment.

— Tu te rends compte ? je lui ai dit. Cannes, c'est pour les milliardaires. Il y a le ciel, la mer, des forêts de lilas qui répandent gratuitement le bonheur, des lords anglais et des princesses de Monaco qui s'battent en caleçon sur les plages. Peut-être bien qu'elles pourraient me remarquer ?

— Te fais pas de mauvais sang, il m'a dit. Paraît qu'y a que le TGV qui leur soit pas passé dessus. Si tu rates ton coup, tu serais vraiment le dernier des ploucs !

— Ouais, mais de toute façon ça coûte rien d'essayer.

— Faut pas essayer, il faut y aller franchement avec les gonzesses, sinon, elles te prennent pour un con !

— Ah !

— Tout à fait, mon cher ! Moi, je joue les occupés ailleurs, genre celui qui n'en a rien à cirer. Et elles tombent toutes dans le panneau, j'te jure !

Je connais Alexis depuis ma naissance. Il y a deux ans, nous étions dans la classe de Mademoiselle Garnier. Il est turbulent et toutes les maîtresses le détestent. Il a des façons de parler qui personnellement m'amusent. A l'écouter, on dirait qu'il a une queue avec des reflets magnifiques comme un coq et un poulailler bien garni.

Pour dire vrai, Alexis est un petit Blanc de couleur de l'Assistance, sans provenance ni étiquette. Un zèbre. Mon papa dit qu'à sa tête, c'est un enfant de Blanc avec une putain de Négresse. Mais tout le monde l'aime bien et nous sommes frères de sang.

Monsieur Guillaume l'a adopté et il l'élève sans trop se poser de questions. Monsieur Guillaume ne sait même pas si Alexis est sénégalais, malien ou camerounais. Il dit que pour lui, la couleur de la peau ne compte pas, que tous les hommes sont égaux, sauf les cons, et que si les Noirs se cassent la gueule, c'est justement parce qu'ils se croient différents.

On était début août, fin de journée. Il faisait chaud. Dans la rue J.-P.-Timbaud, les immigrés montaient et descendaient sans utilité. D'autres étaient assis à la terrasse des cafés. Ils parlaient. Ils se taisaient. Ils regardaient les jeunes filles passer. Quelques-uns commentaient le cul bas d'une gonzesse ou la démarche de l'autre. Ils rigolaient. Les immigrés raffolent du sexe. Ils en parlent tout le temps. Il faut comprendre. C'est plus facile pour eux d'en parler que de faire, vu que cent cinquante balles la passe, ça coûte la peau des fesses. Et comme leurs femmes sont restées en Afrique pour raisons économiques, ils s'ennuient.

Planqués dans des coins, des clochards étaient cramponnés aux bouteilles de vin dont ils avaient sucé jusqu'à la dernière goutte. Ils sont plus sales que vous et moi. Ils sont rancuniers et ne veulent pas se soumettre à la société. Alors, ils raclent le trottoir des pieds pour bien signaler leur présence.

De sa fenêtre, Sidibé, un Sénégalais bien franchouillard, écoutait de la musique. Il avait un walkman passé dans sa ceinture.

Je n'aime pas la gueule de ce type. Il est affilié politiquement à la bande à Moussa qui est toujours kickée dans les paradis artificiels qu'elle s'offre en tirant des larfeuilles.

Mon copain Alexis dit que la drogue est une question de point de vue. A mon avis c'est une cochonnerie pour t'expédier pieuter plus vite auprès d'Allah. Mais je ne veux pas débattre du sujet vu que c'est aux hommes politiques de s'engueuler à notre place car ils sont payés pour tourner à gauche ou à droite.

— Moi aussi, j'aimerais bien aller à Cannes et profiter de la vie pendant qu'il est encore temps, a dit soudain Alexis.

— Et pourquoi que vous n'y allez pas? j'ai demandé.

— Avec tous ces gros cons qui se prélassent à l'hôtel des impôts et qui attendent que mon papa ait arraché un malheureux nickel au comptoir pour lui tomber dessus comme des moineaux sur un crottin d'avoine, il peut même plus se payer des vacances bien méritées.

— M'est avis qu'il devrait faire quéque chose. Il faut bien qu'il ait un peu d'à-côté pour les vieux jours.

— T'inquiète pas, mec. A ce rythme-là, il va s'enrager et se porter aux élections.

— Hé, morpions, qu'est-ce que vous faites dans la rue à cette heure-ci?

C'était Monsieur Guillaume. Il portait une salopette sur une chemise à rayures et un faux col dur avec une cravate qui passait sur le devant de la salopette. Il avait laissé pousser ses quatre cheveux broussailleux, juste au-dessus des oreilles. Monsieur Guillaume a beaucoup changé. Quand il s'est tourné vers nous, il m'a fait penser à un type qui gueule après les autos dans les embouteillages.

— Loukoum se tire à Cannes avec ses parents, a répondu Alexis.

Monsieur Guillaume est resté là comme un pedzouille. L'information tombait tous ses sens. C'est pas tous les jours que des Nègres de Belleville se tirent à Cannes !

— Nom d'une pipe ! a fait Monsieur Guillaume. Le vieux a gagné au loto ou quoi ?

— C'est M'am qui paye, j'ai dit.

— Grand Dieu ! Il faut l' voir pour l' croire ! s'est exclamé Monsieur Guillaume.

Il est entré dans son café, comme mû par un moteur. Toute la tribu nègre était réunie. L'intellectuel Ndongala, mon oncle Kouam, Monsieur Kaba et bien d'autres que je ne peux pas tous vous citer avant l'an 2000. Et ça faisait du noir là-dedans.

Monsieur Kaba nous vient de la Guinée. C'est le monsieur le mieux habillé de France. Il a des chemises roses, des cravates et des bagues en or et en diamant à chaque doigt. C'est le plus grand maquereau noir de Belleville. Il est accompagné de son garde du corps Richard Makossa et de deux filles. L'une d'elles s'appelle Tatiana. Ce n'est pas une vraie fille, bien sûr ! Elle était athlète de son état à Ouagadougou et s'était recyclée dans la prostitution pour ameuter la clientèle. L'autre fille, c'est M'amzelle Esther, je la connais bien, elle a des cheveux rouges, des yeux de Prusse, bleus comme la mer, et elle porte une barboteuse très écourtée avec une ceinture de cuir noir haute de dix centimètres, ornée de motifs dorés, et des bottes en plastoche. Ses seins pointent comme deux lances. La vérité vraie vraie, c'est que cette gonzesse avec son minois chaton a plié mon papa dans sa poche et lui a collé un bébé dans le dos. Il s'appelle Abdou Junior. Je ne le connais pas. Il vit dans sa banlieue de Clermont avec sa grand-mère pour se protéger de l'Assistance. C'est vrai qu'en dehors des infirmières qui vous tâtouillent partout pour un oui ou un non, il n'y a pas pire qu'une assistante, je vous jure! Elles arrachent les mômes à leurs mères pour s'en occuper malgré elles.

Dès que nous sommes entrés, Monsieur Guillaume a posé la main sur sa tête et il a crié :

— Hé, les gars, devinez quoi!

— Le Pen a perdu sa cervelle? a répondu Monsieur Makossa.

— C'est pas un scoop, ça! a fait M'amzelle Esther. Même le roi des cons sait que ce type est dingue!

— Je parie cinquante contre vingt que j' te trouve la réponse en moins d'une minute, a fait Monsieur Kaba.

— Ah, que non! a fait M'amzelle Esther. Tu vas pas gaspiller tout le fric que je gagne à la sueur de mon front dans des paris stupides!

— Boucle-la, crétine! C'est une histoire entre hommes, a répliqué Monsieur Kaba.

Monsieur Guillaume a passé sa grosse langue sur ses lèvres, il a lorgné M'amzelle Esther, puis il a dit :

— Un tour de passe à l'œil.

— Hé, le vieux, a dit M'amzelle Esther, rembobine ta langue ou tu vas mouiller ton plastron.

— Hein? Moi... Heu... Non. J'attends que Kaba accepte le pari, point.

— C'est ça! Autant crever, a riposté M'amzelle Esther.

— T'emballe pas, petite, a fait Monsieur Kaba. Voilà près de deux ans que tu es comme qui dirait de la famille. Et ici, tous les Nègres se partagent tout. N'est-ce pas, les mecs ?

— Ouais ! ont répondu les Nègres.

M'amzelle Esther a bâillé et elle a dit :

— Doux Jésus ! Quelle bande de tarés !

— Alors ? a demandé Monsieur Guillaume.

— Mitterrand raccroche son imper, a répondu Monsieur Kaba. Bon... J' décroche...

Monsieur Guillaume s'est tu un instant, puis il a dit :

— Les Abdou se tirent à Cannes !

— Quoi !!! ont hurlé les Nègres en chœur.

— M'am lui paye des vacances à Cannes.

— Pas possible ! J'en reviens pas.

— J' te l'avais bien dit, a fait mon oncle Kaba en dressant son majeur sous le nez de Monsieur Guillaume. Je t'avais juré que cette femme-là irait loin à se dépatouiller pour son mec toute la journée. Pas comme ces... ces...

— Oh, la ferme ! a crié M'amzelle Esther, les yeux pas commodes pour un sou.

— Écoute comment qu'elle me parle, celle-là, a fait Monsieur Kaba en envoyant une giclée de fumée dans le ciel.

— Hé ! hé ! je te l'avais dit, moi, que ce genre de nanas du seizième, ça n'aime que le vison et le caviar, a fait Monsieur Guillaume en rigolant. Dire que je l'ai gagnée au pari, quel bon temps je vais m'offrir !!! hé ! hé !

M'amzelle Esther s'est tournée vers Monsieur Guillaume et elle a mis ses mains sur ses hanches. Elle a dit :

— Si t'as envie de baiser, vieux, va au bois.

Monsieur Guillaume est resté figé, la langue pendouillante, et les Nègres ont éclaté de rire.

— Mais, Esther, a fait Monsieur Guillaume, j' peux pas y aller, vu que les socialos n'aiment pas le bois. D'abord, ils ont chassé les Brésiliens et maintenant ils chassent les Maliens. Aie pitié d'un pauvre vieux qui se crève d'amour !

M'amzelle Esther a feint de ne rien entendre. Impassible, elle a ondulé voluptueusement des hanches et elle est passée sous mon nez. Son parfum puait drôlement bon. C'était tellement chouette que je préfère ne pas vous en parler par mesure de sécurité avant que quelque chose ne s'enflamme dans ma culotte.

Inch Allah !

J'ai quitté le café de Monsieur Guillaume, et j'ai fait le tour de Belleville pour lui dire au revoir. C'est vrai, quoi, depuis que je suis né, je n'ai jamais quitté le 75020. J'ai pris rue de Ménilmontant, rue des Couronnes, et j'ai bifurqué rue de Belleville. Je chantonnais. J'avais du bonheur dans ma gorge. Je roulais des yeux au ciel, je faisais des bruits de tétées avec ma langue, et j'avais du coton tout autour de moi. Monsieur Mohamed l'Algérien m'a vu, il m'a interpellé :

— Ça va, mon p'tit Loukoum ?

— Ça va, Monsieur Mohamed.

— Et ton père, ça va ?

— Ça va, Monsieur Mohamed.

— Et ta mère, ça va ?

— Ça va, Monsieur Mohamed.

— Et tes sœurs, ça va ?

— Ça va, Monsieur Mohamed.

— Inch Allah ! Loukoum. Dieu est grand !

— Inch Allah ! Monsieur Mohamed. Dieu est tellement grand que nous on se tire en vacances.

— Inch Allah ! mon p'tit. J'irai à La Mecque cette année pour remercier Dieu.

— Tu fais bien, Monsieur Mohamed, c'est toujours ça de gagné et Dieu nous réserve des surprises au moment où on s'y attend le moins.

— T'es vraiment sage, mon p'tit. Qu'Allah te protège !

— Inch Allah !

J'ignorais encore qu'en vacances M'am se dénicherait un vrai Français de France et que ça allait faire un raffut du diable. Si c'est pas malheureux de faire tomber le ciel sur la tête des gens sans crier gare.

J'ai glandouillé rue Bisson. Le quartier change bougrement. Ils cassent des maisons. Des murs éventrés apparaissent, des petits bouts de vie. La vie des autres : des portemanteaux, des vieilles photos, des meubles, des vieux pardessus, ces petits bouts de vie des autres à travers ces carcassements. C'est comme si tu connaissais ceux qui ont vécu là, comme si tu avais partagé leurs galères, leurs rires, leurs pleurs, et c'est très très émouvant. Et j'en avais la larme à l'œil. Mais je ne pleurais pas, vu que je suis un homme.

Je suis redescendu rue J.-P.-Timbaud.

Ce soir-là, la veille du départ, la maison était une jonquille chez les Abdou. Comme un printemps. Même notre vieux deux-pièces entreprenait un fabuleux voyage vers la mer et la sérénité. Ce n'était pas pour de vrai, bien sûr, mais pour vous signaler que tout était agréable autour de nous. Nous étions à l'aise dans nos vingt mètres carrés pour six âmes. Avant, on était sept et c'était à vous lever le cœur. C'était l'année où j'étais dans la classe à Mademoiselle Garnier. Mais Soumana, la deuxième femme de papa, est morte depuis de quelque chose.

Mes sœurs dansaient et frappaient dans leurs mains. Elles voyaient la verdure nettoyer leur morve. Des épis de maïs bourgeonnaient dans la cervelle de M'am. Les fleurs des champs se balançaient d'avant en arrière dans l'œil de mon papa. M'am se récitait la table des 9, histoire de bourrer l'intérieur de la valise tout en disant :

— On va pas s'embêter et ressembler à un escargot en portant toute notre maison sur nos dos. Quelques slips, des maillots et des shorts, ça suffit.

Et elle continuait à empiler les affaires dans la valise en bavardant :

— Paraît qu'ousque nous allons, y a pas des aliments en conserve. Que du frais ! Des œufs avec des jaunes énormes comme ça. Du lait cru, des légumes avec des vitamines tout plein autour.

— C'est des produits à réclame, ça, a dit papa. Ces bonshommes de la publicité sont capables de te vendre du n'importe quoi. Même le vent.

— Là, là, là ! a coupé M'am. C'est une de mes clientes qui m'a donné l'adresse personnellement. Elle peut pas me dire des bêtises. Elle connaît quelqu'un, qui connaît quelqu'un, dont le cousin de l'amie va là-bas chaque année.

— Comme tu veux, ma chère, a fait papa. C'est toi qui payes, alors.

— C'est loin où nous allons ? a demandé Peste Fatima.

— Demande à ton père, dit M'am. C'est un expert dans la matière.

Mon papa a fait des joues de crapaud. Il a craché *floc-flac !* recta sur les murs et il a dit :

— C'est la Méditerranée. J'y suis allé dans ma jeunesse. C'est pas comme Paris où tout le monde marche sur tout le monde. Il y a des forêts de fleurs, des troupeaux d'oiseaux et des maisons toutes blanches qui sentent le bonheur gratuit.

Ma sœur Fatima n'arrêtait pas de poser des questions : « On peut faire des châteaux de sable, hein, dis, papa ? On peut dormir dedans ? Et ci et ça ? Dis, papa, tu vas me donner ci... ? »

Papa en avait marre ! Fatima est une emmerdeuse-toutes-catégories-confondues. Elle veut de l'amour et de l'attention pour elle toute seule. C'est une femme et elle se sent martyre dans sa tête, alors elle se venge. Dire que je vais hériter de cette peste ! Je suis l'homme ! C'est dingue, mais personne ne choisit sa putain de vie. Je vous jure que le moment venu, je la donnerai en mariage au premier musulman titré. J'allumerai des cierges à l'église. Je donnerai du sucre en sacrifice à la mosquée. Et pendant sept jours et sept nuits, je remercierai Allah de m'avoir délivré.

Finalement, papa a fini par se lasser et il a menacé :

— Cesse de faire des histoires, Fatima. Sinon, t'auras pas de poupée pour Noël.

Elle l'a fusillé des yeux. Elle a dit d'une voix de dépit mélancolique :

— Ah, les garçons ! Ah, les garçons !

— Ne me regarde pas comme ça, il a fait mon papa.

— Je te regarde comme je veux ! D'ailleurs, je te préviens. Dès demain, j' prends la pilule et j'aurai plus de poupée. Du tout. Du tout.

Elle nous a plantés là. Elle est partie faire de la

gringue dans notre coin couchette comme une femme mal lunée.

Inch Allah !

Cette nuit-là, je n'ai pas pu dormir. Les portes claquaient dans ma tête. La lune dansait par la fenêtre et me faisait monter une bouffée d'impatience. Tout tournait autour de moi et je voyais Lolita. Lolita, c'est ma copine. Elle est Blanche et porte des robes bleues avec des chaussures à fenêtres. Avant, quand on était dans la classe à Mademoiselle Garnier, on s'est touchés là où c'est interdit de se toucher et la directrice a convoqué nos parents. Alors, la maman de Lolita l'a envoyée dans une école spécialisée pour qu'elle puisse étudier mieux. Moi, je pense que c'est parce qu'elle ne me trouve pas assez bien pour elle. C'est pas grave, vu que je l'aime.

Il faisait toujours nuit, alors je me suis levé et j'ai écrit une lettre à Lolita.

Ma chère Lolita,

Je vais en vacances avec mes parents et j'ignore où tu te trouves à l'heure exacte où je t'écris. Alors, j'envoie cette lettre chez ta mère. Voilà plus d'un an que je n'ai vu ta figure. C'est rudement cafardeux pour les nerfs et je suis tout bouleversé. J'espère que tu m'aimes toujours, vu que moi je t'aime très fort.

Ta maman peut te scaphandrer dans la lune pendant cent sept ans que je t'aimerai toujours.

C'est vrai que personne ne sait où il va, mais quand je regarde dans le futur, je vois ton visage. Alors, personne ne peut nous séparer.

Quelquefois, je pense à toi et j'espère qu'ils ne vont pas finir par te faire des trucs qui pourraient t'envoyer en psychanalyse.

Ne te laisse pas aller. Lève-toi tous les matins et attends quelque chose. Lève-toi tous les matins et regarde le ciel. Dis-toi que nous partageons ce bout de ciel ensemble. Dis-toi que je t'aime.

Ton très dévoué Loukoum.

« La femme est née à genoux aux pieds de l'homme. »

Cette phrase a bâti mon royaume intérieur. Elle a tissé mon enfance. Elle m'a caressée violemment. Elle me pénètre en grands sanglots, en larmes jaillissantes de laideur et d'espaces interdits. Elle répète ce qu'on appelle des hérésies. Elle affirme mon orgueil que je dois courber malgré moi.

Et dans cette raison supérieure plus que jamais éternelle, je pense à ma mère.

Ma mère. Une pensée chargée de souvenirs et d'images qui me parlent.

Maman. Elle était déjà l'idée d'une vie partagée, d'une sorte d'héritage où elle m'aurait confectionné une mémoire. Et dans cet ordre préétabli que dispense l'infériorité, je revois :

les hommes avancer et reculer,
les femmes s'entasser dans des fosses communes,
la mort élargir son royaume,
le mâle proclamer sa vérité haut et fort.

Ce ne sont que des mots, me diras-tu. Mais, l'Amie, c'est avec les mots que le monde fut créé. Qui l'a créé ? L'homme ? La femme ? Qui a construit l'esclavage, quels dieux ou quels humains ont jeté vers les abîmes ces chaînes captives dans un cauchemar de verrous ?

Mes mots sont fous, tu le penses. Je le sais. Je le sens. Je ne t'en veux pas. Je te pardonne à ma façon. La charité l'emporte car tu sais mieux que personne renégocier les contraintes et t'en accommoder.

Pourtant, l'Amie, je ne tords pas le cou à l'évidence.

L'égalité des sexes, c'est du domaine de l'abstrait.

Cela sonne faux dans ta tête, je le sais. Mes hivers insomniaques me séparent de toi. Je me perds dans la viande de ta mémoire sélective, gardienne d'autres mémoires globales, plus généreuses, mais prises dans un tourbillon d'images pour apaiser tes désirs, tromper la jouissance.

Ta légende dit que je porte le soleil, que la couleur dégouline sur mon lit, que mes pleurs sont un rire, un chant d'oiseau perché sur un nid de miel. Je ne te juge pas, l'Amie. Ta culture diffère de la mienne. D'autres problèmes t'encombrent. Et puis, après tout, qui suis-je ?

Un oiseau apatride qui vole sans troubler la marche du soleil.

Un cri, une nostalgie et la peau tannée du rêve.

Tu sais tout ça, l'Amie. Menacée par ma tristesse, tu te camoufles derrière ton lyrisme et détournes la tête, effrayée à l'idée que nous sommes l'une pour l'autre un miroir.

Je n'affirme pas cela par irrévérence. Provocation aucune. Mais pour rompre ton illusion qui me caparaçonne dans ma solitude.

M'ammaryam

Le lendemain, nous nous sommes réveillés avec les balayeurs de France et nous avons pris la route.

Nous étions heureux comme des princes. Nous aimions la terre entière. Et nous par-dessus tout. On attrapait des airs végétaux. Le bleu des anges nous accompagnait. Papa sifflotait. Nous étions de vastes loukoums et nos oreilles montaient en sucre.

Nous étions enveloppés de nuages jusqu'au moment où nous nous sommes perdus dans les embouteillages. Des voitures klaxonnaient à qui mieux mieux. Des flics en bleu réglaient la circulation. De chaque côté du trottoir, des beaux magasins étalaient des produits de luxe à la devanture et vous mettaient l'eau à la bouche. Des escalators montaient et descendaient en vomissant des tonnes de personnes.

M'am avait chaud. Elle se ventilait avec son foulard en soufflant comme un bœuf. Mes sœurs piaffaient d'impatience comme des chevaux de course.

— C'est encore loin, Cannes ? a demandé Peste Fatima.

Papa n'a pas répondu. Il a attrapé sa bouche des mauvais jours et gueulé un coup pour interpeller un gros bonhomme qui suait tout son soûl sur le trottoir.

— Comment qu'on fait pour aller au Pompidou ? a demandé papa.

— Au centre Pompidou ?

— Mais non, a fait papa. C'est un village.

L'autre l'a regardé, a haussé les épaules, puis ajouté :

— Qui voulez-vous que ça intéresse ? Y a longtemps qu'il est crevé, çui-là.

— C'est ça l'ennui avec ces bleds paumés, a dit papa. Avec tout le mal que les contribuables s' donnent, ces gros lards de l'Hôtel de Ville sont pas foutus de mettre des panneaux corrects pour indiquer sa route au brave travailleur qui veut s' payer quéques jours de vacances.

— Quéque c'est que ce Pompidou? demande Fatima la Peste. Je croyais qu'on allait à Cannes, moi!

— Tais-toi! hurle papa. On va où on peut. Cannes, c'est pas dans nos moyens, mais on va pas raconter à tout le monde qu'on va dans un bled pourri!

Il hoche la tête, frappe le volant des deux poings et ajoute :

— C'est trop injuste! On s' tue le cul pour se payer des vacances et voilà qu'on est obligés de dépenser la moitié dans les embouteillages!

— J' te fais remarquer, mon chéri, que c'est moi qui paye, dit M'am, l'air très mimi. Tu fous pas une piastre dans cette expédition.

— Et alors? C'est pas une raison pour jeter l'argent par les fenêtres d'un train!

C'est alors qu'il y a turbulence. Pas une vraie, bien sûr, avec du vent, de la pluie et des cyclones qui arrachent les toits des maisons sans présenter des excuses. Non! Mais c'est tout comme.

Une femme stylisée reine d'Angleterre sort d'un magasin avec une espèce de brioche sur sa tête. Rien qu'à sa gueule, je peux vous jurer que cette gonzesse achète son argent à la Bourse. Elle porte un tailleur de luxe comme on en voit pas à Belleville et plusieurs rangées de perles. Sur ses hautalonnés, ses jambes avancent, sûres, et tout devient fou autour d'elle.

Je la regarde, la reregarde. Oh, je sais que l'amour ne se remporte pas à douze ans avec ce genre de gonzesse! Mais c'est pas elle que je regarde. C'est le chien qui trottine devant elle. Le plus petit chien que j'aie jamais vu, un chien somalien avec des pattes d'araignée. Quand il marche, ses pieds se tordent dans tous les sens. Monsieur Ndongala dit que ces chiens du seizième se nourrissent au foie gras et ne boivent que du champagne. Celui-là a dû faire des bistrots et siffler du champagne. Il est pété, je vous le jure ! A un moment, il accélère, la dame en brioche tente de le suivre. Il passe devant le métro. Elle court derrière lui. L'instant d'après, ses hautalonnés pénètrent dans la grille du métro. Elle ouvre les yeux, ses joues se tartinent de rouge. Et hop ! Elle va en vol plané et atterrit sur le macadam.

— Saloperie de chien ! elle hurle.

Elle se relève. Elle se tourne de gauche à droite, l'air de quelqu'un qui vient de perdre quelque chose. Elle crie :

— Amadeus ! Amadeus ! Reviens ici !

Mais le chien ne l'entend pas. Il clopine dans la rue à travers les embouteillages et fait des queues de poisson aux automobilistes. La femme en brioche fait mine de le suivre, puis elle se ravise. Elle se baisse et tente de dégager ses hautalonnés coincés entre les grilles du métro tout en hurlant en direction du chien :

— Amadeus, reviens ici ! Veux-tu revenir, Amadeus ? Ça suffit, Amadeus ! Si tu ne reviens pas immédiatement, aujourd'hui t'auras que du pâté pour chien !

Amadeus se cabre comme s'il venait d'oublier quelque chose. Il fait demi-tour. Il soulève une patte et pisse sur la roue de notre voiture.

La circulation se dégage un peu et ça commence à grogner après papa vu que la voiture refuse de démarrer.

— Avancez ! braille un automobiliste. Nous ne sommes pas à Ouagadougou, ici ! Nous sommes dans un pays civilisé, nous !

— Ta gueule ! aboie papa.

Fatima la Peste saute de l'auto et remonte vite fait avec Amadeus dans ses bras. Le chien a l'air tout content. Sa langue pendouille. Il rigole. Il lui lèche la figure puis saute sur mes genoux et commence à me rigoler dans le visage. Ce chien est un Nègre, je vous le jure ! Il a de la bonne humeur dans le sang à la place des vitamines ! Ce chien est un vrai Somalien.

— Mettez-moi immédiatement ce chien dehors..., commence M'am.

M'am n'a pas fini sa phrase que la femme en brioche hurle :

— Rendez-moi mon chien, espèces de voleurs !

— Oh, la ferme ! crie M'am. Va donner des ordres à tes bonniches !

La voiture a cessé de faire grève et papa a écrasé l'accélérateur.

— Quelle salope ! grogne M'am.

— On peut garder le chien ? demande Peste Fatima.

— Il n'est pas à vous. On va le jeter au premier carrefour et il retrouvera bien sa maîtresse.

— Mais il l'aime pas ! je fais. Il ne voulait pas rester avec elle.

— Et comment que vous allez faire pour le nourrir ? demande M'am.

Elle soupire, l'air très fatigué, et ajoute :

— Ça crève les yeux que ce chien ne mange pas du n'importe quoi.

— T'inquiète pas, M'am, fait Fatima la Peste. Il mangera des restes comme tous les chiens, et d'ailleurs, je ferai les poubelles. On y trouve des détritus de première nécessité.

Nous avons pris le périph. Nous avons immigré dans la France profonde. Papa suivait l'autoroute vu qu'on ne pouvait pas s'y perdre. Ça allait tout droit, alors. Même le roi des aveugles aurait trouvé sa route. Il roulait à quatre-vingt-dix à l'heure. Le paysage reculait. La bonne humeur a recommencé à régner. M'am ne parlait plus de se débarrasser d'Amadeus. Papa disait : « Ah ! quand je pense à tous ceux qui se font chier à Paris ! Ha, ha, ha ! »

J'étais heureux comme je ne l'ai jamais été et j'ai marqué ce jour d'une pierre blanche.

Inch Allah !

Le Pompidou, c'est en Lozère, quelque part dans le sud de la France. Je le sais, parce que Mademoiselle Garnier l'a dit au cours. Mais mon papa n'était jamais venu au Pompidou. Ce qui fait qu'aussitôt après avoir traversé Langogne, Mende et Florac, il a fallu demander son chemin. Nous nous sommes arrêtés devant une maison qui avait sa devanture en brique rouge et une grange attenante.

Un homme était assis sur son derrière devant la porte. Il était petit et gros. Il avait sa figure aussi rouge que le mur, mais on ne pouvait pas les confondre vu qu'il s'enfournait des pêches qu'il suçait soigneusement avant de recracher des petits noyaux marron dans son assiette.

Dès qu'il nous a vus, il a ouvert la bouche et sa langue rose a pendouillé. Il s'est mis à baver comme s'il mourait d'envie de s'offrir une tête de Nègre.

— Que... que voulez-vous ? il a demandé.

Mon papa n'a pas eu le temps de répondre qu'on a entendu une voix de femme hurler :

— Ah ! Te voilà ! Je t'attendais, salope ! Tu verras moi c' que...

Elle a débouché de derrière la maison avec un fusil sous le bras et l'a braqué sur nous.

Mon papa a commencé à suer comme une dinde à la veille de Noël. Et pour des vacances, ça s'annonçait plutôt agité.

— On s' calme..., il a fait.

— Fermez-la ou j' tire ! C'est elle qui vous envoie, j'en suis sûre ! La garce ! Elle s' croit maligne, cette putain, hein ? Très bien ! Allez dire à cette connasse de Marguerite que mon Bernard est à moi et que j' le garderai jusqu'à ce que mort s'ensuive, vu ?

Mais on ne voyait rien du tout.

— Madame, a fait M'am. Nous ne savons pas de quoi vous parlez, ni qui est cette Marguerite. On veut juste savoir où est la ferme de Monsieur Ferdinand Trauchessec.

— La ferme de Ferdinand ? elle a demandé, l'air rusé.

— Ouais, a fait papa.

— J' peux les conduire, chérie, a proposé le bonhomme en nous suppliant des yeux.

— Toi, tu restes là ! a dit sa femme en braquant son fusil sur lui. Je t'ai déjà dit qu'à ton âge c'est dangereux de s'exciter. Ça porte sur le cœur, crois-moi.

Puis elle s'est tournée vers mon papa et elle a fait :

— Suivez cette route-là, recta. Vous allez traverser des collines, ensuite vous trouverez un champ de ronces qui vous conduira à une clôture barbelée. De là, il n'y a plus qu'un kilomètre ou deux, peut-être moins. D'ailleurs, vous le saurez si vous mettez les pieds là où il faut. (Elle s'essuie la figure.) Et si son drôle de lapin de fils est là, faites gaffe à vos affaires. Il s'appelle Michel. Il est extrêmement filou.

— Filou ? a demandé papa.

— C'est pour ça que je monte la garde dans le potager. Justement, mes carottes sont mûres et je tiens à faire bouillir ma marmite avant qu'il se ramène. C'est à cause de ses glandes.

— C'est pas de chance, a dit papa.

— Vous l'avez dit, Monsieur.

— Merci, Madame...

— Madame Gisèle Vieilledent pour vous servir.

Papa l'a remerciée et nous sommes partis.

— Qu'est-ce qu'elle voulait dire la dame que c'est à cause de ses glandes ? j'ai demandé.

Papa a secoué la tête comme s'il n'y comprenait goutte et il a dit :

— C'est comme tu l'entends, fiston.

Il s'en passe de drôles, dans la France profonde !

Inch Allah !

On trouve les ronces annoncées et la clôture barbelée. Ça grimpe encore un peu, ça redescend et on tombe sur la ferme à Monsieur Trauchessec. Alors, on regarde vers la ferme. Il y a une grande cour. A droite, une grange en brique. A gauche, à l'ombre d'un gros châtaignier, c'est la maison. A sa gueule, je peux vous jurer que rien n'a bougé depuis nos ancêtres les Gaulois. Toute la peinture s'est cassé la figure. Mais malgré tout, elle est garante d'un passé prestigieux de riches campagnards vu qu'elle s'honore d'un toit d'ardoises flanqué d'une cheminée, d'une grande véranda et de deux niveaux. Je vous dis tout ça parce que j'ai étudié l'histoire de France.

Un bonhomme est debout dans la cour et travaille à quelque chose. Je ne sais pas ce que c'est, mais il semble très occupé. Il a une pelle en main et nous tourne le dos. Il n'a pas dû nous entendre venir. Papa demande :

— C'est bien ici la ferme de Monsieur Ferdinand Trauchessec ?

Le bonhomme ne nous regarde pas. On dirait qu'il n'a rien entendu. Papa et moi, on se regarde. Puis tout le monde descend. Amadeus se met à courir dans tous les sens et aboie.

Je regarde ce que fabrique le bonhomme. Ça m'a l'air sans tête ni queue, vu que c'est un grand trou avec des sillons au milieu, comme s'il voulait construire un puits, mais apparemment ça n'a pas marché et il a dû décider de construire une maison. Tout au fond à gauche du trou, il y a quelques vieilles casseroles, des assiettes, des cuillères et une lampe tempête. Un peu plus sur la gauche, il y a une nappe en toile cirée. Sur la droite, un espace avec plein de couvertures et de vieux draps.

— Qu'est-ce qu'il peut bien planter ? je demande.

— Avec les Blancs, va savoir. P't-êt' bien que c'est un chercheur ?

Papa touche le bras du bonhomme. Il lève la tête et sourit. Il est plus vieux que papa et il est pieds nus. Il porte un pantalon marine, une chemise à rayures et une veste marron. Il a la tête d'une vieille pomme. La figure d'une vieille pomme. Les dents d'une vieille pomme. Et la voix d'une vieille pomme.

— C'est pas encore l'heure ! il dit.

— Mais, monsieur, fait M'am. On devait être là depuis ce matin.

— C'est trop tôt, félicitations !

— On peut entrer ? demande M'am. Les mômes sont fatigués et ils ont faim.

L'homme examine ses trous un coup, il hoche la tête et dit :

— L'heure de l'enterrement n'est pas encore fixée. Marie-Thérèse n'a pas encore envoyé de faire-part.

— Qui est crevé ? je demande.

Papa soupire et dit :

— J' sais pas. Mais ce bonhomme me donne tout l'impression de se chercher lui-même. On ferait mieux d'aller voir ailleurs.

La porte de la maison est ouverte mais on entend rien, sauf une espèce de mouche qui n'arrête pas de faire : « Bzzzz... Bzzzz... », et tout le temps comme ça. Je regarde dedans. Les murs sont recouverts de papier marron à grosses fleurs. Quelques photos d'avant-guerre les tapissent. A gauche, il y a un buffet blanc en formica. A droite, de gros fauteuils bleus. Il y a une table au milieu de la pièce recouverte d'une toile cirée et des chaises.

— Y a quelqu'un ? hurle M'am.

— Monsieur Ferdinand Trauchessec ! vocifère papa.

— Pourquoi qu'on entre pas ? je demande.

— T'es pas fou, par hasard ? dit M'am. Des fois qu'il y aurait bien un cadavre là-dedans.

— En tout cas, y a personne, je dis. En dehors de ce zouave-là.

— Qu'est-ce qu'on va faire ? demande M'am, les mains sur les hanches. On est pas dans le pétrin, là !

Papa envoie un jus de cola atterrir *floc-flac !* dans la poussière.

— C'est toi qui as eu l'idée de venir respirer l'air de la campagne. Quand je pense que j'aurais pu rester à Paris et jouer tranquillement au tiercé, ça m'en fout des boules. Ça m'apprendra à écouter les gonzesses, putain de merde!

— Oh! fait Peste Fatima. Moi, je m'y plais bien à part qu'il y a des cadavres.

— Moi aussi, je dis. C'est chouette comme tout et puis ça change de Paris et de Belleville où l'on respire l'électricité nucléaire et où il faut réchapper tout le temps aux accidents de trafic.

— Très bien, fait papa. Mais oùsqu'on doit pouvoir dormir?

Juste derrière nous, quelqu'un fait :

— Ne vous gênez pas!

On se retourne d'un bloc et on voit une vieille femme. Plus vieille que M'am. Deux sacs à provisions sont posés devant elle. Elle nous regarde tranquillement, les mains croisées sur sa poitrine. Moi j'écarquille les yeux parce qu'on ne l'a pas entendue venir. Elle est petite et maigre, plus maigre que M'am, et elle porte une robe bleue avec un gilet. Ses cheveux blancs sont si peu fournis qu'on peut lire dans ses pensées. Ses dents sont avancées sur le devant et ça fait comme de la crotte de bique.

Ses grands yeux bleus ont l'air de rigoler en nous regardant mais avec quelque chose du renard.

— Madame Trauchessec? demande M'am.

— Servez-vous, elle dit. Tout ce que vous voudrez, mais j'entends dans la mesure du possible.

— Vous êtes bien Madame Trauchessec? demande M'am.

— Vous voulez tout de même pas que je me présente? elle dit en battant ses cils comme les poules à Monsieur Kaba. Y a longtemps que je sais que la

France appartient aux brigands. Ne vous gênez pas. Prenez les meubles, les poules, les œufs... Mais...

Elle nous détaille, puis ajoute :

— Dans la mesure du raisonnable, j'entends.

Papa hoche la tête.

— Sacré nom de Dieu ! il fait. C'est toujours la même histoire dans ces bleds paumés. Ou ils vous prennent pour un sauvage, ou ils vous prennent pour un trousseur de cadavres.

— Je suis Madame Abdou. Et voilà mon mari. Nous avons loué...

— Des locataires ? elle demande en écarquillant ses yeux comme si elle n'en revenait pas.

— Y a quelque chose qui l'interdit ? lance papa.

— Vous ne m'avez pas dit que c'était toute une tribu !

— Nous avons loué deux chambres, dit M'am. C'est marqué.

Et elle commence à trifouiller dans son sac.

— Bien entendu, fait Madame Trauchessec. Mais j'ai oublié de vous préciser que c'est par tête. Comme vous êtes deux adultes et quatre enfants, mettons que vous me devez encore deux mille francs.

— Mais...

— C'est à prendre ou à laisser, coupe Madame Trauchessec.

— A vo'te souhait ! réplique M'am.

Elle fait mine de s'en aller.

— Où veux-tu qu'on aille ? demande papa. Où veux-tu qu'on aille à cette heure-ci dans ce bled paumé ?

M'am s'arrête pile, mate papa, puis se tourne vers Madame Trauchessec et dit :

— O.K. ! (Elle hausse les épaules.) C'est bon... Mais à condition que le coin soit ce que vous m'avez dit.

— Que oui, madame ! s'exclame Madame Trauchessec. Les légumes frais, les œufs et les verdures, y a qu'à se baisser pour les ramasser. Mais regardez vous-même, elle ajoute en montrant l'espace.

Je ne vois rien en dehors des collines nues comme la paume d'une main et qui moutonnent. Et plus loin, des fougères, des orties avec des gueules pas spécialement rigolotes.

— Je vous l'avais dit ! fait Madame Trauchessec, l'air très contente d'elle. C'est le paradis terrestre !

M'am s'apprête à répliquer, mais je la vois tout d'un coup qui s'arrête, et reste là, bouche bée.

Un homme approche, accompagné d'une petite fille. Elle doit avoir le même âge que moi. Elle porte des lunettes roses et une barboteuse qui la fait ressembler à une grenouille. Le monsieur fume une cigarette et malgré la chaleur, il porte des bottes de cow-boy à revers, une veste rouge à gros carreaux bleus et une casquette. Rien qu'à sa gueule, on voit que ce genre de bonhomme ne fréquente pas les Nègres de Belleville. S'il descend un jour dans le métro, ce ne sera que sous le coup d'une amnésie générale. Il nous regarde les uns après les autres et dit :

— C'est l'Armée du Salut ici ou quoi ?

Il a à peine posé sa question que sa fille bondit vers nous, l'air de s'en foutre, et nous cherche tout de suite, style : « Qui es-tu, toi ? Qui es-tu, toi ? Tu es le papa ? Tu es le frère ? Tu es la mère ? Tous les Nègres se ressemblent. » Mais personne ne lui répond. Alors, Madame Trauchessec fait les présentations :

— Je vous présente Monsieur Étienne Tichit. Il passe toutes ses vacances parmi nous avec sa fille Goélène... Je vous présente Monsieur et Madame...

Papa se secoue comme s'il sortait d'un cauchemar bleu et fait :

— Abdou... Abdou Traoré.

Monsieur Tichit remue sa cigarette dans sa direction.

— Vous avez perdu votre route ? il demande.

— Euh... c'est-à-dire que..., bafouille papa.

— Monsieur Abdou et sa famille vont passer les vacances parmi nous, minaude Madame Trauchessec.

— Chic alors ! hurle Goélène.

— Oui, vous pourrez aller à la pêche, escalader les collines ensemble... Et..., zozote Madame Trauchessec.

— Tout ce qu'il me fallait pour me reposer, interrompt Monsieur Tichit, très colère.

Puis il ajoute sans décolérer :

— J'ai payé pour être ici tout seul pendant trois mois ! Et maintenant...

— Je sais..., coupe Madame Trauchessec. Mais j'ai eu pitié de ces pauvres enfants. Où voulez-vous qu'ils aillent, les pauvres petits ? Ils sont si mignons !

Elle se tourne vers papa et dit :

— Monsieur Tichit est malade. Il a besoin de calme et de repos absolu. C'est son cœur...

— Je vous plains bien, réplique papa.

— Oh, le pauvre ! s'exclame M'am, atterrée.

— Hé, dites donc qu'est-ce qu'ils veulent, ces zouaves ? Qu'on les adopte ou quoi ? demande Monsieur Tichit. Je suis pas encore mort, moi !

— Ne vous emballez pas, dit Madame Trauchessec. Les Abdou sont une famille correcte et tout. Sa femme est chef d'entreprise...

— Ah oui ? demande Monsieur Tichit.

Un drôle de sourire se dessine sur sa figure. Il examine M'am, tire une bouffée de cigarette, envoie la fumée dans sa gueule et dit :

— Heureux de faire votre connaissance, madame. Mais... il me semble vous avoir déjà vue quelque part...

— Ah oui ? demande M'am sincèrement étonnée.

— Oui. Ça ne serait pas dans une boîte... Au Keur Samba... Non ! Aux Bains-Douches... Au Palace... Non... C'est au... Zut alors ! Je l'ai là, sur le bout de la langue... Aidez-moi ! dit-il en se frappant le front.

— Moi, à vo'te place, je ferais attention à mon cœur, vieux père, glapit M'am.

— On s'est déjà rencontrés. J'en suis certain ! Au siège social de la société Grande et Frère où je suis directeur. Ah oui, c'est ça ! Mais où ai-je donc la tête ? Pardonnez-moi, mais vous savez, avec le métier, mes responsabilités...

— Ça m'étonnerait qu'on se soye vus, dit M'am.

— Ça m'étonnerait aussi, réplique papa. Avec son travail, le ménage et les mômes...

— Hum... ! (Monsieur Tichit met sa main sur sa bouche, sans quitter M'am des yeux.) C'est vraiment à vous, tous ces mômes ? A vous voir, on dirait pas. Une femme après deux mômes a toujours l'air usé, mais vous... Oh là là !

On dirait que Monsieur Tichit va manger M'am des yeux. Elle a sa robe jaune qui colle à sa peau satin noir, ses jolis souliers jaunes ; et ses nattes qu'elle se fait sur ses longs cheveux.

C'est vrai que depuis un certain temps, M'am est pleine de vie.

Papa baisse la tête.

« La femme est née à genoux aux pieds de l'homme. »

Une évidence inscrite autant qu'une liberté.

Sentiments confortables donnés par l'habitude et qui valent pour la foi.

La femme est née à genoux aux pieds de l'homme. Ces mots, l'homme les a dits et répétés, imam subtil, il m'a énuméré des principes exacts et raisonnables qui seraient conformes à sa liberté. Que pouvais-je faire, l'Amie ? Me rebeller ? Dans ce postulat, nulle réchappée possible. Le secret d'une rémission ? Le pardon ? Quel pardon ? Faute lourde que celle d'être femme. Faute si lourde qu'aucune punition, pénitence des genoux douloureux, ne saurait effacer.

Là-bas, dans mon pays, j'ai baissé les yeux devant mon père, comme ma mère avant moi, comme avant elle ma grand-mère. Les hommes ordonnaient : « Prends-donne-fais. » Les femmes obéissaient. Ainsi allait la vie, ainsi continuait-elle.

Là-bas, dans mon pays, les femmes ont les yeux si tristes que toutes les sources du Mali paraissent y venir mourir, hors d'espérance.

Le temps se réduisait à l'instant que nous vivions. Pourtant, nous sommes réputées. Femmes africaines réputées parce que révolues, assurées de rester sans équivalentes contemporaines. Femmes noires en grilles. Des grilles aux portes, des grilles aux fenêtres, des grilles dans nos corps, dans nos âmes.

Nous nous affairions à des travaux où la colline et le roc surgiraient des mains.

Prisonnières, esclaves des croyances. Et qui s'évaderait ?

Et pourtant, enfant, je pressentais que nulle prison n'existe qui ne soit un temple donnant sur une prairie.

M'ammaryam

Nous sommes rentrés dans la maison et Madame Trauchessec nous a servi des rafraîchissements. Monsieur Tichit a tiré une chaise pour M'am. Il s'est assis juste à côté d'elle. Amadeus a filé dans la cuisine dans un bruit de sabots. On a entendu des dégoiseries de casseroles. Et il est revenu quelques instants plus tard, un saucisson dans la gueule. Madame Trauchessec lui a lancé un regard meurtrier et a hoché la tête. Quand ça lui a paru suffisant, elle s'est abrité les yeux de la lumière qui lui faisait le regard trop colère. Elle n'a rien dit. Il faut comprendre et pardonner aux chiens sous réserve de possibilité de changer de compagnon si l'homme trouvait mieux. Les chiens n'ont pas choisi d'être ce qu'ils sont, c'est la nature qui veut ça.

Puis tout le monde a fait tchin-tchin et ça a détendu l'atmosphère.

— Il boit pas le monsieur qui creuse des trous ? a demandé Peste Fatima. Et pourquoi qu'il ne répond pas quand qu'on lui parle ? Qu'est-ce qu'il fabrique ?

Tout le monde a tourné la tête vers le monsieur qui creuse des trous. Des nuages descendaient du ciel et faisaient de la fumée sur le paysage. Plus loin des oiseaux gazouillaient et des coqs se battaient dans les champs.

— Il est fou, a dit Mademoiselle Goélène.

Les yeux de Monsieur Tichit sont devenus froids.

— Goélène, il me semble t'avoir dit de ne pas parler comme ça.

— Ça va, ça va, elle a répondu. Il fait une chaleur à crever, alors!

— C'est votre mari? a demandé papa en désignant le vieillard d'un signe de tête.

— Ouais, a répondu Madame Trauchessec. C'est mon pau've Ferdinand.

— Quéqu'il est en train de construire?

— Un caveau, a dit Madame Trauchessec.

— Un abri nucléaire, a rectifié Monsieur Tichit.

— Un caveau? a demandé M'am.

— Ben oui! s'est dépêché de répondre Monsieur Tichit. Ferdinand a dans l'idée qu'il va se mettre à pleuvoir des bombes comme châtaignes au mois de novembre. Et quand ce jour-là arrivera, il ira peinard dormir dans son caveau préfabriqué et s'enterrer tandis que nous autres, pauvres pécheurs, nous crèverons le ventre en l'air et servirons de dîner aux charognards.

— C'est à cause du rêve, a expliqué Madame Trauchessec.

— Le rêve? a répété M'am, étonnée.

Madame Trauchessec a frotté son front comme pour effacer une fatigue digestive. Puis elle a croisé ses jambes grandeur nature et elle a dit :

— Ça s'est passé il y a trois ans. Mon pau've Ferdinand s'est réveillé comme quelqu'un qui aurait un nid de guêpes dans son caleçon. « Quéqui s' passe? » j' demande. « C'est la Vierge, il me répond. Elle m'a dit que ça sera bientôt la fin du monde. Il faut s' dépêcher avant qu'il soit trop tard. » Et il est parti dans la réserve comme un fou. Je lui ai couru après, mais il avait cavalé comme s'il avait le feu au cul. Et ça a fait un raffut de diable. Ça gueulait dans le poulailler, les coqs s'envolaient sur le toit. J'ai essayé de lui parler, mais il ne voulait rien entendre. Il avait des yeux comme j' le souhaite à personne. Il a ramassé une pelle et il s'est mis à creuser des trous.

— Dans la nuit ? a demandé M'am.

— Ouais. Et j' peux vous jurer que j'ai pas fermé l'œil. Et depuis il arrête pas de creuser des caveaux.

— Il faut le soigner, a dit M'am.

— L'interner ! a vociféré Monsieur Tichit en regardant M'am.

C'est vrai qu'il regardait tout le temps M'am et ne ratait pas une occasion pour se montrer serviable : « Un peu de glaçons, ma chère ? Un autre coca ? » Et puis quoi encore ?

Madame Trauchessec l'a zieuté comme s'il venait de dire une grosse bêtise. Tout le monde a observé le silence. Puis Madame Trauchessec a toussoté avant de dire :

— On peut pas se sauver de la vieillesse, mes amis.

— Ben, dans ce cas, il faut pas grandir, a dit Peste Fatima.

— C'est la nature qui veut ça, fillette.

— Y aurait pas une machine à reculer le temps ? elle a redemandé.

Madame Trauchessec a essuyé ses mains sur sa robe et a regardé ses ongles.

— J'ai essayé, elle a dit en souriant.

— Alors ?

— Ben, j'essaye de rebrousser le temps des fois qu'il se laisserait surprendre en chemin et que j' reverrais mon Ferdinand tel qu'il était avant.

Elle a baissé d'un ton et s'est assombrie, en ajoutant :

— Et plus j' recule, plus j' me mortifie. Il faut accepter la réalité.

— Quelle force de caractère ! s'est extasié papa.

Mais Madame Trauchessec n'a plus rien dit, vu qu'il n'y avait rien à redire. Elle est restée la tête baissée, l'air de ne plus savoir qui elle était, où elle était. Il faut comprendre, cette gonzesse ne pouvait plus sauver le monde. Elle avait son avenir derrière. Là, assise, perdue dans ses pensées, elle était devenue très belle, telle une vieille poupée qui tient compagnie sans connaissance de cause. Ses yeux allaient loin, très loin. Je n'en revenais pas. J'ai fermé les yeux, je les ai ouverts, elle était toujours là, j'ai murmuré une prière, l'*alkhoutar*, celle qu'on récite pour éloigner le malheur. L'émotion m'est montée à la gorge et j'ai senti mon cœur battre, battre. J'ai voulu lui prendre la main et la réconforter. Mais j'ai pas osé à cause des lois sur l'amende à l'outrage public. Ensuite, j'ai pensé au bonheur et je me suis dit que pour le trouver, ça devait être comme trouver n'importe quoi d'autre dans la vie. Je veux dire que c'est chacun pour soi et que Dieu n'est pas forcément pour tous.

Inch Allah !

Comme endroit, c'est vraiment chouette ! Et ça m'a frappé tout de suite dès que j'ai vu la nuit par la fenêtre.

Des étoiles plus grosses que nature brillent dans le ciel. Bien sûr il y a quelques nuages qui dansent le soukouss. Mais le ciel donne mieux qu'à Belleville et même à Paris. La lune tient un croissant dans sa gueule et ça sent comme le thé à la menthe. Il y a un genre d'oiseau qui n'arrête pas de s'égosiller et de crier : « Il y a un trou dans le mur, y a un trou dans le mur ! » Et tout le temps comme ça.

Nous avons deux chambres. La nôtre communique avec celle de nos parents par une porte intérieure. Elle est très belle, plus belle qu'à Belleville avec trois petits lits recouverts de peau de zèbre. Il y a des gros oiseaux sur le mur, un chevet et un crucifix. C'est vrai qu'à la maison je n'ai pas un vrai lit. Juste un matelas jeté par terre. Je ne dis pas ça pour critiquer, faut comprendre.

— C'est bath ici ! fait Peste Fatima.

— Oui, j' dis. Mais j'ai comme impression qu'à papa ça lui plaît pas trop.

— Pourquoi que tu dis ça ?

— T'as pas vu sa tête quand ce Monsieur Tichit parle à M'am ? De là qu'il décide qu'on s' tire d'ici...

— Il va pas la ramener, fait Peste Fatima. C'est pas juste que c'est toujours les garçons qui commandent.

— Les femmes sont toutes des putes, alors..., je commence.

— T'es qu'un vilain ! T'es comme les autres !

J'ouvre la bouche. Elle me coupe net :

— Non ! Non ! Non ! Triche pas. Pas avec moi. Ça ne marche pas. Les garçons sont tous des vilains. Ils vous tirent les cheveux, ils soulèvent votre robe, ils pensent qu'on les voit pas, mais personne n'est aveugle, alors !

— Fatima !

— Fous-moi la paix ! Moi j'aime bien ici et je reste !

— Si papa décide du contraire, t'es bien obligée d'obéir...

— Et pourquoi qu'il va décider, lui ! Il n'est pas tout seul, et nous sommes en République ! Loukoum !

— Ben, si ce type continue de regarder M'am...

— Et alors ?

— C'est interdit par la loi coranique de regarder une femme mariée.

— Ouais. Cause toujours. J' te dis, moi, que ce sont des clowneries. Et ça fait l'innocent. Pasque, dis-moi ce qu'on te demande, à toi, mec, à part rester le cul par terre tandis qu'on trime comme des gourdes ? Ah ! quelles connes on fait, toutes !

C'est vrai qu'il y a des moments où Peste Fatima me fait peur. Tenez, l'autre jour à Belleville, elle m'a dit que mon copain Alexis avait ausculté ses nénés pour voir si ça poussait. Si c'est pas malheureux, ça ! Mais c'est vrai que la Française faisait déjà du nudisme quand les Européennes s'engonçaient encore dans des bas de laine sur les plages. C'est Monsieur Ndongala qui me l'a dit. Et ça donne des boules-merdes comme Fatima qui vous chatouillent les nerfs. Eh ben, zut alors ! C'est tellement chouette ici que je n'ai pas envie d'entrer en guerre. Sans compter que j'en ai assez des nouvelles informatisées que j'ai entendues à la télévision et qui vous poursuivent même en vacances. A Sarajevo, on bombarde. On torture en Iran. On matraque en Afrique. On expulse à Jérusalem. On lynche en Irak. Et je n'ai plus envie d'écouter. Rien. Rien du tout. Je me demande bien quand est-ce qu'on va créer l'Association de Défense des droits des hommes, il y a des lois pour ça, même chez les sauvages.

Inch Allah !

Madame Trauchessec dresse la table. Tout le monde s'est assis.

Monsieur Trauchessec est entré. Il n'a regardé ni à gauche ni à droite, et il a dit, l'air mauvais :

— Bonsoir ! Est-ce qu'on va nourrir tous ces gens en attendant l'heure promise ?

Je vois Monsieur Tichit faire un sourire en coin et dire assez fort pour être entendu de Monsieur Trauchessec :

— Ne vous inquiétez pas, monsieur. On a apporté les vivres nécessaires.

— Et les Nègres ? J'ai pas vu de chimpanzés ni d'éléphants ni de serpents. C'est tout de même pas moi qui vais les nourrir !

— Ferdinand, c'est pas des manières de parler comme ça à des pau'ves gosses qui n'ont pas d'abri, dit Madame Trauchessec.

— Ou bien ils partent, ou c'est moi qui me tire et vais creuser mon abri ailleurs.

Monsieur Tichit secoue tristement la tête et dit :

— C'est triste, Ferdinand ! Sans toi, on va être dans la merde, tu sais.

— Avez-vous dans l'idée qu'il va vraiment s'en aller ? chuchote M'am.

— Vous faites pas de souci pour lui, dit Madame Trauchessec. Il connaît ses intérêts.

Puis elle ajoute très fort pour être entendue de son mari :

— Les Nègres ont apporté tout ce qu'il faut, mon chéri. Que c'en est une véritable jungle.

Pour le repas, il faut goûter ça de sa propre bouche pour le croire. Des patates à la padelle. Des saucisses d'herbes. Des caillettes. Des haricots verts sauf qu'ils ont le goût des conserves, faut bien trouver quelque chose à critiquer, sans ça on ne peut pas. C'est tellement bon et tellement différent du maffé et du nfoufou que je me régale. Mon papa mange en faisant beaucoup de tapage. Monsieur Trauchessec s'assaisonne en disant : « Le temps est proche, le temps est proche », et tout le temps comme ça. Mais personne ne l'écoute.

Il prise un coup. Il se lève brusquement sans finir son assiette. Il nous regarde et il crie :

— Vous allez tous servir de dîner aux charognards !

Il se met à reculer sans nous quitter des yeux et continue à crier :

— Vous allez tous servir de dîner aux charognards !

Sans voir qu'il a atteint la porte, il se la prend en plein nez et s'écroule.

Un grand bonhomme, trente-cinq ans tout au plus, vient de l'ouvrir. Il a un gros nez franchouillard, des cheveux rébellion pileuse qui inspirent crainte et méfiance aux flics. Il porte un jean, un tricot, et sur le devant on voit des longs poils rouges qui couvrent sa poitrine et ressortent sur le devant dans le cou par l'ouverture du tricot.

Il regarde et ses yeux s'agrandissent comme devant quelque chose d'horrible.

— Michel, tu ne peux pas faire attention quand tu ouvres la porte ! hurle Madame Trauchessec.

— J' suis pas extralucide, moi ! Comment que j'aurais deviné qu'il était là ?

Il se baisse et aide Monsieur Trauchessec à se relever.

— Tu t'es pas fait mal ? il demande.

L'autre le regarde comme s'il était Satan en personne.

— Ne me touche pas, Jézabel ! Bas les pattes, démon !

Il sort en courant et en criant :

— Vous allez tous servir de dîner aux charognards !

Ma sœur Aziza lève la tête. Elle regarde Michel, elle le pointe du doigt avec lequel il ne faut pas montrer et elle dit :

— C'est le lapin !

Papa lui colle une tartane sur les doigts, mais trop tard.

— Quel lapin ? demande Michel.

— Celui qui vole les carottes dans le jardin de Madame Vieilledent.

— Fatima ! gronde M'am.

Elle fronce les sourcils et elle ajoute :

— Ça va, ça va, elle fait.

— C'est toi, Michel ? redemande Aziza.

— Ouais. Pourquoi ?

— Ben moi, à ta place, j'irais plus de ce côté-là, Madame Vieilledent t'attend avec un flingue long comme ça.

— Aziza ! hurle M'am. Je crois t'avoir dit de ne pas répéter les choses.

— Je ne répète pas. Je ne fais que l'informer.

— Pardonnez-lui, Monsieur, fait M'am.

— Y a pas de mal, répond Madame Trauchessec. C'est qu'une môme. Et ça sert juste aux embrouilles.

Fatima la Peste glousse en lorgnant Monsieur Michel.

— Bonsoir ! fait Michel, les mains dans ses poches.

— Tu ne manges pas, mon chéri? demande Madame Trauchessec.

— J'ai pas faim, il répond.

Il tourne les talons et il monte dans sa chambre.

Nous, on continue notre repas. Monsieur Tichit bavarde. Il se sert, il bavarde. Il boit, il bavarde. Il s'étrangle, il bavarde. Il ne fait que bavarder en reluquant M'am et en avalant du gros rouge qui lui met de la peinture identique sur le visage.

Mais il a pour lui des histoires tellement passionnantes que chacune d'elles illumine nos yeux. Quand tu l'écoutes pendant une heure, ce type a repris Dunkerque à lui tout seul. Il le dit. Il le soutient dur comme fer. Et après tout, c'est bien possible. Ce Monsieur Tichit fait partie de ces gens qui rendent le mensonge plus vrai que nature.

M'am l'encourage. Elle n'arrête pas d'envoyer des rires qui sonnent clair au plafond. Elle se cabre sur sa chaise. Elle l'encourage. Elle pose des tonnes de questions :

— Et la Chine? Vous connaissez la Chine? J'aimerais bien aller en Chine. Paraît que là-bas y a tellement de Chinois que tu sais plus qui est qui.

— Bien sûr, ma belle dame. J'ai fait la guerre d'Indochine. D'ailleurs, j'ai eu un certain succès dans l'armée.

— Ah oui? elle demande.

— Trois mois je suis resté dans une tranchée.

Il nous montre ses cicatrices. Chacune déclenche un commentaire. Il commente, il regarde M'am. Elle rigole. Lui, il se gonfle comme une grenouille qui voudrait se faire comme un taureau. Papa a l'air un peu énervé et il les regarde d'une drôle de façon. Puis il se lève brusquement.

— Vous voulez quéque chose d'autre? lui demande Madame Trauchessec.

— Juste un peu d'air.

Il essuie sa bouche, sa figure en même temps. Il crochète vers la véranda où Monsieur Trauchessec récite une prière en se prosternant.

Si M'am continue à se compromettre, on l'enterrera à la sauvette par une nuit sans lune.

Inch Allah !

Puis vint Abdou. Abdou et l'exil.

Je voulais partir. Abandonner cet horizon de boue et de suie, où le crime se justifie par le bonheur de suspendre. Je voulais partir, acheter ma liberté, un rêve de naïve éternité.

J'ai profité de l'occasion que m'offrait Abdou. Ne juge pas, l'Amie. Je l'aimais. L'idée de partir exacerbait cet amour. J'ignore si je l'aurais épousé me sachant condamnée à vivre comme toutes ces femmes du Mali. Je l'aimais, mais je crois qu'il n'a jamais attaché beaucoup d'importance à ces détails sentimentaux. Il a un tour d'esprit plutôt froid en la matière. Il est passionné, certes. Mais passionné par sa généalogie et par son sexe de taureau — Je te donne du plaisir ? Je te donne du plaisir ? Des mots qui le peuplent. La tendresse ? Jamais ! Avec ma tête, j'étais bonne pour la reproduction, non pour la caresse.

Je l'aimais et l'exil a redoublé mon amour.

On m'avait dit que là-bas, dans ton pays l'argent tombait des arbres, qu'il y avait de l'argent à gagner avec son corps, avec son esprit, avec son âme. Les robots, la technologie remplaçaient les mains. Les bébés jaillissaient des choux de Bruxelles. Je voulais goûter à ces joies, partager cette drôle d'époque à laquelle tu appartiens.

Debout sur mes nuits, dans la case de mon père, je voyais venir l'aube.

Partir! Abandonner cet horizon de suie!

Partir, acheter ma liberté, l'illusion me donnait la fièvre.

J'ai couru longtemps, j'ai donné mon corps, tout mon temps.

J'ai suivi Abdou.

J'ai traversé la mer, j'ai exilé mon corps pour épouser mon âme.

J'ai traversé des pays.

J'ai découvert l'exil.

J'ai inspecté le ciel.

J'ai eu le regard de l'enfant au bord de l'eau.

Éblouie.

J'ai franchi l'évidence comme on franchit son ombre.

J'ai versé dans l'inconnu.

Passé arraché.

L'illusion est tombée.

Le rêve s'est effrité.

Tous ces grands désirs, ces enthousiasmes, ces petites fiertés, tout est mort, pour toujours, a existé en vain.

Me voici soudain femme nue, abandonnée, stupéfaite, une femme nue qui veut comprendre, une pensée emplie de pierre dans ce cercueil — ma maison —, transpirant et respirant avec peine, car je ne comprends rien à l'aventure humaine. L'hiver ou l'été, l'aube ou minuit, des subtilités qui m'échappent, l'un et l'autre un désespoir qui fait semblant d'espérer.

On eût dit qu'une main étrangère m'avait déplacée dans un lieu désert.

Peut-être bien qu'après ma mort, une inconnue se demandera pourquoi je suis venue en France, pour-

quoi j'ai vécu si absurdement et pourquoi j'ai si ridiculement souffert de ce qui me paraissait au loin le champ de liberté, le chant de l'aimée.

La question reste posée à toutes les générations d'anges.

Obscurité.

M'ammaryam

Le lendemain, dès que j'ai ouvert les yeux, j'ai tout de suite vu que c'était une belle journée. Le soleil brillait, et il faisait presque aussi chaud que dans une petite cuisine avec un grand poêle. Madame Trauchessec cuisait des œufs et l'arôme remontait dans la chambre, me creusait l'appétit comme un quatre-heures. Mes sœurs pionçaient encore. On entendait rien, sauf les gazouillis d'oiseaux. Tout ça si différent de Belleville où t'es obligé de te farcir les bruits des autos sans autorisation administrative.

Amadeus m'attendait au pied du lit. Il s'impatientait et remuait sa queue en éventail. Ensuite, il a bondi sur moi et s'est mis à me lécher la figure. Je me suis levé et j'ai coursé Amadeus jusqu'au salon.

J'arrivais à l'entrée du salon quand j'ai entendu Monsieur Tichit dire à M'am :

— ... Vous m'attendrissez, madame. Avec vos yeux voilés, votre teint de satin, vos cheveux si artistiquement coiffés. Mais bon, j'imagine que bien d'autres vous l'ont déjà dit avant moi. Ils doivent tous tomber comme des mouches...

Soudain, ils m'ont vu. Ils se sont regardés d'un drôle d'air et M'am a parlé de son affaire de bracelets :

— Au début ce n'était rien du tout. Je fabriquais les bracelets moi-même et je les vendais.

Aujourd'hui, j'ai un employé et, si les choses continuent, il me faudra bien trouver quelqu'un d'autre pour m'aider.

J'ai très bien vu qu'ils voulaient me mettre dedans.

— Où est mon papa ? j'ai demandé.

— Il est parti faire un peu de marche, a répondu M'am.

Je n'ai rien dit. Je me suis assis devant ma tasse. Ils continuaient à se parler. Je n'aurais pas été là que ça aurait été du pareil au même. J'ai enfoncé mon nez dans ma tasse. Soudain Monsieur Tichit a demandé :

— Je vais à la pêche, tu veux m'accompagner, p'tit ?

— J' sais pas.

Ils se sont regardés. Monsieur Tichit a insisté.

J'ai accepté. Et qu'est-ce qu'on a rigolé ! C'était vraiment marrant. Monsieur Tichit avait une vraie canne à pêche et nous avons déniché derrière la maison des morceaux de bois sur lesquels nous avons attaché des fils et des bouchons de vin. On a creusé un peu par terre et on a dépiauté des vers albinos. Le plus drôle, c'est qu'il y avait des poissons pour de vrai. Ils allaient doucement, ils ondulaient sur l'eau. Ils venaient comme ça dans la lumière, ils ouvraient la bouche, il en sortait un petit brouillard. J'en ai attrapé trois et Monsieur Tichit des tonnes. Madame Trauchessec a dit que c'était des truites. Elle les a fait frire dans du beurre et nous avons déjeuné.

Après déjeuner, j'ai eu envie d'aller nager. Monsieur Tichit aussi. M'am a dit qu'elle voulait nous accompagner, mais qu'il fallait attendre la digestion sinon on risquait l'électrisation ou quelque chose comme ça que je n'ai pas très bien compris.

Mon papa était allongé sur une chaise longue. Il buvait du quelque chose. Si bien que quand M'am a parlé, il s'est retourné et il a crié :

— Qu'est-ce que ça veut dire, bon Dieu de merde ! Qu'est-ce que c'est qu' cette histoire ? T'as pas assez de t'être ridiculisée hier soir comme une minette-de-rien-du-tout, il faut encore que t'ailles montrer tes nichons ?

— Oh, la ferme, elle lui a répondu. Tu pourrais pas penser à autre chose pendant seulement cinq minutes, pour changer ?

— Voilà c' que j'appelle de la reconnaissance ! Je t' sauve la vie en te sortant de ce trou perdu de l'Afrique, et chaque fois que j'ai le malheur de demander un p'tit acompte, faut que tu la ramènes. J'en ai marre !

— A tes souhaits, mon cher.

Elle a levé son éventail et s'est tournée ailleurs. Elle a commencé à se ventiler. Moi, ce que j'aime chez M'am, c'est tout ce qu'elle a subi dans la vie. C'est écrit dans ses yeux par où elle est passée, ce qu'elle a vu, ce qu'elle a été. Mais son histoire avec papa, je ne veux pas m'en mêler sous peine de faire du commérage.

Alors, je me suis tiré vite fait pour pas comprendre. J'ai dégringolé les escaliers et j'ai clopiné jusqu'à l'endroit où Monsieur Trauchessec reste toute la journée à creuser des trous. Il a le coup de pelle facile. Ça sonnait sec dans la terre.

— Bonjour, Monsieur Ferdinand, j'ai dit.

— Tu veux un trou, mon p'tit ? il m'a demandé.

— Peut-être bien.

— C'est bien, mon p'tit. Comment que tu t'appelles ?

— Loukoum.

— Bonjour, mon p'tit Loukoum. J' suis content de t'entendre. C'est la Lumière qui t'envoie.

Là, j'ai rien dit, à quoi bon? Je suis pas le genre de mec qui s'accroche.

Puis il a regardé le ciel. Je voyais pas bien ce qu'il pouvait y lire, vu que tout était transparent. Il le regardait, heureux comme s'il en pleuvait de la confiture, des ballons et des kinders au chocolat.

— Qu'est-ce que vous regardez, Monsieur Ferdinand?

— Toi qui entres ici, abandonne tout espoir.

— Je vous crois pas, j'ai dit. Ils peuvent pas écrire ça dans le ciel, sinon, on l'aurait lu dans tous les journaux.

— Que t'y croies, que t'y croies pas, mon p'tit, ça m'est égal, n'empêche qu'elle y est.

Puis il s'est tourné vers le ciel et il a dit :

— D'ailleurs, c'est trop tard. J' prends plus personne à bord. Y a plus de place. Je vous avais prévenus avant. Mais personne y voulait m'écouter. Trop occupés à chasser du fric, à forniquer dans tous les coins. C'est trop tard!

Il secouait la tête dans tous les sens, comme s'il voulait chasser quelque chose. Mais il y avait rien. Et j'ai dit :

— Hé, arrêtez d'agiter votre tête, sinon elle va se déboîter de votre cou et vous serez bien enquiquiné.

— Pas la peine de venir maintenant. Vous perdez votre temps et le mien aussi. Faut que j'aie fini cette affaire avant le jour. Vous pouvez tous aller au diable!

Il a ramassé sa pelle et il est retourné à son champ d'expérience. Il faisait du 35° à l'ombre. Et puis sa pelle a bêché. Tant qu'il a pu, jusqu'à la nuit!

— T'occupe pas de lui, il est dingue.

C'était M'amzelle Goélène. Elle avait la même barboteuse qu'hier, en plus écourtée. Elle est rudement jolie.

— Il est bandant, j'ai fait.

— Il est fou, tu veux dire, elle a répondu en rigolant.

Alors, j'ai réfléchi, réfléchi. Je sentais que la peau de ma cervelle allait se décoller net, que ça allait exploser là-dedans et se transformer en gerbe de roses. J'ai dit, l'air d'un philosophe, sauf que je n'avais pas de barbe :

— M'est avis qu'il veut simplement des trucs bizarres pour s' rendre intéressant, sans ça, personne y le regarde. C'est ça la résistance passive.

Elle m'a regardé avec insistance. Je me demandais bien ce qu'elle me reprochait. Je voyais ses yeux derrière ses saletés de lunettes. C'est vrai, quoi ! Quand on est môme, on est une proie facile pour les gonzesses. Elles te lorgnent comme ça, sans que tu touches des intérêts. Et l'air s'est mis à puer lourd. J'avais du plomb dans mes Adidas. Après, ses lèvres se sont mises à trembler.

— T'es génial ! elle a dit.

— Si on allait se baigner ? j'ai demandé.

— Chouette ! elle a crié en levant les bras au ciel.

Pour commencer, on passe sous des bois géants, on escalade des rochers, et on débouche sur la rivière. Là, il y a pas d'arbres. Une petite plage de galets. Sur la berge, l'eau n'est pas profonde. Plus loin, des arbres des deux côtés. La rivière tourne à droite et disparaît. L'eau est calme. Les arbres s'y reflètent. C'est rudement beau. Ce n'est pas comme la mer de Cannes. Mais c'est plus que rien. Et puis, il y a des galets. Tu peux les jeter dans l'eau *floc-flac* sans gêner le sommeil imbécile du juste.

J'avais pas de maillot. Je voulais garder ma culotte. M'amzelle Goélène a dit :

— C'est pas la peine.

Et elle a commencé à se dévêtir. Ça me gênait, moi personnellement, j' trouve. Par contre, il en va tout autrement avec les Français qui font du nudisme sur les plages pas spécialement pour inciter au désordre et à la consommation. Alors, je me suis caché derrière un arbre. Quand je suis sorti, elle a enlevé ses lunettes et elle a dit :

— Ça alors !

— Tu vois ça comment ? je lui demande.

Au lieu de répondre, elle s'approche de moi en tendant ses mains vers mes jambes nues.

— Mmmm ! elle fait comme à une bonne surprise.

C'est un moment particulièrement cruel. Je m'entends respirer comme quand on fait du sport. Les doigts de Goélène courent sur ma peau. Elle se met sur la pointe des pieds. Elle m'embrasse sur la bouche. C'est tellement dégoûtant que je recule brusquement.

— Tu trouves pas ça génial d'être ici en pleine nature ? elle me demande.

— Ouais, je fais. C'est mieux qu'à Paris. Plus mieux même qu'à Belleville.

Je suis tout englouti. Mes fesses me démangent drôlement. Des oxyures, il paraît. Ce soir, je me nettoierai méticuleusement le derrière avec un gant.

Elle se rapproche. En même temps, elle me montre des choses, son ventre, ses seins. Elle me retouche. Je me retrouve sous des latitudes cocotiers et une hélice de chaleur traverse mon ventre. Tout se met à devenir agréable autour de nous, exactement comme le jour où j'étais avec Lolita dans le gymnase et qu'elle a dansé le ballet rien que pour moi, et qu'il a fallu que la taupe m'attrape par le collet et m'envoie gicler cinquante mètres plus loin pour me faire revenir sur terre.

Son nez vibre un petit peu. Sa bouche ourlée est une merveille rose. C'est un vrai sortilège. J'en vois des chandelles.

Je sens quelque chose de très doux sur mes mamelles. Un peu comme la bouche d'un bébé. Et après un bon bout de temps, je me transforme aussi en nourrisson. Et c'est doux comme de la mousse de savon.

L'impression, c'est d'être au ciel, pas du tout comme de dormir avec Amadeus.

Alexis a raison : avec les gonzesses, il faut y aller franchement.

— Hé, les mômes !

Une petite note tartouille ma cervelle !

Au clair de la lune, mon ami Pierrot,
Prête-moi ta plume, pour écrire un mot.

— Hé, les gamins !

C'est Madame Vieilledent. Elle marche tout de travers. Elle a toujours le fusil sous le bras. Je me demande ce qu'elle peut trafiquer dans le coin.

— Vous chassez le lapin ? je demande, la pétoche plein le gosier. J'en ai vu un gros dans les fourrés tout à l'heure.

— Faut pas avoir peur de moi. Tu sais, fiston, dans ma jeunesse, j'en ai vu de belles !

Elle me regarde. Elle a de la coquinerie dans les yeux et elle ne fait que de me regarder. Je sens que je deviens tout gris. Gris et sale. La chaleur continue à peser lourd. Mon estomac se dilate. Et j'en veux à cette bonne femme. Madame Vieilledent crache par terre et dit :

— Moi, à vo'te place, j'arrêterais ça tout de suite. Ils arrivent, vos parents. Bon, flûte! J'ai pas à m'en mêler. Bonne bourre, les enfants. Oubliez pas de mettre des chaussettes. Y a le sida.

Je me lance au galop. J'ai un coton terrible pour enfiler mes fringues. On est marron!

D'ailleurs, ils ne tardent pas à faire leur entrée. M'am devant avec un sourire jusqu'aux oreilles. Elle balance ses hanches comme une rombière disponible. Monsieur Tichit la suit et ausculte son cul. Poli avec elle comme pas deux. Presque grave, je dirais.

Dès qu'ils nous voient, leurs yeux lancent des signaux optiques.

— Hé, les mômes, ça va? demande M'am.

— Ouais, j' fais.

Il faut comprendre, quand tu es gosse, tu es obligé de répondre ça, même si tu te crèves d'ennui.

— C'est pas mal, ici, hein? demande Monsieur Tichit.

Même un aveugle verrait que ce type souhaite que je ne sois pas là. Il rigole doucement mais ça ne plaisante pas sur son visage. Et moi je deviens nègre, barbare sur toute la ligne. Je reste là pour les zieuter en attendant que le pire arrive!

M'am part mettre son maillot de bain derrière des buissons. Je connais son costume, même poids qu'un pop-corn. Rien qu'un fil à hauteur de la ceinture avec un petit triangle devant et derrière, mais tout en or. Je me demande si on peut se sentir à l'aise avec ça.

Monsieur Tichit enlève son caleçon. C'est en hiérarchie, vu qu'en dessous il en a un autre tout circulaire en peau de léopard qui fait dresser sa quéquette d'horreur. Il a une foutue allure. Sous ses bras secs, il a des muscles du premier âge. Bionic, je dirais. Des câbles d'acier dans les biceps. Et vachement utiles pour pavaner devant les gonzesses.

Dès qu'il aperçoit M'am, il allonge ses lèvres. Il siffle, il dit :

— Que vous êtes belle, ma chère !

M'am est tout émoustillée. On dirait qu'elle vient de boire le genre de boisson qui fait des bulles infernales dans l'estomac. Il faut comprendre : dans son bidonville de Belleville, personne ne l'a encore traitée comme une dame. Elle fait des petits sauts jusqu'à l'eau. Elle brasse pour respirer le bon air de campagne. Elle s'arrête et fait la planche sur le dos, les yeux au ciel, les bras posés sur l'eau comme deux algues. Monsieur Tichit fait la grenouille à ses côtés, il demande :

— Depuis combien de temps êtes-vous mariée ?

— Vingt-deux ans.

— Et vous n'avez jamais trompé votre mari ?

— C'est pas permis, répond M'am. Dieu a dit...

— Laissez Dieu là où il est.

— Et mon mari ?

— Vous rend-il heureuse ?

— Ça va, ça vient. Ça dépend des jours.

— Vous mentez.

— Pourquoi que vous dites ça ?

— Vos yeux. Ils sont tristes.

Puis il contemple M'am comme s'il n'avait jamais rien vu de plus beau et il ajoute :

— Si j'étais votre mari, je vous couvrirais de cadeaux et de baisers, et je travaillerais jour et nuit rien que pour vous.

C'étaient des intimités. Ils pouvaient faire leurs dégueulasses sous nos nez, paraît que c'est meilleur. Ils continuaient à bafouiller des trucs entre eux. Ouah! Ouah! qu'ils grognaient, tout heureux. Je ne leur en voulais pas à cause de la ferveur religieuse. J'avoue que j'avais comme un nœud là au creux de l'estomac. C'est alors que Goélène s'est mise à courir parce qu'ils étaient désopilants. Il restait encore du soleil. J'ai couru derrière et j'ai même failli la perdre. Elle courait vite et je pensais qu'elle m'avait oublié parce qu'elle avait d'autres chats à fouetter. Et ça n'a pas loupé. J'ai entendu comme un bruit de quelque chose qui se fracassait et un cri : Aïe! Et je me suis précipité.

Les jambes de Goélène étaient à quatre cents mètres garantis, perpendiculaires au sol (Mademoiselle Garnier aimerait écouter ça). En dessous, les croquettes, les bonbons prenaient leur aise. Elle soufflait tous ses poumons en essayant de se dégager du buisson qui lui faisait une touffe dans les tignasses comme Jésus, ou quelque chose que je n'ai jamais très bien compris.

— Ça va? j'ai demandé.

— Aide-moi au lieu de poser des questions stupides.

— D'acc.

J'ai obéi, vu qu'il fallait rester bien à son goût et se faire adopter. J'avais envie de rire, mais dans la vie, il faut savoir se faire une raison.

Elle s'est dégagée. Elle est restée quelques minutes les fesses par terre. Elle a penché la tête. Des grosses larmes s'évadaient de ses yeux. Elle pleurait. Je ne savais pas quoi faire. Et quand tu ne sais pas quoi faire, la minute est vachement longue. Il faut avoir des nerfs d'acier. Être rudement bien dans son corps.

— Faut pas pleurer, je lui ai dit, tu vas t'abîmer les yeux.

— C'est ce que vous dites tous ! Ça ne marche pas avec moi.

— J'ai un chewing-gum, t'en veux pas ?

— Non ! elle a hurlé. (Et ça m'a épouvanté les oreilles.) J'en veux pas ! C'est pour les mômes. Mon papa m'en donne pour pas réciter des histoires le soir. Quel hypocrite !

— Faut pas dire des méchancetés sur ton papa.

— Je vais me gêner, peut-être ! Ah que non !

— C'est pas bien. Dieu a dit que tu honoreras ton père et ta mère.

— C'est des bêtises, elle a fait.

— Dieu existe.

— Non ! Mon papa dit que si Dieu existe, c'est parce que les hommes l'ont créé comme la télé, les voitures, les Nintendo.

— Et comment que tu expliques toutes ces choses, comme le soleil, la lune, la rivière, les poissons, les fleurs, qu'est-ce qui les a mises là ?

— Pas Dieu en tout cas, il fait que des mauvaises choses.

— C'est pas vrai ! Au Mali, il y a plus de soleil que n'importe où, c'est la géographie qui veut ça ou Dieu si tu veux. Il y a plein de brousses, de forêts, des savanes, des lions, des éléphants, et l'homme n'a rien inventé du tout, tu vois ?

— C'est pas du pareil au même, elle m'a dit. D'ailleurs, pourquoi qu'il fait que les mamans partent et laissent les petites filles avec leur papa ?

Elle doit être rancunière comme une teigne, cette gonzesse. Elle pose des questions, sans tête ni queue, aménagées spécialement pour vous poser une colle. Ça m'a rappelé l'école, quand tu es debout devant mille lampions qui t'auscultent, et qu'il y a comme du vent dans ta tête et que tu n'arrives pas à répondre aux questions de la maîtresse. Tu sens d'abord que ça frissonne à partir du fond de la classe. Puis il y en a un qui se met à rire brusquement et ça se propage avec des esclaffements que t'en chies de honte dans tes frocs.

Mais devant cette gonzesse, je voulais pas passer à la trappe. Dans mon ciboulot, ça galopait à toute allure. Je cherchais désespérément quoi lui répondre. Et plus je cherchais, moins je trouvais. C'est normal, quoi, dans la vie, quand tu cherches, c'est là que ça te fait des pieds de nez et que ça glandouille loin comme à La Mecque qui n'est pas tellement ailleurs. Et je m'en voulais, et plus je m'en voulais, moins je trouvais, d'autant plus que la gonzesse commençait à se ronger les ongles. Finalement, j'ai dit :

— Il faut pas chercher à comprendre. Dieu est très compliqué et j' sais pas bien si j'ai tout compris. Quelquefois, il fait des roses qui répandent le bonheur partout dans la maison. D'autres fois, c'est un Malien immigré à Belleville importé spécialement pour balayer la France. Ou une femme mariée qui a pas eu d'enfants, qui a passé sa vie à torcher les mômes des autres et qui pour une fois rigole comme une bécasse pour pas crever, si tu vois c' que j' veux dire.

— Mmmm, mmmm, elle a dit.

Là, il y a eu un moment de silence que c'était chouette. Des oiseaux gazouillaient. Des petites feuilles bleues dansaient dans les arbres. Je n'avais jamais rien vu de si beau. M'amzelle Goélène observait le paysage, puis elle a posé sa tête sur mon épaule. C'était léger, léger comme du popcorn. J'ai baissé le front, j'ai regardé ses yeux bleus qui étaient pareils que le ciel. J'ai déchaussé ses lunettes. C'est vrai qu'elle est mieux myope sans. J'ai embrassé ses cheveux qui sentaient la vigne ou un arôme frais. C'était fruité et bon comme une bouteille de lait remplie de Pepsi. J'ai pensé à Lolita, vu qu'il faut continuer à vivre. C'est obligatoire.

— Tu sais, elle m'a dit, j' connais pas ma maman. Tout c' que j' sais d'elle, c'est une photo couleur où elle rigole et c'est marqué derrière : « Mille baisers à tous, signé Nathalie. »

Inch Allah !

Le temps. Le jour ou la nuit. Notions pulvérisées par ma tristesse.

Le ciel se baisse, son front est serti de cailloux, ses mains gantées de murailles.

L'homme instaure son autorité.

Les idéologies occidentales ne passent pas.

Il les exclut, avec ses griffes, avec ses dents, avec ses phrases.

Il brode sur le mariage, une angoisse sociale, le sens réaliste et comptable de mon bonheur. « Sors pas, c'est dangereux. — Touche pas ci ! — Fais pas ça ! C'est pour ton bien ! » s'exclame-t-il.

Il veille à mes côtés, ordonne des heures fixes et me propose son bien-être comme une occasion particulière de détente.

Il me courbe, m'agenouille, fait la nuit dans ma mémoire.

Nue de mes rêves, orpheline de tout,
j'attends,
je regarde,
condamnée mais encore sursitaire...

Que puis-je faire, étrangère à jamais exclue ? Aucune parole ne tombera pour calmer la souffrance qui coule. Aucune main ne se posera sur mes épaules. Aucune pétition. Tout doit rester en ordre, à sa place. Où est la mienne dans cet ordre ? J'interroge les objets et me perds dans le vide. Déjà meurtrie par le souvenir vague du futur. Un peu foutue pour l'espoir. Je vacille, affolée par cette pesanteur. La peur d'être réexpédiée en Afrique dans un bateau, dans une cale, là où crèvent des exilés.

La brise du soir ferme mes paupières et coud mes lèvres.

Mon silence ne cesse de grandir. Il grandit comme une ronce un peu folle et fissure les murs des voisins. La terreur les étouffe et les incite à me taper dessus. Ils ont peur d'être envahis par cette mélasse noire, peuplée de feuilles d'automne et de tristesse.

Ma grand-mère avait raison : le silence indique les hiérarchies.

M'ammaryam

Les jours suivants, on s'est vraiment amusés. On a escaladé les montagnes. On a visité les environs. Nous portions nos gueules de Nègres en porte-drapeau, on marchait dans la ville. Ça en faisait une tribu ! Les gens sortaient de leur maison, exprès. Ils nous regardaient, ils fouillaient nos tronches de garnison exotique. Pas comme à Paris où blanc, jaune ou noir, personne ne fait attention à ta gueule et tu peux toujours te la casser au coin d'une rue, tout le monde s'en fout. J'étais très fier. C'est vrai, quoi ! C'est pas tous les jours que ceux-là voyaient des Nègres en colonie. Papa faisait la tête, vu que Monsieur Tichit ne nous lâchait pas. A croire que ce Blanc nous adorait. Collant, le vieux. Il allait, il venait, il finissait par lancer un compliment à M'am :

— Vous avez une bien jolie robe, madame.

— Merci.

— Et vos sandales vont bien avec...

— Merci.

— Et vos dents? Comment faites-vous pour les avoir si blanches? C'est un régal pour les yeux.

M'am éclatait de rire. C'est vrai qu'il faisait chaud, que tout était calme et que la nature s'en donnait à cœur joie. Mais tout changeait autour de moi. La colère barbouillait mes joues, même si je tâchais de faire le gosse bien élevé. Quand j'entendais M'am rire, j'avais envie de l'étrangler et d'en foutre une dans la tronche à Monsieur Tichit. Mais Dieu me regardait, alors...

Quand Monsieur Tichit nous lâchait enfin, papa tâchait de faire les mêmes compliments à M'am. Ta robe, tes sandales, tes dents... Elle le regardait comme si elle n'avait plus d'expression. Puis elle jetait la tête en arrière et éclatait de rire telle une bonne Négresse.

Un jour, en revenant d'une promenade, une surprise nous attendait.

Madame Trauchessec avait mis ses habits du dimanche et gribouillé ses yeux et sa bouche de couleur. A voir comment étaient bouclés ses trois cheveux d'avant-guerre, on sentait qu'ils sortaient des bigoudis. Mais, malgré ça, elle n'était toujours pas belle. Tout de même, elle avait une jolie expression.

Dès qu'elle nous a vus, elle a bondi vers nous comme une flèche et nous a ramenés au salon, triomphante.

— Je vous présente ma famille! elle a dit. Voilà Monsieur et Madame Jonnekyndt, mes cousins; Monsieur et Madame Vieilledent.

Les autres ont hoché la tête telles des vieilles cloches. Madame Vieilledent est restée accrochée au bras de son mari comme une naufragée. Monsieur Ferdinand était assis dans un coin et souriait tranquillement au mur. Seul Monsieur Michel n'était pas là. Celui-là vit seul comme un ténia. Il se lève avec le soleil et se couche avec lui. Il est tellement absent des réalités qu'à coup sûr elles ne manqueraient pas d'être hostiles à son égard. Mais ce ne sont pas mes oignons, alors.

— C'est mon anniversaire aujourd'hui ! s'est exclamée Madame Trauchessec.

— Votre anniversaire ? a répété Monsieur Tichit. Il fallait me le dire, ma chère. Il faut fêter ça.

Il a filé dans sa chambre et il a ramené une bouteille de champagne. Il l'a ouverte et il a versé à boire à tout le monde.

— Joyeux anniversaire ! on a crié tous en chœur.

Puis tout le monde s'est jeté sur elle pour l'embrasser.

— Félicitations !

— Merci, merci, elle a répondu.

Elle était toute rouge. Ça se voyait qu'elle était émue parce qu'elle avait l'impression qu'elle avait vieilli tout d'un coup. Elle souriait de toutes ses dents. Quand je dis toutes, ce n'était plus que des restes vu qu'il y en avait presque plus là-dedans.

— Félicitations ! on disait.

— Merci, merci, elle répondait.

M'am a proposé de chanter une chanson en l'honneur de Madame Trauchessec. C'est une chanson à Aminata, ma maman biologique. Le titre c'est : *Pas facile d'oublier*. Elle chantait et elle regardait papa et surtout Monsieur Tichit qui arrêtait plus de gonfler. Elle portait une robe très collante à bretelles si fines qu'on aurait dit du fil à coudre.

Papa n'en revenait pas. Quand elle a eu fini de chanter, les autres ont applaudi et papa aussi.

— Que la fête continue! a hurlé Monsieur Tichit.

Il a mis de la musique. Et ça vous balançait à pleins poumons. On l'entendait depuis la cour. Tout le monde s'est mis à danser, sauf papa et Monsieur Bernard Vieilledent. Ils bavardaient, je ne savais pas de quoi ils causaient, alors je me suis approché.

— Paraît qu'en Afrique les hommes ont plusieurs femmes, c'est vrai? demande monsieur Vieilledent.

— Ouais.

— Comment qu'ils font les mecs? il a demandé.

— Comme chez Renault, a répondu papa, les trois-huit.

— Mmmmm..., il a fait. Je pense que ça me déplairait pas. Du tout! Du tout!

— Laissez tomber, frère! Ça pose plus de problèmes qu'autre chose. Il faut s' faire respecter et c'est pas facile.

— Ah oui? Et comment font les Nègres quand ils ont plusieurs femmes?

— Ben, ils les tabassent!

— Holà, le Négro, vous avez vu ce char? il a fait en désignant Madame Vieilledent d'un signe de la tête. Autant m'envoyer au peloton d'exécution.

— Dans ce cas, laissez tomber, a répliqué papa.

Monsieur Vieilledent a froncé les sourcils, l'air de réfléchir. Puis il a fait :

— Supposons que vous me donniez un coup de main.

— Pour quoi faire? a demandé papa, soupçonneux.

— Pour me débarrasser d'elle, bien sûr!

— De votre femme ?
— Ouais.
Papa l'a regardé, puis il a éclaté de rire :
— Oubliez ça, mon cher. Une femme comme la vôtre, personne y peut la supprimer. J' parie que les balles rebondiraient sur le ventre.
— Elle veut me tuer, il a fait.
— Si tu veux mon avis, frère, c'est déjà fait, a répondu papa.
A cet instant, la musique s'est arrêtée, Madame Vieilledent a jeté vers nous un regard méfiant et s'est approchée à grands pas.
— Quéque vous complotez ? elle a demandé.
— On a fait un pari, a répondu Bernard Vieilledent.
— Non ! a dit papa, indigné.
— Vous, les hommes, vous êtes toujours à parier, elle a lancé avec mépris. A foutre les pauvres femmes dans la merde et à faire souffrir les innocentes.
— Pas les innocentes ! a répliqué papa.
— A d'autres ! Je vous ai tous vus traumatiser les pauvres petites.
— Allons, Gisèle, est intervenue Madame Trauchessec. C'est mon anniversaire aujourd'hui. Tu ne vas tout de même pas me le gâcher en faisant une scène !
— Mais, non ! Je voulais juste que Bernard vous montre comment qu'il fait avec Mademoiselle Marguerite. Allez, Bernard. Montre-nous comment t'y fais, elle a ajouté en lui jetant un regard rusé.
Monsieur Bernard a croisé les bras, regardé le ciel et poussé un soupir si long qu'on aurait cru que le soleil allait se coucher.
— Il n'est pas en forme aujourd'hui, mon Ber-

nard. Il préfère me tenir compagnie, n'est-ce pas, mon chéri ?

— C'est ce qu'on a remarqué, a dit papa.

Puis la musique a repris et Monsieur Tichit a invité M'am.

M'am était vraiment d'humeur ambianceuse. A la voir, on aurait dit qu'elle avait des chatouilles dans le corps.

— Ça fait des années que j'ai pas dansé, elle a fait en rigolant.

— Profitez-en, ma chère, il a répliqué.

Elle se trémoussait. Elle était vraiment très belle dans sa petite robe bleue et ses souliers bien assortis. On aurait cru une mangue bien mûre qui joue toute seule au ping-pong. Dans la salle, tout le monde avait les yeux braqués sur eux.

— Elle danse bien, vo'te épouse, a dit Monsieur Bernard.

— Merci, il a répondu, l'air de s'en foutre.

Monsieur Tichit souriait avec plaisir. A un moment, la bretelle de la robe de M'am a glissé, on a presque vu les bouts de ses seins. Mais ça ne l'a pas gênée. Il lui a dit quelque chose dans l'oreille. Elle a souri en montrant toutes ses dents. A la voir, on ne pouvait pas imaginer qu'elle a des responsabilités familiales.

Soudain, papa a envoyé valser un jus de cola *floc-flac* et il a quitté la pièce.

Il est déjà tard dans l'après-midi et l'ombre des arbres commence à s'allonger. C'est très joli là-bas du côté des montagnes.

Papa s'est assis sous la véranda et n'arrêtait pas de dire : « Putain de merde ! » Et tout le temps comme ça. Ensuite, il a pris sa tête entre ses mains. Il a l'air que c'est la fin du monde. Et moi, c'est pas tellement mieux.

— Paraît qu'il faut se battre dans la vie, je lui lance tout de go, l'air de rien.

— Ça dépend pour quoi, papa réplique.

— Pour une femme, par exemple.

— Qui t'a dit ça, Loukoum ?

Je ne réponds pas, et je dis :

— Ma femme, je la laisserai pas faire n'importe quoi.

— Sans blague !

— Ouais. Le destin de chacun lui appartient.

— Qui t'a dit ça, Loukoum ? il redemande.

Je ne réponds pas. J'ajoute :

— Par exemple, si je veux épouser une femme et que son père pense que je suis pas assez bien pour entrer dans son salon... ben...

— J' t'écoute...

— Je la mets grosse. Alors, elle est obligée de rester avec moi, même si je suis pas assez bien pour elle.

— Félicitations, fiston. Mais le père de la fille ne va pas t'aimer si tu mets grosse sa fille.

Je hausse les épaules et les laisse retomber et dis :

— Elle sera à moi, alors !

Du coup, papa se relève. Il regarde le salon où M'am continue à se trémousser avec Monsieur Tichit. Et il entre comme s'il était en retard sur sa troupe et qu'il lui courait après.

— Je peux danser avec *ma* femme ? il demande à Monsieur Tichit.

Les danseurs se tournent vers eux. Ils se regardent. Monsieur Tichit a le nez qui brille comme un phare. Il tient toujours le bras de M'am. Il a l'air très en colère et très agacé. Des secondes et des secondes. Finalement, Monsieur Tichit fait un sourire en coin et dit :

— Bien sûr, mon cher!

C'est drôle, parce que la tremblote m'avait pris au début de tout ça. Mais voilà que ça s'arrête soudain.

Cette nuit-là, j'ai écrit à tout le monde. J'ai envoyé des cartes postales à mon copain Alexis, à M'amzelle Esther, à Monsieur Ndongala. C'était des politesses. Mais tout le monde fait pareil, alors.

Ensuite, j'ai écrit à Lolita :

Ma très très chère Lolita,

Voilà une semaine que nous sommes en vacances. Songe que c'est la première fois que je sors de Paris. C'est le bon temps, mais je pense à toi à tel point que quand je suis dans mon lit, et que j'y pense, ça me file des crampes dans la cervelle.

A part ça, ma maman prend des drôles d'airs. Elle va chercher son indépendance jusque dans sa façon de s'habiller, des petites culottes courtes et des robes à fleurs qu'elle exhibe. Mais, malgré les apparences, si tu cherches sa personnalité, tu ne la trouveras pas, vu qu'elle se cherche. Elle se laisse tripoter par un monsieur maigre dont la peau est tannée par le grand air. Il a connu le Sahara, Singapour, et il a coulé trois fois dans l'Atlantique. Il s'appelle Monsieur Tichit. Il sait y faire avec les femmes. Et ma maman laisse envahir son âme par des voiliers. Elle le regarde, muette et stupide, jamais rassasiée d'altitude. M'est avis que si ça continue, la bombe va exploser en léger différé dans sa tronche et qu'elle va se retrouver à la porte du Jugement dernier.

C'est que, ma chère Lolita, ça sera géant un scandale pareil ! Ça fera tache ! Révolution ! Vinaigre !

Je ne t'écris pas pour te parler de ça, ma chère Lolita. Mais c'est vrai qu'il est difficile d'imaginer qu'un cœur d'adulte puisse être amoureux si tard.

Puisque j'ai parlé des adultes, parlons maintenant de nous. C'est vrai que je crève de quitter cet âge de la croissance où tout le monde a quelque chose à nous apprendre, et je voudrais t'avoir dans mes bras, une fraction de seconde.

Puisqu'on te garde loin de mes pupilles, fais ce qu'il te plaît et ne te laisse pas enterrer dans la douceur du sable. Tu ne pourrais plus respirer. Et moi, je tiens à t'avoir en vie, vu que, ma chère Lolita, tu représentes ce que j'ai de plus beau au monde. Je te bisoute et je te quitte en te disant : A bientôt !

Ton tout dévoué Loukoum.

P.-S. L'autre jour, j'ai regardé les arbres et j'ai pensé qu'on pourrait y habiter.

Pendant des années, j'ai essayé d'être une bonne épouse.

Je célébrais mon époux comme l'autre mystère de la vie, je répétais sur son corps des galaxies d'étoiles, et à terme la marque du ciel. Je glissais à ses oreilles des tendresses plus fortes et neuves que toutes les nostalgies.

J'étais à lui, bannie du monde, écartée de la lumière.

Mais lui ? Quels sentiments ? Il savait être le centre de l'univers, la somme ou la totalité.

J'étais l'image qui tapissait ses murs et éloignait le froid.

Je me faisais légère, légère... Ou alors, une petite chose qui l'écartait du besoin, le rapprochait du ciel.

Nous vivions à deux, et j'étais seule.

L'eau coulait dans mes veines et je lui donnais du sang.

Je n'avais plus de force, j'avais mal à la vie.

Il disait : « Tu dois me garder en toi, pendant neuf lunes, enceinte de mon corps. Ne t'inquiète pas. Je te témoignerai ma reconnaissance. J'empaillerai ta chair d'amour et de volupté. Je laverai tes yeux et ta peine éclatera en petits morceaux de rires et de chants. »

J'ai offert mon ventre pour donner Noël. Mon sexe venait cueillir sous son gland la dernière perle de sperme. Cette goutte était mon espoir. Elle me permettait d'éloigner les nuages, d'embrasser le soleil. J'attendais chaque lune, mes règles revenaient avec une régularité déconcertante. Mes entrailles refusaient d'offrir la vie. J'étais stérile. Stérile ! Je regardais le ciel. Le ciel se désintéressait de mon sort.

L'homme me caressait encore un peu, au réveil avec des doigts d'amertume, et s'en allait à son travail.

L'absence d'un enfant. L'horreur que rien n'égale. Un phénomène illogique que je ne voulais ni comprendre ni détailler.

J'étais un arbre desséché, ou un animal inconnu mi-homme mi-femme qui s'accouplait avec Abdou et emprisonnait ses forces mâles.

Le temps passait, le temps se désintéressait de mon sort, Abdou me fuyait.

Je ne te dirai pas le crépuscule qui précipitait ses excuses.

Il s'absentait et, quand il était là, il restait captif de ses rêveries. Il aspirait à l'infini et il suffisait alors, dans ces moments, qu'on plaçât sous ses yeux certaines personnes bien choisies, féminines de surcroît, il se perdait, il allait à elles, il succombait à l'illusion que lui présentaient ces instants fugitifs, toute cette vie à laquelle il aspirait et qui effaçait de plus en plus ma vraie vie du moment, celle qui continuait encore.

Je mourais de tristesse.

Je mourais de honte.

Je ne savais plus me prosterner pour prier.

Qu'importait ? Qui m'écouterait ? Qui laverait l'hérésie, le péché ?

Il aurait fallu me brûler à vif sur un bûcher sur lequel j'aurais récité tous mes versets et mon corps aurait disparu dans les braises pour renaître dépouillé de souillure. Il aurait fallu...

Mes journées se passaient dans un tunnel, sans issue. J'allais dans les rues, dans les ruelles. Mon corps s'emplissait de pierres. Un corps lourd et déjà fatigué. J'étais assaillie de questions par les angoisses que je transportais. Je vacillais. Je me cognais contre les murs, contre les passants, contre l'épaule du ciel.

Je traversais les foules.

Je me laissais aller dans la folie pour ne pas vomir ma hargne.

Qu'importe ? Mes jours ont l'avantage de ne pas exister.

M'ammaryam

Les vacances sont vraiment chouettes, sauf que j'ai quelques inquiétudes avec Monsieur Tichit. Il n'arrête pas de lorgner M'am, de tisser des gestes précieux : « Pardon, Madame. — Mes hommages, Madame. — Votre beauté n'a d'égale que votre charme. » Et ça me donne des poussées d'urticaire. Ça me fait grincer. J'ai marché exprès sur ses chaussures. J'ai crachouillé dans son verre alors qu'il avait le dos tourné. Je lui ai même tendu un piège. J'ai attaché un fil entre deux arbres à l'heure où il revient de sa promenade du soir. (A mon âge, y a pas meilleur que la marche pour écarter les risques d'accident cardiaque, qu'il a l'habitude de dire.) Mais c'est papa qui s'est pris dedans et il a fallu tous nos muscles pour l'aider à s'en dépêtrer.

Un matin, Monsieur Tichit a ouvert la porte de la salle de bains alors que M'am se trouvait à l'intérieur. Elle a miaulé comme un chat à qui on vient de marcher sur les pattes. Il s'est excusé mais il est resté là à fixer les mamelles de M'am. On aurait dit qu'il voulait happer le ciel. Alors, j'ai toussé dans son dos, fort, fort ! Sûr qu'il a reçu une décharge de morve en pleine cervelle. Il s'est retourné. Il m'a souri et il a dit :

— T'as attrapé un coup de froid, mon p'tit ?

Quel idiot ! Si j'avais pu, je lui aurais truffé la gueule.

Il est reparti dans sa robe de chambre en soie en sifflotant comme s'il goûtait la paix de l'esprit.

Après cet incident, je suis allé me balader du côté de la rivière avec Amadeus. Il était heureux comme un prince, il remuait sa queue et bavait à qui mieux mieux. J'ai essayé de pêcher, mais je n'ai rien attrapé, rien du tout ! C'est alors que Mademoiselle Goélène s'est amenée. Celle-là commence à me les gonfler. Chaque fois que j'essaye de remettre l'horloge des câlins en marche, elle n'arrête plus de dire : « Ah, que non ! Pas là, c'est interdit ! » Ou quand je lui prends la main, elle est trop garce pour me laisser faire : « Lâche-moi, qu'elle me dit. Qu'est-ce qui te prend donc ? Ça va pas ? Moi, c'est un homme qu'y me faut. Pas un gamin qui a même pas l'âge de fumer la barbe à papa. »

Et à chaque fois, je suis obligé de remballer ma précocité. Ensuite j'ai de la méchante musique dans ma cervelle pour le restant de la journée. Je ne comprends d'ailleurs pas pourquoi les femmes font tant de chichis avec les marques extérieures comme leur chatte qu'il faut respecter.

Toujours est-il que quand elle s'est amenée, avec sa chatte qui sent la rose-tutu-fruit-du-cul, je me suis levé tout de suite et je me suis tiré ailleurs. J'ai viré à gauche, puis à droite, et c'est là que j'ai entendu un drôle de bruit comme un cri.

Je m'approche en me méfiant, des fois que ça serait des voleurs ou des assassins, ou encore une bête féroce ou des fantômes ! Mais non, c'est M'am et Monsieur Tichit qui bavardent.

— Tu l'aimes toujours ? il lui demande.

— Je ne sais pas. J'ai comme une petite passion pour lui. C'est vrai que si j'avais idée de prendre un mari, ça serait lui. Mais c'est un faible. Il sait pas c' qu'il veut. Quelquefois il me gifle. Il a des choses que j'aime et beaucoup que j'aime pas.

— Tu aimes coucher avec lui ?

— Non. Il le sait bien. Ça revient à quoi pour moi, hein ? Il monte sur moi, il m'enfonce son machin. Moi c'est comme si j'étais pas là.

« Il demande : T'aimes ? Et moi j' dis : Oui. Il fait son petit truc, il descend et s'endort.

Monsieur Tichit rigole.

— Faire son petit truc, enfin Maryam, on dirait qu'il te prend pour son urinoir !

— En tout cas, c'est comme ça que je vois la chose.

Monsieur Tichit s'arrête brusquement de rire et contemple M'am.

— T'as jamais rien ressenti ? il demande.

— Presque rien.

— Alors, tu es vierge ?

— Moi ?

— Écoute-moi, Maryam. Dans ton sexe, il y a un petit bouton qui grattouille agréablement quand tu le fais avec quelqu'un.

— Tu veux dire quand tu baises ?

— C'est ça. Ça chauffe de plus en plus et ça devient tout humide. C'est vraiment très agréable. Et puis, y a d'autres trucs bons aussi. Par exemple quand un homme te suce partout avec sa langue.

Et là, il attrape M'am dans ses bras et il se met à lui téter la bouche. Moi, je les regarde et j'ai le cœur qui se serre. Je pose ma main dessus tant il me fait mal. Bientôt mon menton se mouille de larmes. Je ne sais plus quoi penser. Monsieur Tichit aime bien M'am. J'aime M'am, moi aussi. Mais M'am lui accorde des choses, et seulement à lui. D'ailleurs, c'est pas mon problème. M'am peut coucher avec qui elle veut. Enfin, c'est comme ça. Mais pourquoi j'ai le cœur tellement serré ?

Je baisse la tête. Je suis triste. J'ai envie de faire quelque chose de méchant et qui rend le foie infernal comme se soûler la gueule. Et voilà que j'entends mon nom.

C'est Monsieur Michel qui dit :

— Loukoum, Loukoum...

Alors, je lève les yeux et il répète mon nom encore. Il dit :

— Ça te plairait de m'accompagner escalader les montagnes ?

C'est des politesses, j'en suis certain. Un piège à cons. Il a dû voir ce qui se passe et il veut me faire oublier.

Quand vous demandez quelque chose aux adultes et qu'ils ne veulent pas satisfaire vos besoins, ils vous proposent quelque chose d'autre comme des bonbons ou du sucre d'orge. C'est vrai qu'avec Michel, c'est pas du pareil au même. Mais, à mon avis que je partage, c'est tout comme.

J'ai accepté. Et nous sommes partis.

Inch Allah !

Un paysage comme je n'en avais jamais vu nulle part. Un soleil d'Afrique. Des déserts de forêts. Des herses. Des fougères éclatées. Des ruisseaux. Des cascades d'eau. Des cailloux partout. Des collines nues comme la paume de la main.

— Ça s'appelle les Encausses, m'a dit Monsieur Michel.

Il y a des tonnes de cailloux avec des couleurs différentes. Granit. Schiste. Des tonnes de pierres que j'ai emmagasinées pour épater les copains à l'école.

C'était chouette.

Ça sentait le thé à la menthe.

J'ai fermé les yeux pour happer le bonheur.

Mais ce qui m'a le plus épaté, c'est le sanglier. Sûr que ce type a des facilités que lui confère la nature.

Il a extirpé un instrument de sa poche.

Il a fait de la musique.

Et un petit sanglier est arrivé en trottinant.

J'avais la trouille. J'ai senti les poils de mon âme se hérisser. J'ai reculé. Monsieur Michel m'a pris paternellement par les épaules. Il m'a expliqué d'un ton très rassurant que la seule personne qui doit me faire peur dans la brousse c'est les êtres humains parce que les animaux sont très gentils.

Il a donné à manger au sanglier. Des racines. Des patates. Le sanglier a tout englouti d'un coup de gueule et ensuite il est parti se frotter contre un arbre. Il devait avoir une crise d'urticaire, je crois.

Vers midi, on a commencé à avoir très chaud. Les oiseaux étaient fatigués et faisaient leur sieste comme c'est le cas en Afrique. Nous nous sommes assis sous un châtaignier. Nous avons mangé du fromage et bu l'eau d'une source qui coulait pas loin. Après, je lui ai dit :

— C'est chouette la région, j'aimerais bien vivre ici.

Il m'a regardé en souriant :

— Pour un Nègre, tu me fais un drôle d'effet.

— Ah oui ? j'ai demandé en mettant ma main sur mon derrière, des fois qu'il aurait eu des idées.

— Paraît qu'ils quittent tous la brousse pour s'installer en ville et que bientôt on sera envahis.

— J'crois pas. De toute façon, moi je suis plus un vrai Nègre vu que je vis en France et que bientôt je me marierai.

— Ah oui ?

— Mmmm. Elle s'appelle Lolita. C'est une brune avec des yeux de diamant.

— Elle est d'accord ? il m'a demandé.

— Ouais. Mais pour le moment on est trop jeunes, on va encore attendre un peu.

— T'as de la chance, mon vieux.

— Et toi, t'as pas de fiancée ?

— Tu connais, toi, une femme qui viendrait s'enterrer dans la cambrousse ?

— Bien sûr ! A Paris, j' connais des nanas qui rêvent d'aller à la campagne respirer du bon air.

Il m'a regardé comme si j'étais un idiot et il a dit :

— De toute façon, les Parisiennes sont pas costaudes pour un sou. M'est avis qu'un hiver ici et on les envoie au cimetière.

— Faut pas désespérer. Même les idiots trouvent des gonzesses. D'ailleurs, mon papa dit qu'il y a beaucoup plus de femmes que d'hommes sur la terre.

— Pas dans la région, en tout cas. Elles s' tirent toutes pour pas user leurs mains au travail.

— Et comment qu'ils font les mecs pour s' dénicher quéque chose ? j'ai demandé.

— Ils s' marient quelquefois par correspondance, ou ils épousent leur cousine.

Inch Allah !

La fidélité, quelle blague !

Longtemps, j'ai banni ce mot de mon langage.

Coupable de stérilité, je devais me taire.

Pourtant, j'aurais voulu inventer pour Abdou mille et une histoires pour mille et une nuits. Être pour lui Schéhérazade et qu'il soit mon Sultan. Je l'aurais conduit dans ce monde contraire aux confins des frontières qui séparent le vrai du faux, ou dans des pays mirifiques où, plaqués sous fond de lune, des chevaux fantastiques s'ébrouent jusqu'au ciel, pour peu qu'Abdou se détache des choses, comme happé par un rêve.

Abdou disait : « Je suis un homme et Dieu m'a créé à son image. Et si le Tout-Puissant a procédé au partage des eaux, à la division de son peuple en douze tribus pour garantir sa pérennité, moi son fils, fidèle à sa volonté, il me faut assurer ma descendance en misant sur plusieurs femmes pour être sûr qu'à ma mort j'aurai un descendant. »

Je l'écoutais, je me taisais.

Que lui importait si je me brûlais les ailes ?

Que lui importait si quelque chose en moi se brisait et se déchirait ?

L'aurore enlaçait mes larmes.

Désespérant de retenir la force mâle, je ne pouvais rien dire.
Handicapée de naissance, incapable de mener à bout ma mission de femme, je claudiquais dans mon infirmité.
Le chagrin ceignait mes reins.
L'homme fêtait son triomphe.

M'ammaryam

Le jour suivant l'incident, toute la famille Traoré est allée au marché. Les Tichit nous ont accompagnés. Papa tirait la mâchoire : il était sûr que Monsieur Tichit pourrait lui créer des problèmes. Ça ne servait à rien de prendre un ton de plaisir pour ça. Mais l'autre faisait l'aveugle. Il marchait à côté de M'am qu'on se demandait bien s'il voulait l'attraper et sauter avec elle dans le premier train en partance.

Papa n'arrêtait pas de marmonner : « Qu'est-ce qu'il veut, çui-là ? Sacré nom d'une pipe ! » Mais Monsieur Tichit avait décidé qu'il était sourd. « Comme vous voulez, Monsieur Tichit ! Vous êtes libre, Monsieur Tichit ! Nous sommes en République. Mais quand les Nègres de Belleville vont l'apprendre, tu t'en iras en compote, garanti », j' me disais à part moi.

— Vous allez voir, a dit soudain Monsieur Tichit. Ce marché est d'un pittoresque et d'un charme !

— On peut jouer au tiercé ? a demandé papa.

— Que oui ! On peut aussi beloter.

— C'est un plaisir !

— Entre hommes, il a ajouté, on finit toujours par s'entendre, n'est-ce pas, mon vieux ?

Il a ouvert une paluche. Elle s'est fracassée sur le

dos de papa. Amicale. Papa s'est retourné. On aurait cru qu'il voulait le gifler. Mais non! Ses mains sont retombées lentement, tellement qu'on aurait dit un escargot.

C'est vrai qu'on peut pas en foutre une dans la gueule à tout le monde qui ne nous plaît pas, surtout quand on sait par expérience qu'il faudrait recommencer le lendemain.

Nous avançons, paisibles et moutonniers. Le temps est clair. Le soleil donne. La ville s'échauffe pour un rien. Il y a une grande place avec au centre un bâtiment où c'est écrit Hôtel de Ville. Des arbres sont plantés tout autour. On se croirait au jardin de Belleville. Des vieux sont assis sur des bancs. Ils prennent la chaleur. Grand-mère Balbine dit que c'est à cause de l'âge, il réveille les lombaires. Je pense que l'âge ne réveille rien du tout, au contraire. Il n'y a pas de pièces de rechange et tu n'as qu'à te débrouiller avec les pièces qui tombent en panne.

Je dois reconnaître que Monsieur Tichit n'a pas dit de mensonge. Le marché est vraiment pittoresque. Des vieilles femmes exotiques vêtues de robes à plusieurs étages vendent des fleurs et des produits de dernière nécessité comme des poupées ou des ours en peluche. Des fleurs de plusieurs couleurs font leur théâtre dans des paniers. Des bleues. Des vertes. Des jaunes. Et des oiseaux sur les arbres. Moi, si je devais un jour quitter la France, c'est les fleurs que j'emporterais, parce que dans le genre, on ne fait pas mieux.

Plus loin, des marchands de légumes. Il en gicle dans tous les sens. Betteraves rouges-oignons-tomates-aromates en pyramides.

Une gonzesse avec un derrière énorme comme celui d'une vache braille :

— Des carottes, mesdames ! Des carottes, mesdames !

Elle s'égosille. C'est drôle, vu que c'est d'abord les carottes qu'on donne aux dames et le bâton après.

On s'enfonce dans une masse de personnes. Ça grouille de jambes de mille-pattes. Ça fourmille de joie de vivre là-dedans. M'am touche les légumes, elle soupire, elle les remet en place. Sûr qu'elle crève d'envie d'avoir des légumes aussi frais à Belleville !

Puis papa dit qu'il veut aller jouer au loto.

— Mais c'est les vacances, Abdou ! M'am proteste. Tu peux bien prendre des vacances !

— Tu rigoles, il répond. Des fois que les numéros profitent de ce que je suis en vacances pour sortir, hein ?

Nous sommes allés au bureau de tabac. Là, il y a toute la tribu française. Je ne savais pas qu'il y avait des coins où les Français vivent en troupeau comme en Afrique, ou comme les Nègres de Belleville. On dirait qu'ils se connaissent tous là-dedans. Ils n'arrêtent pas de s'envoyer des vannes pour se faire des surprises. Il faut comprendre, quand on vit ensemble, la vie n'est pas drôle, sinon. Des hommes jouent aux cartes. Ils boivent du pastis. Ils hurlent : « Carré ! Tierce ! Belote ! Rebelote ! Dix de der ! » Comme ambiance là-dedans, c'est un carnaval de Rio.

Une femme est assise sur un tabouret au comptoir. Elle a des cheveux de maïs, des taches de rousseur plein la figure, des mamelles plus grosses qu'une assistante sociale. Elle pourrait se faire une fortune avec un mac qui s'occuperait d'elle. De temps à autre, elle penche la tête en arrière. Elle passe ses ongles dans ses cheveux et ça fait des vagues. Elle porte une barboteuse écourtée sur les cuisses. Elle est rudement belle.

A cet instant, Monsieur Bernard Vieilledent entre. Il file recta vers la fille cheveux de maïs et il dit :

— Marguerite !

— Oh, Bernard ! Voilà des heures que je t'attends. A ce rythme, je vais finir par coiffer la Sainte-Catherine et crever dans ce trou.

— Chut !

Et il se met à lui parler dans l'oreille.

Elle fait la moue boudeuse. Elle caresse sa figure qui prend de plus en plus de couleur. Ça se voit qu'elle peut décider de n'importe quoi de sa liberté. C'est un doudou en pâte à modeler dans ses mains. Elle l'appelle chéri et lui pince ses grosses joues.

— Tu m'aimes pas, elle fait.

— Chut, chérie, tu le sais bien... Chut... Pas ici...

— Bon, dans ce cas, t'as qu'à dire à ta bonne femme que tu veux divorcer. Voilà !

— C'est difficile, mon amour. Il faut...

Il n'a pas fini sa phrase que Madame Gisèle Vieilledent réussit une entrée très remarquée, dans une robe à petits pois plissée. Quelle tarte ! Elle marche sur des hautalonnés et ses pieds se tordent dans tous les sens. Elle dégouline de sueur, elle est toute rouge. Monsieur Bernard Vieilledent n'a pas le temps de réagir qu'elle bondit sur lui et le tire par sa chemise.

— Salaud ! Vaurien ! Ordure !

— Oh là, la vieille, on se calme, fait Marguerite.

— Tais-toi, putain !

— Moi, putain ? Seigneur, qu'est-ce qu'il faut pas entendre !

— Oui, putain ! Crétine !

— Moi? Attends que..., bafouille Marguerite en tournant pivoine et jus de raisin.

— C'est moi qui vais te faire la peau, salope!

Et crac, elles se sautent dessus.

Tout le monde se démanche le cou pour mieux voir. Les hommes au comptoir lèvent les yeux au ciel, excédés. Des spectateurs rient et encouragent les combattantes.

— Caresses-y-lui la chatte! crie papa.

— Pour l'amour de Dieu, arrêtez-les, supplie Monsieur Bernard.

— Sacré tombeur! fait papa. Vous devez être fier!

— Ah, que non! Jamais! Jamais! Empêchez-les de se tuer!

— Quel prétentieux! dit M'am méprisante.

L'affaire s'annonce rude, et elles commencent à s'amocher sérieusement.

Un gendarme arrive en transpirant. Il se fraye un chemin à coups de coude. Il met ses mains sur ses hanches, poings serrés, et il hurle :

— Calmez-vous! J'en ai marre de vous deux, comme si j'avais pas autre chose à faire avec tous les voleurs de poules qu'il y a dans les parages! Vous commencez vraiment à me les gonfler! Allez! Retournez à vos postes!

— C'est elle qui m'a provoquée, proteste Madame Gisèle. Elle couche avec MON MARI!

— C'est elle! hurle Marguerite. Comme si c'était des façons de traiter la clientèle.

Et elle continue à s'agiter. Les contours des yeux du gendarme se gomment. Deux minuscules fentes qui accumulent une rancœur. Il lève un doigt explosif. Il se tourne vers le barman et dit :

— Tout ça, c'est de ta faute, Marco! T'as intérêt à remettre les choses en ordre dans ta maison.

Mon dossier avance. Quand j'aurai suffisamment de preuves sur tes trafics, j'aurai de quoi t'envoyer à l'ombre pendant dix ans.

— Moi ? demande le barman en faisant l'étonné.

— Oui, tout ça, c'est à cause de tes filles.

— Ah, la politique, ça vous démolit un homme, lance Marco. Antoine (c'est le nom du flic), j' te comprends, vieux frère. Qui peut s'en tirer avec des responsabilités pareilles ? Personne, Dieu de Dieu ! Si tu veux un conseil, lâche la politique avant qu'il te pousse des cornes sur le fessier. Tu te souviens de mon cousin Michel ? Eh bien, le pau've gosse s'est enrôlé. Ils lui ont fait faire des trucs comme se travestir pour infiltrer le milieu et depuis il sait plus qui il est. Sans compter que sa femme le fait cocu avec son supérieur. Ah, le pau've ! Je l'aime bien, tu le sais.

Il renifle comme quelqu'un qui vient d'apprendre une mauvaise nouvelle. Mais le flic, ça lui dit rien. Ses yeux deviennent des fusils à laser. Il lâche :

— Marco, un de ces jours, je serai bien obligé de te mettre le grappin dessus et on pourra enfin respirer entre honnêtes citoyens dans ce pays et ne plus rougir devant des étrangers.

Le flic grossit et enfle comme un crapaud. La fierté lui fait un visage tout rouge et des bourrelets sur les lèvres. Il tourne ses godasses.

Alors, la bouillasse se disperse. Chacun va se rasseoir à sa place. Et les murmures reprennent dans le bar, table après table.

Mon papa a composté le 18, le 24, le 6, le 8, le 11 et le 13.

Sûr qu'il va droit à la luzerne. Le 13 porte malheur, alors...

M'am dit :

— Il faut que j'aille faire des courses.
— Très bien chérie, papa répond sans la regarder.
Elle sort avec mes sœurs. Et Monsieur Tichit la suit.
Je connais le parcours de M'am. Il est fléché. En dehors de laisser tomber ses paluches dans les mains de Monsieur Tichit comme une abeille dans un pot de miel, ce qui lui fait le plus plaisir, c'est de consulter les voyantes. Elles lisent dans ses mains et lui tracent l'avenir en bonne aventure. Ça permet de ne plus souffrir quand on a de l'imagination.
Dès qu'il a eu fini de payer, papa s'est glissé vers Marguerite, l'air de rien, ses trente-deux dents en devanture. Ça se voit qu'il la trouve rudement jolie.
— Vous vous êtes bien défendue tout à l'heure. Félicitations, ma chère.
Mademoiselle Marguerite pose ses mains sur son front qui lui fait le décor trop sombre. Elle balance une mèche qui la gêne. Et regarde papa comme le dernier des ploucs.
— Bof ! elle dit. Ça me donne plutôt envie de me tirer d'ici.
— Et pour aller où ?
— A Paris.
— A Paris ?
— Ouais. J'en ai marre de ce bled paumé.
— Et qu'est-ce que tu irais faire à Paris, hein ? intervient Marco. Moi, les Parigots, je les déteste. Pendant les vacances, j'en vois qui rappliquent par ici. Ils se promènent dans la forêt, ils laissent traîner des boîtes de conserve, des bouteilles vides. Ils salissent tout, quoi ! Et vas-y que je te claque la portière de ma bagnole, que je donne un coup de freins pour faire du tapage et que je te prends en

photo : la montagne, les fermes, les moutons et les bergers avec, tout y passe ! Et par-dessus le marché, ils vous montrent qu'ils ont barre sur vous, les salauds !

— Je m'en fous. J'y vais quand même alors.

— Et qu'est-ce que t'irais faire là-bas ? T'as pas de métier. Tu connais personne... Et...

Papa le coupe net et dit à Mademoiselle Marguerite :

— Je pourrais vous aider, si vous le permettez. J'ai un grand appartement à Paris et il y aura toujours de la place pour vous, n'est-ce pas, Loukoum ? il me demande en montrant ses dents.

Je me tais. C'est que j'en ai marre de me faire prendre en otage, c'est pas marrant du tout. Du tout. « On divorce, je garde les enfants. — Si tu m'emmerdes, je me tire avec mes enfants. — J'ai été là toute la journée, demande à Loukoum, n'est-ce pas, Loukoum ? » Et puis quoi encore !

Papa enchaîne :

— Et puis j'ai des relations. Avec un physique comme le vôtre, c'est pas les contrats qui vont manquer. J' suis sûr qu'ils vont tous tomber comme des mouches dans un bol de miel.

— Vous croyez ? elle demande M'amzelle Marguerite.

Et là, elle a le culot de mettre ses mains comme ça sur les hanches, de tortiller du cul et de battre des cils.

— Et comment ! s'exclame papa. Marchez un peu que j' regarde.

Elle marche. Toutes les lumières célestes me sautent à la gueule. Un chaud tumulte enferme les respirations. C'est vrai que c'est chouette comme démarche. Un ballet olympique qui se scande comme la danse des cygnes. Tuptup hop ! tuptup hop ! Ses talons claquent pour battre la mesure.

— Nom d'une pipe ! Quelle classe, n'est-ce pas, mes chers ? Oh, là là ! Vous pourrez être mannequin, chanteuse, ou ce que vous voulez.

— Actrice, elle fait. J'aimerais bien faire du cinéma. A l'école, j'ai joué dans des pièces de théâtre.

— Vous avez ça comme qui dirait dans le sang, et je l'ai repéré tout de suite.

Et ils ont continué ainsi de longues minutes. Puis ç'a été le moment de partir. C'est vrai, quoi, en vacances, on rencontre des tas de gens qu'on sait qu'on ne reverra plus jamais.

Inch Allah !

La peur avait installé sa couche sur mon âme.
D'absence en attente,
d'attente en agonie,
je chantais comme si de rien n'était.
C'était déjà la lassitude, le chant terni par l'ombre, quelque chose qui arrive n'importe où à n'importe qui.
Il me fallait laisser le temps au temps, pour qu'il retouche ma vie, réorganise les choses, toutes ces choses vivantes mais qui ne dansent guère.
Il fallait laisser ce léger pas de l'absence s'estomper, esquisser l'inattendu rêve.
Simple comme une parole soupirée.
Tendre comme une source dans un océan de sable.
Chair de soleil.
Il fallait laisser ce léger pas de l'ennui s'éloigner de moi dans la poussière du vent.
Plénitude du possible dans le néant.
Ressentir l'absence et pressentir l'amour.
Rassembler mes chairs mortes.
Et écouter la lenteur du bleu.
La poussière des siècles n'est pas éternelle.

Les années passées ne sauraient nous ensevelir.
M'ammaryam

Ce jour-là, après déjeuner, je suis monté faire un brin de sieste. Il n'y avait rien d'autre à faire, alors. Monsieur Trauchessec creusait ses caveaux. Madame Trauchessec tricotait sur la véranda et n'arrêtait pas de dire : « L'hiver va être rude ! » Et tout le temps comme ça, avec des expressions de terreur dans la voix.

La chaleur d'été donnait. Je transpirais si bien que le sommeil ne venait pas. J'ai fermé les yeux et le soleil est passé par la fenêtre, dans le carreau du haut, il était deux heures et il m'a dit qu'il reviendrait me chercher. Alors, je me suis mis une belle musique dans ma tête, rien que pour moi. Des femmes dansaient, il n'y avait que moi qui pouvais les voir, les entendre, et c'était chouette. Des oiseaux chantaient à tue-tête. Une lumière a explosé dans ma cervelle. Alors, j'ai décidé d'écrire une lettre à Lolita.

Ma très très chère Lolita,

Voilà deux semaines que je suis en vacances et il m'arrive quelquefois de faire de très beaux rêves.

Nous sommes tous les deux dans la forêt, quelque part en Afrique. Des adultes nous poursuivent. Ils sont armés jusqu'aux dents de fusils, de mitraillettes et de grenades pour transformer nos cervelles en choux de Bruxelles. Ils hurlent, ils disent qu'ils en ont marre de nous voir n'en faire qu'à notre tête, de ne pas marcher au pas, de ne pas obéir aux ordres.

Dans le rêve, j'avais très peur. Toi aussi d'ailleurs. Tes yeux lançaient des éclairs de terreur et ça me décoiffait. Je t'ai prise comme ça dans mes bras pour que tu n'aies plus la trouille, et je t'ai embrassée et ça a fait de la lumière dans mes yeux et sur tes cheveux des étoiles. Après, il faisait beau. On n'avait plus peur. On s'est mis à courir et à rigoler comme des fous. Nous étions la liberté et on pouvait faire ce qui nous plaisait ou ne nous plaisait pas. On a fait un gué avec le dos des caïmans pour traverser les ruisseaux. On a grimpé sur des arbres et les singes caracolaient de branche en branche et riaient. Une autruche est venue nous voir, elle m'a offert ses plumes et j'ai tressé une couronne pour tes cheveux qui sentent la vigne fraîche. Comme rêve, c'était chouette, n'est-ce pas ?

Nous rentrons bientôt à Paris, sûrement la semaine prochaine. Je ne sais pas quand est-ce que je reverrai ton visage, mais Dieu est grand ! Chaque jour, je récite un Sourraka pour toi. C'est une prière qui protège des mauvaises influences. Je ne souhaite pas te voir te transformer en larvette dans cette école où ta mère t'a envoyée pour que tu m'oublies...

Ton Loukoum qui t'aime mille fois.

J'ai mis la lettre dans une enveloppe. J'ai fait les cent pas dans la chambre, les mains enfoncées dans mes poches, sans faire le moindre bruit. Je trouvais ça marrant d'avancer et de reculer sans que personne au monde ne vienne me dire ce que je devais faire. J'étais libre, mes sœurs me foutaient la paix dans un sommeil profond. J'étais bien quand soudain j'ai entendu des bruits de voix.

Ça venait de la chambre de mes parents. Ça hurlait dur, à tel point qu'additionné à la chaleur et à la transpiration, j'avais l'impression que ça résonnait directement dans mon cerveau et que ça le transformait en bouillie.

Mon papa disait :

— Vous, les bonnes femmes, vous êtes toutes les mêmes. On veut être gentils avec vous, mais vous, vous êtes prêtes à nous bouffer tout crus. Que c'est pas lamentable, ça !

— Moi, je te jette un sort ! a fait M'am.

— Parce que tu crois à ces âneries ? il a demandé.

— Ces âneries, comme tu dis, ça aide quand ça coince dans la vie. Tu te souviens quand t'étais en prison ? Eh bien, c'est moi qui t'ai aidé avec ces âneries, comme tu dis, à te sortir de là. Et je t'jure que si tu continues à m'embêter, ta quéquette ne va plus se lever. Du tout ! Du tout !

— Qu'est-ce que ça veut dire ?

— Que j'en ai marre ! Marre, tu m'entends. Et tant que tu ne seras pas correct avec moi, tout ce que tu feras tournera mal.

— Tu te prends pour qui ? il a demandé en riant. Tu crois qu'on jette des sorts comme ça ? C'est ton Monsieur Tichit qui t'a mis ça dans le crâne ?

— Monsieur Tichit ? a fait M'am comme si elle n'avait jamais entendu parler de ce type.

— Parfaitement ! Tu penses que je suis aveugle, que j' vois rien, c'est ça ?

— Mais...

— J'ai tout vu ! Il arrête pas de te regarder quand il croit que personne ne le regarde, de te faire les pieds sous la table. Et les « ma chère par-ci, ma chère par-là ». Je vois tout ! Tout !

— T'as bu ou quoi ?

— Ferme-la ! Espèce de... Au fond, qu'est-ce que tu crois que t'as pour toi ? T'es noire, t'es maigre, t'es moche, tu sais pas lire. T'es froussarde comme pas deux et tu peux pas l'ouvrir devant une autre gonzesse. Qu'est-ce que tu penses que ce Monsieur Tichit veut de toi, hein ? C'est la brousse ici, enfin c'est tout comme. J' parie que ce Monsieur Tichit veut juste te sauter parce qu'il n'a rien d'autre à se mettre sous la dent. Sûr qu'à Paris il te regarderait même pas comme domestique, putain de merde !

— J' te dis moi que tout va te claquer entre les doigts tant que tu me demanderas pas pardon.

— Nom d'un cochon putassé ! Certain que je t'ai pas flanqué assez de raclées ! C'est ma faute, rien que ma faute !

— Chaque coup que tu me donnes, t'en recevras le double, Abdou. Et puis, tu ferais mieux de la boucler parce que c' que j' te dis là ne vient pas de moi. C'est comme si c'était Dieu lui-même qui me mettait les mots à la bouche, Allah !

— Nom d'une pipe ! J'aurais dû t'enfermer dans un placard et te sortir juste pour travailler, bouffer et aller aux chiottes.

— Tu l'as fait pendant des années, elle dit. Plus de vingt ans ça a duré. Aujourd'hui, c'est fini ! D'ailleurs, la prison où tu veux m'enfermer, c'est toi qui pourriras dedans.

Un oiseau a chanté quelque part. Un chien a aboyé. La porte a claqué. J'ai entendu des bruits de souliers dans l'escalier. J'ai vu devant mes yeux un nuage de poussière. Peut-être bien que M'am a donné un coup de pied dans les nuages et que Dieu est descendu pour qu'elle s'explique avec lui ? Elle a intérêt. Avec tous les péchés qu'elle a commis ces derniers jours. La poussière est entrée dans mes yeux et des saletés plein ma bouche et ça a résonné dans mon crâne : « Tout c' que tu m' fais, ça te retombera dessus. »

Inch Allah !

Et ça lui est retombé sur la tête tout de suite. C'est dingue ce que les bonnes femmes peuvent nous apporter comme poisse ! Des belles choses aussi, comme les regarder, les toucher, mais la poisse ça va avec.

Ce soir-là, M'am n'est pas revenue. Je veux dire qu'elle s'est tirée sans donner d'adresse. Nous étions inquiets. Papa était dans un tel état que vous ne pouvez pas l'imaginer. Il était remuant. Il allait et revenait d'avant en arrière comme une voiture téléguidée. Ses yeux maboulaient d'angoisse. Ils visualisaient avec rancœur l'horizon. Il faut comprendre : dans ce bled, la vue se coupe net sur les montagnes. Alors, il matait les cailloux. Puis il se retournait et envoyait un jus de cola *floc-flac !* dans la poussière. Et c'est là que ça m'a frappé combien les mecs sont furax quand les gonzesses leur échappent.

Personnellement, j'ai fait celui qui n'était au courant de rien. « Putain de vie ! » Un peu d'air à la va-vite, j'y ai droit aussi, je pense. C'est papa qui disait ça quand il se farcissait la moitié des gonzesses de Belleville. Et puis au fond, je me disais pour me remonter le moral, si c'est à cause de Monsieur Tichit que M'am s'est tirée sans laisser d'adresse, ce type est nul ! Nul comme ami ! Nul comme baiseur ! Nul dans n'importe quel exercice comme le sport où des zouaves nuls comme lui ne gagnent pas malgré qu'ils se shootent. Nul du départ à l'arrivée et je comprends pas pourquoi papa en fait tout un plat!

— Merde! Merde! Où s'est-elle fourrée, cette salope? il a demandé.

— Faut pas dire merde, a dit Fatima. C'est des gros mots.

Il a eu l'air un peu embêté. Il lui a caressé le buisson sur son crâne. Puis il s'est tourné vers Madame Trauchessec.

— Vous l'avez pas vue, ma femme?

Madame Trauchessec était assise devant sa tasse de café. Elle avait une serviette nid-d'abeilles sur ses genoux. Elle mangeait une tartine au chocolat. Elle a suçoté ses doigts et elle a répondu la bouche pleine :

— Non! Mais m'est avis qu'elle doit pas être bien loin. Faut pas vous inquiéter.

Elle a souri. Elle a des dents chocolatées et d'autres absentes. Quand elle a souri comme ça, comme si elle venait d'apprendre une bonne nouvelle, ça m'a donné envie d'aller me flanquer dans un fauteuil avec un livre de maths et de bouquiner. Mais c'est les vacances, alors.

Mon papa est sorti. Il s'est mis à hurler : « M'ammaryam! M'ammaryam! » et sa voix résonnait partout; derrière la maison, dans le poulailler où les coqs se sont envolés dans tous les sens en laissant leurs plumes. Les moutons beuglaient à qui mieux mieux. Ma sœur Sorraya s'est mise à pleurer elle aussi et ça faisait un concert à vous transformer en légume pour le restant de vos jours.

A un moment, Monsieur Tichit qui faisait sa sieste là-haut a ouvert la fenêtre, puis il a crié :

— Merde! Merde! Merde! Nous ne sommes pas à Libreville ici!

— Excusez-moi, monsieur, je cherche ma femme. Vous l'auriez pas vue, par hasard ?

— Nom de Dieu ! Comment voulez-vous que je le sache ?

— On sait jamais. Des fois qu'elle vous aurait dit où elle allait.

Monsieur Tichit s'est fait tout frustrant vu qu'il lui a tourné le dos. Il s'en foutait comme pas deux dans son pyjama en soie. En fait, il concentrait toute son attention sur la lime avec laquelle il polissait son majeur gauche.

— Peut-être bien qu'elle a décidé de prendre un peu d'air toute seule, il a fait.

Puis il a enfilé sa lime dans sa poche et il a cousu ses paupières sur ses yeux. Il a souri au ciel. Et c'était génial autour de sa bouche. Je parie une glace à la vanille contre un simple hamburger que ce type doit prendre son pied.

Je l'ai regardé et j'ai pensé à M'am. « Sales cons ! Sales Nègres ! Sales Blancs ! Sales tout ! » que j'ai dit dans mon cœur en lui insufflant une grande concentration. Puis je lui ai fait pouète-pouète avec une expression de vacherie infernale si bien qu'il a ouvert les yeux et secoué la tête comme quelqu'un qui vient de recevoir une tartane dans la tronche. Du coup, il a refermé la fenêtre de sa chambre, clac !

Heureux comme un clown de foire, je suis allé pisser sur le mur.

C'est quand je suis revenu que j'ai vu à quel point mon papa s'était détérioré. Il ne recherchait plus M'am. Sûr que les cris de Monsieur Tichit lui avaient coupé l'inspiration. Foudroyé, il était. Un Malien sans tête que son fauteuil maintenait comme un pot et qui était là à souffler comme un phoque.

La nuit commençait à se dérouler. Et je me suis mis à avoir peur pour M'am. Sûr que Madame Trauchessec se rendait bien compte que ça allait pas. Elle nous filait sa ligne d'affection maternelle. Elle proposait des gâteaux, des jus de fruits avec des sourires hypocrites. Mais personne n'en voulait. D'ailleurs, je ne pouvais rien avaler. C'est le genre de situation à vous faire vieillir de dix ans en une heure.

Finalement, Madame Trauchessec s'est fatiguée. Elle s'est laissée tomber dans son fauteuil, elle a regardé nos tronches détraquées et elle a dit :

— Faut pas vous inquiéter, elle risque rien dans le coin.

— Elle doit avoir la frousse toute seule dans la forêt, a fait Fatima.

Puis elle a couvert ses mains de ses yeux et s'est mise à chialer.

Madame Trauchessec s'est relevée en tenant ses lombaires. Elle a glissé ses charentaises jusqu'à ma sœur pour la prendre dans ses bras et elle lui a infligé la vieille affection bonne franquette. Fatima n'a rien trouvé de mieux à faire que de lui coller toute sa morve sur la figure.

— Elle peut pas se perdre, ma petite, a fait Madame Trauchessec. Et tout c' qu'elle risque, c'est de se faire bouffer par des moustiques.

— C'est ce que j' me disais aussi, a approuvé papa en croquant une noix de cola, question de se remettre dans l'espoir.

Mais ça se voyait que le cœur n'y était pas. Il a craché *floc-flac !* et il a ajouté :

— Quand j' pense que c'te petite est en train de servir de réfectoire aux moustiques, ça me rend malade.

Et le temps a continué sa route sans apporter

des flamants roses dans la maison. Je ne savais pas quoi faire avec mes os. Nous étions malheureux. C'était la crise de zombisme campagnarde. Autour de nous, la vie continuait. Elle faisait ce qu'elle voulait. Je ne prêtais pas attention à ces manigances. Dehors, un léger vent s'est mis à hurler. Un oiseau a chanté. Une voiture a respiré au carrefour et a pris son élan en grondant.

L'œil morne, la démarche piétinante, papa n'arrêtait pas de dire :

— Nom d'un cochon péteux ! Où est-ce qu'elle est ? Pourquoi elle a fait ça ?

— P't-êt' pour vous punir, elle a dit Madame Trauchessec sans cesser de pétrir sa pâte à pain.

— Mais j' lui ai rien fait, moi ! s'est écrié papa.

Et ses yeux ont fait les cent pas dans ses pupilles comme pour trouver quelque chose.

Madame Trauchessec a haussé ses épaules, puis elle s'est mise à préparer le dîner.

— Je vous fais du pain maison, elle a dit, très contente d'elle. C'est un régal !

— Je peux rien avaler tant que Maryam n'est pas là, a dit papa. Peut-être bien que je ferais mieux d'avertir la police ?

— A votre guise, Monsieur ! s'est exclamée Madame Trauchessec en s'extasiant comme si elle était heureuse de la tournure que prenaient les choses.

Puis elle a commencé à pétrir la pâte.

— Les femmes d'aujourd'hui ont du caractère, a fait Madame Trauchessec, ravie. Mais ça les empêche pas d'être des salopes.

Mon papa l'a regardée comme s'il n'en revenait pas. Il a froncé la broussaille de ses sourcils. Et il a envoyé un crachat valser net sur la table. Il était hors d'état.

— Ma Maryam est une femme convenable, a crachoté papa. Aussi belle et admirable qu'un lever de soleil sur le derrière d'un bébé. Je pouvais pas trouver mieux.

J'ai senti que ça n'allait pas tarder à barder. J'ai sifflоté et j'ai respiré fort. Puis j'ai dit :

— Bien sûr! Madame Trauchessec plaisantait, n'est-ce pas, madame?

— Y se trouve que je la connais un peu, elle a dit. On peut en tirer le meilleur... Mais le problème avec les femmes, c'est qu'il faut s'étonner de rien. Il faut pas poser des questions. Et le reste, il faut l' laisser aux mains du bon Dieu.

— J' pense qu'il faut tout de même organiser une patrouille pour la retrouver, dit papa. Ma pau'vre chérie doit mourir de peur là où elle se trouve en ce moment.

Madame Trauchessec a eu l'air toute pensive. Puis elle a dit :

— Oh! j'ai dans l'idée qu'elle n'a rien à craindre là où elle est. Et puis, si ça peut vous rassurer, allez voir les flics.

Et c'est là soudain que j'ai entendu la voix de Michel :

— J' pense que vous perdez votre temps à aller voir ces espèces de merdouilles de flics avec leur équipe minable qui serait pas fichue de trouver une souris crevée dans un bol de lait. M'est avis que vous devriez attendre demain. Noire sur noir, ça ne donne rien dans la nuit.

J'étais sidéré. C'est vrai, quoi! Ce Michel, son autre nom c'est Monsieur Silence. Il était là dans son coin à griller des châtaignes, tellement environné par sa bulle de silence que tout le monde l'avait oublié.

Et sans rien ajouter, il est retourné à ses châtaignes.

Papa n'a rien dit. Il a plié ses doigts, il les a craqués comme des milliers de cacahuètes. Il a plongé sa figure de zombi vers moi et il a dit :

— Je reviens, fiston.

Il a pivoté sur ses sandales.

— J' peux venir avec toi ?

— Non, fiston. Il faut que tu restes ici pour t'occuper de tes sœurs.

— Mais, papa...

— Fais c' que j' te dis et surtout ne laisse personne sortir, on ne sait jamais.

J'avais faim. J'ai regardé Madame Trauchessec. Elle était cassée, mais on voyait bien que quelque chose l'ennuyait. Elle allait et venait en traînant ses pieds dans ses charentaises. Je regardais les rides sur son visage, ses mains traitées par la vie. Sûr que je ne vivrai pas vieux avec tout ce qui se passe dans ma tête.

Inch Allah !

Puis Soumana est venue.

Elle est arrivée du Mali avec ce goût de rêver à celui qu'on attend pas, enrobée de la poussière bleue où elle faisait trotter l'amour. Abdou grimpait sur son sexe, je souffrais, je pleurais, je refusais le sommeil.

Puis une si grande injustice m'assomma. Mes pleurs devinrent inutiles.

Je cessai de pleurer, je cessai de refuser le sommeil. Je venais de trouver un nouveau monde où rien ne valait ce qu'on prétendait. Je découvrais le plaisir de remplacer n'importe quoi par n'importe quoi d'autre, l'horrible liberté de prouver n'importe quoi à ma guise. Tout valait mieux qu'un chagrin.

Derrière mes ombres, je voulais réparer l'offense.

Je voulais que l'homme me fît mérite de ma modestie. Rien que de banal, en somme : un supplice à nu, débarrassé du drame.

Je voulais lui donner un enfant, j'avais échoué. Mais où j'avais échoué seule, je voulais réussir sûrement mais différemment, par Soumana.

Le premier enfant est né et tout revenait à l'enfance.

Malgré la joie de naître, la douleur de mon âme

ouvrait ses portes et prenait l'air... ou le risque du ciel. Mais Dieu se taisait. Comment pouvait-Il répondre avec des mots simples et bien frappés ?

Dieu est la manifestation du silence. Et selon son ordre, j'étais seule, tenue à ma place, sans compassion.

J'avais accompli ma mission, j'avais échoué ma vie amoureuse.

Abdou était heureux. Il levait son visage empourpré d'orgueil. Un peu de gandin dans l'œil. Il faisait mine d'aimer tout le monde. Il y a des tons pour cela, des couleurs pastel, des djellabas blanches, la lumière découpée des fenêtres.

Mais tout au fond de moi, le doute. Je ne pouvais encore ni en éclairer les couleurs, ni en certifier l'interprétation. Mais Abdou ne m'aimait plus. Je le savais, je le sentais. Qu'aurais-je dû faire, l'Amie ? Inventer ? Qu'allais-je inventer qui tienne l'homme droit, raidi dans mon adoration ? Mélanger des magies ? Trouver au fond, tout au fond de moi, ce qui fait les femmes éternelles et ressemblantes ? Ces misères n'étaient plus de mise, ces collisions de sentiments pour un ciel sans cause.

Pourquoi Seigneur ? Pourquoi n'ai-je pas accouché ?

Abdou ne m'aimait plus. Je le pressentais à sa façon de s'écarter, de me saluer, de manifester dans l'indifférence trop de formes de respect.

Pourtant, il éprouvait un certain plaisir à se nicher dans ma chambre pour que je le guérisse de ses refroidissements.

Je savais que demain serait encore triste et bas.

Mais, l'Amie, la sagesse du monde est la seule rigueur qui vaille.

M'ammaryam

Quand les gendarmes ont rappliqué avec tout leur bazar, ça a fait un raffut du diable.

Ils sont arrivés en pétaradant. Ils ont dégringolé de la camionnette en jurant : « Sales camés ! Sales Nègres ! Sales putes ! Sales juifs ! » Enfin, vous connaissez l'univers des sales quelque chose et c'est pas à moi à vous en parler.

Ils sont épatants avec leurs gueules de miliciens. Ils sont armés de lanternes. Papa est avec eux. Il est pâle comme un sucre.

— Qu'est-ce qui s' passe ici ? demande leur chef.

C'est le gendarme Antoine. Il porte l'uniforme bleu des gendarmes. Il a une tête pas possible avec sa raie au milieu du crâne. Le métier l'étrangle. Sa figure est toute rouge. Il se frotte le menton et il attend la réponse.

Et c'est là que ça me frappe combien tout est calme. Les gens se taisent. Chewing-gums, mégots, cola, tout doit disparaître. Même les oiseaux doivent sentir la flicaille à mille lieues. Ils se taisent aussi. Finalement, Madame Trauchessec se dévoue :

— Rien qui soit vraiment de nature à déranger le cours des pensées d'un...

— S'il vous plaît, Monsieur, je dis. Il faut retrouver ma maman.

— Elle t'a dit où elle allait ? il me demande.

— Non, mais... Elle s'est querellée avec papa et puis elle est partie.

Le gendarme Antoine fronce les sourcils. Il se tourne vers mon papa. Sa main plonge et s'abat sur son col. Brusquement, il tord tout le devant de papa. Et papa entier prend l'air fripé.

— C'est ça, hein ? Vous l'avez tuée ! Avouez-le !

— J'ai tué personne, moi ! hurle papa.

— Ils nient tous au début. Et à la fin ils finissent par tout avouer, fait le gendarme.

— Mais j' vous jure que..., commence papa.

— C'est fatal, dit Antoine, le visage tout rouge. Qu'il y ait une foutue guerre ou une tempête, ou une épidémie de sida ou une foutue révolution, ça ne peut être qu'avec des Nègres. Ce sont des hommes logiques, indiqués pour semer la peste !

Il secoue la tête, s'essuie la figure et fait des signes aux autres.

— Embarquez-le !

Ils tirent papa vers la camionnette en lui foutant des coups de pied au derrière. Ils essayent de le monter mais papa glisse plusieurs fois. Il n'arrête pas de hurler : « J'ai tué personne ! » Je suis accroupi dans un coin et je chiale comme un mioche. Mes sœurs pleurent aussi.

— J'crois pas qu'il ait tué quelqu'un.

C'est Monsieur Michel. Ça se voit qu'il est ennuyé. Il se frotte le visage comme pour se réveiller de mille cauchemars bleus.

— Qu'est-ce que t'en sais, toi ? demande Madame Trauchessec. T'as pas à te mêler des histoires qui ne nous regardent pas. On a assez de problèmes comme ça.

Le pauvre Michel se met à bégayer :

— C'est-à-dire que...

— Allez, mon brave Michel, dis-nous c' que tu sais, fait l'inspecteur.

Michel se lance. Il dit :

— Mmmmm..., pas grand-chose. Mais j'ai vu la dame se diriger toute seule vers la forêt.

— Qu'est-ce que vous voulez qu'il dise, Monsieur l'inspecteur ? fait Madame Trauchessec. Il n'en sait foutre rien. Il est aussi taré que mon pau've Ferdinand, alors.

— C'est à nous d'en juger, tranche l'inspecteur.

Il prend Michel à part, ils se bavardent dans l'oreille. Quelques minutes après, l'inspecteur revient vers nous. Il allume une cigarette. La pointe de sa gitane rougeoie dans la nuit. Il envoie de la fumée dans le ciel et demande des précisions. Il veut savoir comment M'am était habillée, quel âge elle a, si elle a pris ses bagages.

— C'est pour faciliter les recherches, qu'il dit.

Puis il ajoute en ricanant :

— Elle est grosse et porte un boubou, évidemment ?

— Que non ! Une culotte, fait mon papa.

— Couleur, taille, modèle.

— J'en sais foutre rien ! dit mon papa.

— Moi, j' sais, je réplique.

— Explique-nous tout, morpion, dit l'inspecteur Antoine.

— Ben. C'est une espèce de barboteuse blanche avec des franges sur la cuisse.

— Ça alors ! fait quelqu'un.

Je ne sais pas qui a parlé, je ne vois pas sa figure, alors.

— Taille moyenne, mince comme une gazelle, dit papa.

L'inspecteur écarquille ses yeux.

— Elle a des gros seins, bien sûr ? demande l'inspecteur.

— Des seins comme deux pommes, Inspecteur, précise papa.

— Ça alors !

Tous les hommes de la brigade sont drôlement intéressés, vu qu'ils se mettent à parler tous à la fois.

— Sacré nom d'un pétard ! Sacré nom d'une pipe !

— Elle doit être bien bonne à croquer, celle-là, dit un gendarme.

Et mon papa fait une tête toute drôle.

Le gendarme Antoine connaît son affaire. Il donne des ordres. A l'un des hommes, il dit :

— Renard, va en ville et télexe au centre des recherches. Simon et Stein, vous, vous restez avec moi. On a assez de lanternes. Vous deux, vous battez les buissons. Il faut trouver cette dame avant le jour.

Puis c'est devenu la foire. Pas une vraie foire, bien sûr. Mais c'est pour signaler le bordel que ça faisait.

Les policiers se sont mis à courir vers la maison, et Madame Trauchessec criait :

— Arrêtez ! Vous allez tout me casser là-dedans.

Mais les flics faisaient comme s'ils ne l'entendaient pas. Ils continuaient à avancer à grands pas, en hurlant :

— Allons-y, les gars !

Amadeus est dans un état de stupéfaction intense. Il ne comprend rien à cette scène de ménage. C'est marrant et je ris royalement. Il court dans tous les sens comme un fou, aboie après les flics, s'arrête comme s'il avait oublié quelque chose, puis il lèche le derrière des gendarmes.

— Ramasse ton clebs, p'tit, me dit un flic. Sinon je lui en fous une dans les couilles.

Amadeus a dû le comprendre, il vient se pelotonner dans mes bras. Et tous les deux, on va se planquer sous la véranda pour mieux apprécier le spectacle.

Et ça devient encore plus terrible quand ils entrent dans la maison. Une maison de fous. Ils braillent tous là-dedans. Un gendarme a heurté un meuble et des vases se sont répandus par terre, les fleurs sont tombées mortes. Madame Trauchessec crie :

— C'est du sabotage ! Je vais porter plainte !

— Vous voulez l'adresse du procureur de la République ? demande quelqu'un en rigolant.

Et là-dessus, elle suit les policiers et nous aussi.

Les flics n'ont pas l'air de réagir à tout ce qu'ils cassent sur leur passage. Ils montent les escaliers en criant de plus belle. Madame Trauchessec braille aussi, mais personne ne l'écoute. Ils tambourinent à une porte et j'entends :

— Qui est là ?

C'est Monsieur Tichit.

— Police ! Ouvrez !

— Allez vous faire foutre ! J'ai rien fait, moi. Et en plus je suis un homme malade.

— Ouvrez immédiatement cette porte, sinon je l'enfonce, gronde l'inspecteur.

Tout à coup, Monsieur Ferdinand Trauchessec sort de sa chambre en hurlant :

— Qu'est-ce que c'est qu'tout ce raffut, ces beuglεries et ces machins ?

— Rien de grave, mon chéri, dit Madame Trauchessec. On cherche Madame Abdou. Tu l'aurais pas vue par hasard ?

— Ah, j' le savais ! il dit en pointant les flics des doigts. J'avais raison ! Bientôt il va se mettre à pleuvoir des bombes comme vache qui pisse. J' vous l'avais dit ! Et maintenant, il est trop tard.

Il sort de la maison en courant, pieds nus, et la lueur des lampes fait briller son crâne chauve.

— Je vais m'enterrer ! Je vais m'enterrer ! Je vous avertis, il y a plus de place et je pourrai plus prendre personne à bord !

— Serrez-vous un peu pour faire un peu de place à la mignonne qu'est là-dedans, lui dit l'inspecteur.

— Brrrrrmmmmm ! hurle Monsieur Trauchessec. Blasphème ! Blasphème !

Et là-dessus, il part se mettre dans un caveau.

Finalement, Monsieur Tichit ouvre en grommelant. Et les cris que les flics poussent, ça me dresse tous les poils d'un seul coup.

— Ça alors ? Sacré nom de Dieu ! Nom d'une pipe ! qu'ils jurent tous à la fois et d'autres grossièretés que j'ai pas le droit de répéter.

Madame Trauchessec descend les escaliers en clopinant et en se signant. Elle est rouge et n'arrête pas de s'éponger la figure.

— Qu'est-ce qui s' passe ? j' demande. Ils ont retrouvé ma maman ?

Elle est incapable de sortir un mot. Elle ouvre la bouche, mais il n'en sort rien d'autre que des bulles comme une carpe à la malienne.

— Elle est pas morte, maman, hein, dis ?

Elle secoue la tête et finalement il en sort quelque chose. Mais elle est toujours aussi rouge.

— T'inquiète pas, mon p'tit. Viens avec moi, il y a des choses que t'as pas le droit de voir.

Mais je fais le sourd et je me plante en bas des escaliers. Ça continue à gémir là-haut. Monsieur Antoine descend. Il marche en somnambule. Sûr qu'il est fatigué. D'ailleurs, il s'appuie sur le buffet et prend sa tête entre ses mains comme quand on fait la prière. Il reste un moment sans rien dire en secouant la tête de temps à autre. A la lueur des ampoules, je sais pas bien s'il pleure. Et on reste tous là à le regarder. Papa redescend à son tour en roulant une noix de cola entre ses mains, il la croque, il la mâche d'un côté de la joue et la passe dans l'autre, puis cherche des yeux où il pourrait bien la cracher.

— Ça fait des années que je suis inspecteur dans ce bled, dit Monsieur Antoine, la tête entre ses mains. Pourquoi faut-il Seigneur Dieu qu'il y ait que des histoires à la con? Dieu seul sait que c'est pas les affaires qui manquent avec tous les brigands qu'on trouve à travers la ville. Y en a à pas savoir quoi en faire. Mais dès que je suis de service, on m'appelle pour un chien écrasé ou des chats perdus. Et aujourd'hui, j'ai un flagrant délit sur les bras.

— C'est vo'te jour de gloire, inspecteur, fait celui qu'il a appelé Stein en rigolant.

Il a une dent en argent.

Tout le monde se met à rigoler. Stein rit plus que les autres. Il est plié. L'inspecteur Antoine bondit comme s'il y avait un nid de frelons dans sa culotte. Il demande à papa :

— Vous voulez peut-être faire dresser un procès-verbal?

— Un procès-verbal? répète mon papa, l'air de tomber de la lune.

— Ben oui, mon ami! On peut dire que vous avez de la chance, vous! Moi, j'ai jamais réussi à attraper ma Juliette sur le fait et elle s'est tirée avec son type en me réclamant trois mille francs de pension alimentaire. Ah, les garces! Et faire ça en plus sous votre nez! Où va le monde?

— J' sais pas, Monsieur l'inspecteur, répond papa.

— Mmmmm. J' vois. Pas vilaine, la poule que vous avez dégottée. Très fortiche pour nous recevoir comme ça, l'air de rien. Sûr qu'elle va en enterrer des hommes dans sa vie.

— Qui ça ? demande mon papa.

— Vo'te femme, bordel ! Il faut pas vous laisser croquer par son numéro d'amnésique. C'est un génie, celle-là ! Le seul génie authentique que j'aie jamais connu, en dehors de ma Juliette. C'est un truc qui s'apprend pas. Elles l'ont à la naissance, les gonzesses. Mais j' suis sûr que même Juliette n'aurait pas pu monter un coup pareil ! C'est du génie, ça !

— Un génie, vous dites, Monsieur l'inspecteur ? demande papa en se grattouillant l'aile du nez.

— Ouais... Pourquoi ?

Là, mon papa prend un air de profonde réflexion. Il envoie un jus de cola *floc-flac !* et il dit :

— Des génies, on en a pas eu beaucoup dans no'te famille, si vous voyez de quoi j' veux dire.

— Ne me dites pas que vous n'allez pas divorcer ! Vous avez plus de...

L'inspecteur Antoine s'arrête de parler. Il lève le doigt avec lequel il ne faut pas montrer. Il compte tout le monde à voix haute et il continue :

— Plus de quinze témoins à charge, et vingt et un si on comptabilise les chiens et les chats perdus. On peut pas mieux ! N'est-ce pas, Madame Trauchessec ? qu'il demande en lui lançant un clin d'œil.

— Que oui, qu'il va divorcer, elle dit.

Mon papa enlève ses sandales pour pouvoir se gratter les chevilles avec son orteil. Il reste de longues minutes à contempler ses pieds puis il dit :

— J'en sais trop rien, moi ! Quand on a un génie dans la famille, on le garde, quoi ! Ça peut aider.

Alors là l'inspecteur Antoine se fâche pour de bon. L'air tout à fait déprimé, il hurle :

— Seigneur ! Ô mon Dieu ! Oh, ces Nègres ! Personne ne va le croire. Personne ! J' veux plus rester ici ! Ah, que non ! Il prend sa femme en flagrant délit et il sait pas ce qu'il doit faire ? Allons-nous-en, les enfants, avant que mon cœur lâche !

— Elle a dû lui faire avaler des trucs, suggère quelqu'un. Paraît que les Négresses sont très douées pour ça.

— Jamais j'accepterais que mon fils épouse une Africaine. Ça, jamais ! fait un autre.

— Faudrait déjà que t'en aies un, lance quelqu'un. Espèce de pédé.

Ça jacasse tellement autour de nous que je ne sais pas qui parle.

Puis l'inspecteur se fraye un chemin à travers la foule en jouant des coudes. Dès qu'il arrive à la porte, il se tourne vers mon papa et dit :

— Vous êtes sûr que...

— Merci, Monsieur l'inspecteur, il fait mon papa.

Et papa se baisse, il se relève. On dirait un bouddha.

— Mes hommages, Monsieur l'inspecteur. Mille mercis, Monsieur l'inspecteur.

L'inspecteur secoue la tête et fait :

— Quel con !

Il sort. Les autres font pareil et la maison redevient calme, vu que Monsieur Trauchessec a décidé de passer la nuit planqué dans son caveau.

Pour des émotions, c'était des émotions et j'arrivais pas à dormir. La lune est passée par la fenêtre et j'arrivais pas à dormir. Il faisait chaud et j'arrivais pas à dormir. Dans ma tête, ça trottinait et j'arrivais pas à dormir. C'était pénible et finalement je me suis endormi. Quand je me suis réveillé, il faisait encore nuit. J'entendais des bavardages dans la chambre de mes parents. Mais j'étais trop fatigué et je me suis rendormi. Il faisait jour quand j'ai rouvert les yeux et la maison était calme.

— On repart à Paris, m'a fait Peste Fatima en suçant un sucre d'orge.

— Déjà ?

— Ouais, M'am a déjà préparé nos bagages.

Elle continuait à sucer son sucre d'orge.

— On repart à Paris, répète Aziza le Perroquet.

J'étais encore sonné, mais vivant.

Fatima suçait toujours son sucre d'orge.

J'ai foncé dans la salle de bains. Je me suis fait couler de l'eau sur la tête, tout doucement, et j'en ai bu. Ensuite, je suis allé pisser, j'entendais rire en bas.

En bas, mes parents petit-déjeunaient. Et tout le monde avait l'air de bonne humeur. Papa et M'am n'arrêtaient pas de se sourire. Plaisanter après une nuit blanche, sûr que c'est le beurre et la confiture de miel qui faisaient ça. Il lui touchait la main, elle ne la retirait pas. D'un seul coup, papa a sprinté vers le champ et il s'est ramené avec un bouquet de marguerites qu'il a donné à M'am en faisant gicler un grand sourire. Alors là, j'ai renoncé définitivement à comprendre les adultes.

En plus, M'am sentait atrocement bon. Elle avait l'allure africaine. Elle portait un boubou bleu et des bracelets de toutes les couleurs à chaque bras. Ses mains étaient peintes au henné, des arabesques jouaient au cochon pendu dans ses paumes, et des ombres violettes flottaient sur ses paupières. Allah, qu'elle sentait bon !

— Les enfants, qu'il a fait papa en souriant, M'am et moi, nous avons à vous parler.

— Pour une fois qu'on peut comprendre quéque chose, a dit Fatima, je veux pas rater ça.

Elle continuait à sucer son sucre d'orge. Elle a tiré une chaise et elle s'est assise. Moi j'ai fait pareil.

M'am nous a servi du chocolat avec des tranches de pain.

— Voilà..., a commencé papa, mais on aurait dit que les mots lui restaient collés à la gorge.

— C'est-à-dire que papa et moi, on veut savoir c' qui s'est passé hier soir ? a demandé M'am.

— J'en sais rien, moi, c' qui s'est passé hier soir, a fait Fatima, boudeuse.

Je n'osais pas lever les yeux. Quelle drôle de question ! Je tournais ma cuillère dans ma tasse de chocolat. J'avais pas faim, rien que pour les embêter. Si c'était une devinette, je ne trouvais pas ça drôle. Pas du tout.

— Et toi, Loukoum ? a demandé papa. T'as rien vu hier soir ?

Je lui ai lancé ma tête des mauvais jours et j'ai dit :

— Faut être aveugle pour ça. Ça a fait un tel raffut que ça a dû réveiller les morts !

— Il ne s'est rien passé du tout ! a lancé papa.

— Comment ça ? j'ai demandé, époustouflé. Et les gendarmes ? J'ai rêvé peut-être ?

— Peut-être bien, a fait papa, l'air mystérieux.

— Peut-être bien, a répété Aziza ! Hé hé ! Peut-être bien !

J'ai douté de moi un instant. Puis j'ai crié :

— Ça ne marche pas avec moi !

— Ecoute, a commencé M'am en roulant les yeux. Il y a des choses qu'il faut répéter à personne. A personne, tu m'entends ? Chez les Blancs, le linge sale se lave en famille. On peut en faire autant et sauver les apparences. Tu comprends ?

Justement, je ne comprenais pas. J'avais de l'espoir.

Il était temps de repartir à Paris. Que d'émotions en deux semaines et des poussières ! Jamais je n'oublierai ce bled ni les gens que j'ai rencontrés ici. Je le sais, je l'ai intégré, il y a des tonnes de gens sympathiques que l'on rencontre en vacances et qu'on ne reverra jamais !

Tout le monde est venu nous dire au revoir. Monsieur Trauchessec fumait une cigarette de répit avant de continuer à creuser ses trous jusqu'à ce que mort s'ensuive. Je me suis jeté sur la poitrine de Monsieur Michel et je l'ai embrassé fort fort. Mademoiselle Goélène nous snobait sur la véranda, elle était repartie dans son monde d'enfant gâtée et de rêverie mystique. Monsieur Tichit nous lorgnait de la fenêtre de sa chambre dans son déshabillé de soie en souriant. Mais personne n'était dupe. Il ne se préoccupait pas de savoir si ça allait bien. Ça se voyait à sa gueule que ce qui l'intéressait, c'est de se protéger des coups durs, d'en profiter au maximum et de réfléchir au minimum. C'est pour ça qu'on vit dans un monde qui n'est pas toujours facile avec des étalages remplis de belles choses que tu peux pas t'offrir et des routes qui ne conduisent nulle part.

Au moment où on a démarré, Madame Trauchessec s'est penchée vers M'am et elle a demandé, espiègle :

— Alors, brun ou blond, qui c'est qui baise le mieux ?

On est partis. J'ai regardé derrière moi jusqu'à

ce que la maison disparaisse. Puis j'ai admiré le bout de ciel à ma droite.

Il y a une chose importante qu'il faut faire dans la vie si on veut pouvoir continuer à vivre, c'est de remercier le ciel de temps en temps, sans ça, on ne peut pas.

Puis les lumières se sont déplacées.

D'autres dimensions se sont installées.

Pour Abdou, la vie a repris des formes trop régulières.

Il redécouvrait ces heures empêchées, dont il avait supposé la gaieté et l'illumination comme un enfant, l'interprétation d'un conte. Et nous, ses femmes, nous n'avions plus rien à lui promettre que nous ne saurions tenir.

Deux femmes, que dis-je ? Deux esclaves nuancées comme un langage de captif.

Deux esclaves dressées, blocs appareillés pour bâtir un château dont l'homme était roi.

Il savait être le centre du monde, ou la totalité, un point d'intersection où tout lui était ramené, agencé dans l'ordre qu'il aurait prévu.

Ses mains n'imploraient pas, elles prenaient.

Il ordonnait.

Il était plus grand que les ténèbres. En dessous de lui, c'était le désordre de son ordre. Nous étions un décor pour ses splendeurs, ses fêtes. Prisonnières de nos rêves, nous allions, montant et descendant, poussant la brouette du silence, construisant peu à peu un temple de rumeurs.

M'ammaryam

Nous sommes retournés à Paris.

C'est le mois de septembre. Il fait frisquet à Belleville.

La première chose que j'ai faite en arrivant, c'est de regarder la boîte aux lettres, des fois que Lolita m'aurait écrit. Que dalle. Peut-être bien qu'elle m'a oublié ! J'ai commencé à avoir des idées qui me trottinaient dans la tête. J'avais tellement d'idées que j'ai cru que ma tête allait éclater. Alors, j'ai emmené promener Amadeus parce qu'il faut qu'il s'habitue à Belleville, et sans ça, il ne peut pas.

Je revisite Belleville. Je prends la rue Morand. Je circule sur le trottoir de gauche et ensuite je recircule sur le trottoir de droite pour m'assurer que rien n'a changé. C'est vrai, quoi ! Je ne donnerais pas le bon Dieu avec confession aux hommes politiques. Pendant que tu te réchauffes le derrière au soleil, ils en profitent pour te mettre sur le paillasson. Le prix de ton pain a tellement grimpé qu'il faut prendre l'échelle pour aller le chercher. Et pour le loyer, c'est la Nasa qu'il faudrait louer à titre exclusif. Et comme tu n'as pas été là pour provoquer des attroupements, ils s'en tirent sans dommages. Tu n'as plus qu'à te battre avec les clébards sans domicile fixe pour disputer ta place au chaud à la bouche des métros.

La rue Morand est toujours aussi dégueulasse avec ses vieux immeubles déchirés, certains beaux, et les Nègres derrière des cages qui te vendent du maïs grillé à deux francs cinquante pièce. Des Arabes et des Noirs, importés spécialement pour balayer Belleville, sont engoncés dans leurs uniformes verts. Ils parlent. Ils rigolent. Et quand ils voient passer une gonzesse, ils restent plantés là, balai en l'air, bouche bée. Ils se retournent à deux reprises, comme s'ils cherchaient quelque chose, mais quoi ? Je peux pas vous le dire. A ce rythme-là, la France ne sera pas propre avant l'an 2000.

Plus loin, des chômeurs traînaillent leur ennui. Ils ont des gueules à vous faire dresser les cheveux sur la tête : des Nègres avec des têtes fatiguées de quelque chose, des barbes de trois jours et le teint grisâtre comme du fromage moisi ; des Français avec des traits épais, la peau flasque du noceur, des mégots accrochés comme un tuyau dans leur bouche épaisse ; des Arabes avec d'énormes lunettes de soleil qui jacassent et gesticulent comme des oiseaux en cage. Tous ces hommes ont des yeux sortis de la tête. Ils ne sont pas soûls. Ils n'ont pas bu d'alcool. C'est à cause des pipes de chanvre qui leur font voir des mirages.

— Hé, Loukoum !

Je me retourne d'un bloc. C'est Sidibé le Sénégalais bien franchouillard dont j'ai déjà eu l'honneur de vous signaler la présence. Il porte une salopette bleue et un feutre noir. Ses yeux mauvais étincellent comme des braises.

— Comme ça, on s' tire à Cannes ! Monsieur se prive de rien, à c' que je vois, il dit en lorgnant Amadeus.

— C'est pas moi qui paie. C'est ma maman.

— Dis pas qu'elle t'abandonne comme un pau've déchard sans te refiler de quoi te payer un paradis artificiel.

— Que non !

— J'ai bien envie, moi, de couper le kiki à un fumier de Négro menteur.

— Je mens pas, je réplique. Et puis le paradis, c'est pas mon truc, gars.

Ma voix tremble comme un wagon de train. J'ai envie de me casser vite fait avant qu'il ne lui vienne des idées. Mais il ne fait que me regarder avec ses lèvres en bourrelets, et sa figure ronde et noire luit comme une boule de billard.

— Qu'est-ce qui me prouve que tu dis la vérité ? il demande, le regard congestionné par la méfiance. Et ce clebs de luxe, qui est-ce qui te l'a acheté ?

— Personne ! Je l'ai trouvé.

Il s'approche. Il me soulève le menton et plante ses yeux mauvais dans mon œil.

— Tu sais c' qu'on fait à un gars comme toi, il me souffle dans la figure. D'abord, tu lui estourbis le ciboulot pour le foutre dans les pommes, comme ça, il t'emmerde pas. Ensuite, tu lui passes un nœud coulant autour du cou. Après, tu le plies en deux et tu lui lies les genoux avec l'autre bout du fil. Tu le fourres dans un sac et tu le jettes dans la Seine. Suicide, quoi !

— T'as qu'à me fouiller, j' dis. J'ai pas un rond.

J'ai une trouille du diable. Je sens que ma culotte se mouille, mais c'est pas grave vu que mon derrière je l'essuie pas bien, alors. Je regarde tout alentour. Les gens vont et viennent. Dès qu'ils arrivent à notre hauteur, ils serrent leur sac sous leurs aisselles. Ils se magnent. C'est une histoire de Nègres entre eux-eux. En face, au café-bar La Patatouille, des putes arabes vêtues de robes de jersey rouge avec des collants verts font la danse du ventre pour le plaisir des clients. Ce n'est pas leurs oignons, il faut comprendre.

Devant le café, un Blanc observe la scène. Il porte un complet de flanelle gris foncé, une chemise blanche et une cravate imprimée de milliers de chevaux de course. Un cigare à moitié éteint se balance entre les deux doigts de sa main gauche. Rien qu'à sa tête, je vois qu'on ne peut pas miser un centime sur ce type.

Sidibé se met à me tâtouiller partout. Il commence par ma poitrine, il passe sous mes aisselles, ça me fait des chatouilles et j'ai bien envie de rigoler, mais le moment n'est pas à la bonne humeur. Ses mains descendent. Il éventre l'intérieur des poches de mon pantalon et ça pend des deux côtés comme deux couilles molles.

— Tourne-toi, il me dit. Écarte les jambes et bouge pas !

— Inch Allah ! j' réponds.

— Boucle-la, vermine ! il hurle.

Sidibé s'échauffe. Ses mains tremblent. Je me tourne lentement et lui présente mon derrière. J'ai un mal de ventre subit et je sens s'échapper de mon postérieur un son semblable au miaulement d'un chat écrasé.

— Salaud ! il hurle.

Il m'envoie un coup de pied dans les fesses.

— Hé, le môme ! crie le type en flanelle. On se calme ! J' veux pas de scrabouille ici !

— C'est de sa faute, Eddie ! fait Sidibé. Il m'a envoyé une décharge de pétatouille dans la gueule. Et ça pue pas la rose.

— Doucement, dit Eddie qui a tout le mal du monde à garder son sérieux. Tu vas pas démonter le portrait à ce môme pasqu'il t'a pété dans la figure !

— Gloire à Allah ! je réponds.

— Ferme-la, connard ! aboie Sidibé.

Il est très en colère. Sa figure enfle. Ses pupilles se dilatent. Ses narines frémissent. Puis ses yeux se braquent sur Amadeus. Il le prend dans ses mains et il dit :

— Je réclame une rançon pour le prisonnier !

J'en crois pas mes oreilles, alors je lance :

— Une rançon, pour ce saucisson de Somalie ? J' te parie que sa propre mère ne donnerait pas un rond pour le ravoir.

— Boucle-la ! Et si tu veux revoir ton clebs de luxe, t'as qu'à payer.

C'est alors qu'un groupe de gars s'amène en jouant des coudes pour se frayer un chemin à travers la foule. Ils renversent des gens sur leur passage, comme une boule culbute des quilles. Ils traversent la rue au galop au milieu de la circulation, sous le nez des voitures, à croire qu'ils ne les voient pas. Ils hurlent en passant devant nous :

— Quelqu'un a tiré la chasse d'eau ! La merde arrive ! La merde arrive !

Amadeus se cabre comme un cheval de labour devant un serpent à sonnette. Il gigote dans ses bras.

— On se calme ! hurle Sidibé.

Amadeus a des yeux fous. Il baisse son museau et j'entends un hurlement. Sous l'effet de la colère et de la douleur, les muscles du cou de Sidibé se gonflent comme les cordages d'un voilier. Il grimace en dément. Il regarde sa main où des traces de crocs zigzaguent. Il dit avec colère :

— C'est que partie remise, morpions !

Il veut rattraper Amadeus qui est venu se planquer entre mes jambes. Mais il n'a pas le temps et il se lance à la poursuite des gars, piétinant les gens que les autres ont renversés.

Je reste planté là comme un pedzouille. Avec tout ce que j'ai vu ces derniers jours, ma tête me tourne. Il faut comprendre, quoi ! Je reviens de la campagne, je n'ai pas reçu de lettre de Lolita et peut-être bien qu'elle m'a oublié! M'am a un amant et ce Monsieur Tichit a tant de monde dans les yeux quand il la regarde, que m'est avis que M'am ne s'en passera pas de sitôt. Le Sidibé veut me faire partager son paradis artificiel, et je ne comprends pas pourquoi les gars qui se kickent veulent toujours te faire partager leur paradis où scintillent des gratte-ciel toute fraise et des culottes en diamant.

Amadeus est aussi hébété que moi. Sa langue pendouille et il me bave dessus en soufflant. Plus loin, à l'angle de la rue Morand et de la rue J.-P.-Timbaud, des Arabes et des Nègres entrent dans la mosquée. Il en arrive de partout. Ils viennent écouter leurs imams leur prêcher la parole divine.

Mais par les temps qui courent, m'est avis que les sermons, ils devraient les leur servir bien chauds vu que ça se refroidit bien vite dans leur ciboulot. Mais je dis rien, car personne ne m'a demandé mon avis.

C'est alors que je vois l'inspecteur Harry. C'est un type de la brigade des Stups. Il a une tête comme je le souhaite à personne. Une tête ronde. Des yeux ronds. Une tignasse bouclée. Et une mentalité sans espoir comme si c'était un robot automatique que quelqu'un branchait pour pouvoir s'en servir. C'est vrai, quoi! Tout le monde connaît la gueule à ce type. Il roule mollo sur son vélo et son cul fait de la cuisson vapeur sur le siège en plastoc de sa bicyclette. Il est toujours nippé en vacancier sous son pardessus beige. Il zieute partout en roulant, et il pense que personne ne le voit, mais personne ne dort là-dedans. Alors tout le monde crie : « Quelqu'un a tiré la chasse d'eau! La merde arrive! » Et les vendeurs remballent leurs marchandises et disparaissent en fumée dans Belleville. Et ce crétin se retrouve toujours le bec dans l'eau à comptabiliser les kilomètres. A force de prendre les Bellevillois pour des cons, les flics sont devenus encore plus cons ! C'est Monsieur Ndongala qui me l'a dit. Il appelle ça la loi des associations ou quelque chose comme ça que j'ai pas très bien compris.

J'ai continué mon inspection de Belleville. J'ai pris la rue du Faubourg-du-Temple. Des troupeaux de Négresses montent et descendent. Certaines portent des boubous et ressemblent à une tribu de chameaux, leur bébé accroché dans leur dos. D'autres, la peau blanchie à l'ambi, décidées à accrocher le regard à tout prix, les joues pâlies par le froid, grelottent dans des pantalons moulants et des peluches légères, certaines sont en train d'attraper la bronchite qui les conduira plus vite auprès d'Allah. Des hommes attroupés avec des mines minables matent ces jolies gonzesses comme Roméo la Juliette.

La rue du Faubourg-du-Temple n'a pas changé. Comme d'habitude, les Chinois vendent des produits made in Africa. Comme d'habitude, les Africains achètent parce qu'ils sont trop bêtes pour s'organiser. Et comme d'habitude, Monsieur Fielman le juif est attablé derrière sa caisse. Il vend des crèmes blanchissantes aux Négresses qui se battent à coups d'insultes pour s'approvisionner et se blanchir la peau en premier pour lever les Négros qui aiment les femmes couleur de plantain mûr.

Monsieur Fielman a encore grossi. Sa bedaine pousse loin devant lui. Il transpire. Je vous jure que ce type est né en suant. Sa chemise ouverte sur le devant laisse voir sa grosse chaîne en or et il comptabilise ses piastres. Moussa, un Nègre de Belleville qui a travaillé chez lui comme magasinier, dit que ce juif comptabilise son argent jusqu'à quinze fois par jour. Il le comptabilise en ouvrant le coffre, avant de le refermer, en arrivant au bureau, avant de se coucher, et à force de tripoter les billets, son gros doigt s'est aplati.

— Bonjour, Monsieur Fielman, je lui dis.

— Ah ! mon p'tit Loukoum, il fait comme à une grosse surprise. Ça va ?

— Ça va, je réponds, et vous, Monsieur Fielman, ça va ?

— Oui, mon p'tit.

— Les affaires marchent ?

— Ça peut aller, mon p'tit.

— Vos enfants vont bien ?

— Très bien, mon p'tit. Mais dis-moi, Loukoum, c'est à toi ce chien ?

— Oui, Monsieur Fielman.

Monsieur Fielman touche sa gourmette en or et ça lui donne l'air très gentil.

— Je vois, il dit, l'air malin. Si tu veux t'en débarrasser, après tout, c'est du boulot, un clebs classé ! Et ça coûte cher à entretenir. Si tu veux, je te l'achète entre nous-nous, quoi !

— Il est pas à vendre, Monsieur Fielman.

— C'est dommage ! Ma femme voudrait bien avoir un chien comme çui-là. Tiens, je te file deux cents balles et tu me donnes le chien.

— Que non, Monsieur Fielman. C'est une affaire sentimentale et ça se négocie pas, les sentiments, Monsieur Fielman.

— Qu'est-ce qui ne va pas, mon p'tit ? Je t'offre de quoi t'acheter plus de cent kinders au chocolat et tu refuses, pourquoi ?

— C'est juste pour la Somalie, Monsieur Fielman. Ils crèvent de faim là-bas. Alors j'ai décidé que je mangeais plus de kinders. Il faut faire quelque chose, Monsieur Fielman.

Monsieur Fielman hoche la tête.

— Exactement. En ce qui me concerne, je me sens plus le courage. J'ai déjà fait un chèque de vingt francs pour la Somalie, fiston. Je peux pas m'amener là-bas surchargé de travail comme je le suis. Il faut gagner sa croûte, quoi ! C'est la volonté de Dieu !

— Inch Allah ! Monsieur Fielman.

Il s'essuie la figure et il dit :

— Inch Allah, Loukoum ! T'es vraiment un gosse pas comme les autres.

— Parfait, Monsieur Fielman. Parfait.

J'ai continué ma route. C'est vrai qu'Amadeus avait un certain succès. Il plaisait bien aux dames. Certaines se retournaient et disaient : « Oh, qu'il est mignon, le chiot ! » Et elles me souriaient et je leur resouriais. Sûr que je ne suis pas encore dangereux, vu que je n'ai pas encore l'âge pour être un voyou.

J'ai pris le boulevard de Belleville et la rue de Belleville. Je suis passé devant la maison de Lolita. Sa maman était penchée au balcon. Elle m'a vu, elle a regardé ailleurs parce que ça ne lui disait rien qui chante. C'est une belle-mère.

A un moment, je suis passé devant le café La Veilleuse. Et c'est là qu'un couple a accroché mon regard, j'ai cru voir M'am et Monsieur Tichit. J'en revenais pas. J'ai fait demi-tour pour vérifier si mon œil ne s'était pas trompé. Mais non ! C'était bien M'am et Monsieur Tichit. Je croyais que ce zouave était encore au Pompidou à jouir tout son soûl du soleil, des ruisseaux et des montagnes. Il était bien à Belleville. Habillé comme on croit rêver avec un col roulé noir et un pantalon identique. Je n'en revenais pas. Mais je me suis pas assis. Je suis entré dans le café. Ils me tournaient le dos et je me suis affaissé juste derrière eux pour écouter.

— Mais, ma chérie, nous sommes un couple aussi. Un couple illégitime, mais un couple, tu m'entends.

— On dirait que tu cherches à vivre, a fait M'am.

— J'ai besoin de toi. Ça au moins tu l'as compris.

— Non, j'ai pas envie de comprendre. Je suis mariée et j'ai des responsabilités... Et puis quéque les gens vont penser de moi ?

— Arrête ton char ! Les gens ont autre chose à faire que de s'occuper de ce qui ne les regarde pas. Nous vivons dans un monde où chacun se cherche : les fourmis, les abeilles, les fonctionnaires et même les femmes mariées...

— Étienne, a fait M'am. Réfléchis avant de dire des âneries. Pour moi, une femme qui se moque de c' que peuvent bien penser les autres, c'est un mystère ou une putain !

— Maryam, dis-moi la vérité. Tu aimes encore ton mari, n'est-ce pas ? Et moi, qu'est-ce que je représente pour toi ? Une distraction ?

— Toi ? C'est autre chose. T'as raison quand tu dis que j'aime Abdou. Oui, je l'aime. Comme un frère, bien sûr ! Et puis il y a les enfants.

Là, elle s'est mise à lui expliquer tout ce qu'elle avait sur le cœur, elle lui a donné des détails, ce que mes sœurs et moi représentions pour elle. Comment elle avait vécu jusque-là.

— Et même si je le quittais, tu m'épouserais ?

Non ! Je suis noire, je suis moche, je sais même pas lire. Je suis même pas capable de mettre bas. En plus t'es blanc. Quéque tu ferais de moi !

— Le mariage n'est pas tout dans la vie, il a dit. D'ailleurs, le quotidien tue l'amour. Non...

Il a hésité avant de rajouter :

— Si seulement j'avais su ce que je sais maintenant !

— Tu aurais été frapper le destin, j'imagine ? Personne y peut rien. Même pas le bon Dieu.

Et là, M'am s'est mise à pleurer.

Ce vieux bandit l'a entourée de ses bras et ils sont restés comme ça dans le café sans parler. Je les ai regardés, reregardés, et j'ai pensé qu'il y a bien des choses que nous ne comprenons pas dans la vie et que cela entraîne beaucoup de chagrins.

Sans me faire voir, j'ai quitté le café et j'ai pris de nouveau la rue de Belleville. Vache d'effet de voir sa maman avec un autre homme, je vous jure. Mon cœur battait comme après un cent mètres nage libre. J'avais du coton dans les jambes. Mais il faut chasser les mauvaises pensées. J'ai bifurqué rue Ramponeau. J'ai failli me croire ailleurs tellement ça avait changé. C'est vrai, quoi ! Des immeubles neufs ont poussé partout comme des champignons chinois. Ça commence à faire typiquement français. Et qu'est-ce que je me suis régalé ! J'aime surtout l'immeuble au coin de la rue Ramponeau et de la rue de Pali-Kao avec ses devantures de glace. J'aimerais habiter un appartement dans cet immeuble. J'en ai marre de ce deux-pièces sans ascenseur où toute la famille Traoré s'entasse comme une pile de couvertures.

Devant l'immeuble, il y avait une grande pancarte avec un écriteau chinois qui voulait dire quelque chose. J'ai regardé un moment. Je me suis assis par terre, j'ai reregardé, et Amadeus s'est assis à côté de moi et on a regardé ensemble. J'ai fermé les yeux et j'ai vu Lolita. Elle avait des chaussures à grille et une jupe à fleurs qui faisait le bonheur autour de ses jambes. J'ai même réussi à aller plus devant. J'ai senti autour de moi ses bras chauds qui me berçaient. J'ai des brûlures dans le bas du ventre et ça serre, ça serre, et ça m'a fichu bêtement les larmes aux yeux. Quand j'ai mal partout, ça me vient facilement, je m'inquiète pas pour ça, j'ai vu assez de larmes dans ma vie. Et puis je lâche un rot, ça ne brûle plus sous l'effet de la surprise. Et Lolita m'embrasse et rit d'un rire léger que j'entends, j'entends, j'entends...

— Qu'est-ce que tu fais là, Loukoum?

J'étais toujours assis. J'ai levé les yeux et j'ai vu Johanne. C'est la meilleure amie de Lolita. Elle était dans la même classe que moi, l'année dernière. Elle est toujours aussi collante et sent le tuf-tuf-rose-trou-du-cul. Et ça m'a fait penser à Lolita tellement c'était différent.

— Nous sommes en démocratie, j'ai dit. J'ai droit d'être où je veux.

— Mmmm... Mmmm..., elle a fait en se dandinant d'un pied sur l'autre comme un intrus qui ne sait pas quoi dire; pour rester.

— Pourquoi que tu pleures? elle a demandé.

Et elle m'a touché la joue. J'ai reculé.

— Je ne pleure pas du tout.

— Et c' que t'as là, ce sont pas des larmes, par hasard?

— Non. Je ne sais pas d'où ça vient.

— Ouais. Avec la pollution qu'il y a dans les villes de nos jours, ça abîme vachement les yeux.

Et, sans crier gare, elle s'est baissée et m'a embrassé comme ça sur la joue. J'ai reculé un peu.

Il faut se méfier. Avec ce genre de gonzesse, tu te retrouves marié sans contravention ni enquête administrative. Monsieur Ndongala ne vit plus quand il y pense. Johanne s'est réapprochée, elle m'a encore embrassé. Cette gonzesse est nulle. Ses fesses, c'est zéro, et ses hanches sont rondes et molles comme du pudding. Mais c'était tellement doux que je n'allais tout de même pas faire les difficiles et cracher dessus.

Elle a fait un geste de la main. Et je me suis levé.

— Qu'est-ce que tu cherches ? j' lui ai demandé.

— Moi ? Mais...

— Tu parles ! Vous les nanas, vous êtes toutes pareilles au même. Vous nous draguez pour nous laisser tomber comme des vieilles chaussures.

— Écoute, Loukoum, elle a dit en papillonnant ses yeux et en cramponnant ses bourrelets sur les hanches rien que pour moi. Je voulais juste te parler de Lolita.

— Ah oui ?

— Ouais. Elle arrive bientôt.

— Quand ?

— J' sais pas, moi. Mais elle viendra me voir pour mon anniversaire samedi prochain, alors, si tu veux, tu es invité.

— Je ne sais pas, j'ai fait. J'ai pas tellement le temps.

Elle a soupiré, puis elle a dit :

— Pourquoi est-ce que je suis si moche ? Pourquoi est-ce que ça m'arrive à moi ?

— J' sais pas, moi. Je veux pas te raconter des saloperies, alors...

— Personne ne me regarde. Personne ! Qu'est-ce que tu veux trouver d'agréable à une nana comme moi, hein, dis ?

Je crois qu'elle se serait froissée comme un kleenex si elle avait pu. Elle a pris une espèce de pose à la noix, les mains sur les hanches, les jambes écartelées, et elle m'a fixé avec des yeux fous. Amadeus n'en revenait pas non plus. Il s'est assis tout contre ses chaussures grillagées et il a regardé sa bouille désespérée. Il bavait comme s'il mourait d'envie de s'offrir un morceau de la grasse chair blanche de Johanne. Et à force, il a fini par former sur le pavé une tache humide.

J'ai attendu un peu, puis j'ai posé une main sur son épaule. J'ai senti qu'elle se raidissait. Alors j'ai dit :

— Moi, la beauté, je m'en fous pas mal ! Je trouve ça chiant. Ce qui m'intéresse, c'est ce qu'il y a là-dedans, j'ai ajouté en posant ma main sur mon cœur.

Du coup, elle m'a regardé avec des yeux de cacahuètes, elle a souri et elle s'est jetée dans mes bras en disant :

— Oh, là là ! Qu'est-ce que t'es épatant, Loukoum !

Amadeus s'est arc-bouté sur ses pattes et s'est mis à gronder.

— Tu vois, personne m'aime ! Personne ! Même pas le chien ! a fait Johanne d'une voix pleurnicharde.

— Mais non ! Tu l'aimes bien, n'est-ce pas, mon chien ?

Mais cet imbécile a continué d'aboyer. C'est vrai, quoi, malgré toute sa graisse, cette gonzesse est capable de vous refroidir en plein hiver.

— C'est sa façon de te dire qu'il t'aime bien. Il faut comprendre le langage des chiens, j'ai dit.

— Ah ! Bon ben, dans ce cas, n'oublie pas de venir samedi.

— Inch Allah ! j'ai répondu.

Elle s'est tirée.

J'avais du coton tout autour de moi. Ça fondait. Je me suis épongé la figure. Lolita sera là. Lolita. Quelque chose a trottiné dans ma tête comme une musique douce. J'ai chanté l'amour, le ciel bleu. J'ai cligné des yeux aux pigeons. C'est vrai, quoi, notre part de paradis ne s'achète pas au marché. Et tout en sifflotant, je me suis retrouvé sans m'en rendre compte au café de Monsieur Guillaume.

Toute la tribu nègre est là. Il y a Monsieur Kaba, l'intellectuel Ndongala, Cérif le Marabout, M'amzelle Esther, Tatiana, mon oncle Kouam qui se fait désirer depuis qu'il a épousé ma maman gynécologique, Aminata, qui m'a abandonné quand j'étais bébé. Il y a également une Négresse que je ne connais pas d'Ève. Et ça criaille dur là-dedans. La fille que je ne connais pas n'arrête pas de lever les mains au ciel et de hurler :

— Je veux mon fric ! Je veux mon fric !

— Commençons par le commencement, dit Monsieur Kaba tout en fumant son cigare qui jette de la cendre partout sans regarder à la dépense. Qu'est-ce qui est marqué sur ce papier ?

L'intellectuel Ndongala lit :

— *Sensationnel miel d'Afrique pour faire revenir amant — Particulièrement efficace pour appâter les gros poissons.*

— Continue, dit Monsieur Kaba.

— *Incantations pour faire blanchir la peau en huit jours — Unique au monde — Existe depuis la nuit des temps. Associés à des formules magiques, vos cheveux deviendront lisses et auront la couleur de votre choix.*

— La suite ! fait Monsieur Kaba.

— Pour avoir de l'argent par la prière — Pour triompher de la mort, pour avoir succès-amour-gloire, consultez vite Monsieur Cérif, Marabout diplômé des sciences occultes en téléphonant au 45-89-80-10. Reçoit exclusivement sur rendez-vous.

Monsieur Kaba aspire une bonne goulée de fumée et déclare :

— Je vois pas où est le problème, poupée.

— Comment ça ? elle demande, la gonzesse, en le regardant comme une dingue. Çui-là, c'est un voleur ! Il m'a trompée ! Il a pris mon argent et j'ai fait les incantations comme il me l'a dit, j'ai fait les prières et je suis encore plus noire qu'avant ! Regarde... Regarde toi-même.

— J' vois rien, dit Monsieur Kaba.

— Ah ! C'est un complot ! J'en peux plus ! C'est un complot ! Attendez un instant que j'aille à la police.

— Et tu vas dire quoi, p'tite ? Qu'on t'a volée ? Personne ici ne t'a volée.

— C'est tout comme ! hurle la fille.

— J'ai toujours donné satisfaction à la clientèle, fait Cérif en retroussant sa djellaba sur ses mollets. Personne ne s'est jamais plaint, j' le jure devant Allah ! N'est-ce pas, Monsieur Guillaume ?

— Ouais, répond Guillaume en se mouchant. Même que c'est grâce à lui que les flics ne viennent jamais fouiner par ici.

— Tu vois ! dit Cérif en montrant toutes ses dents tellement c'est pour lui le pied de savoir qu'il y a quelqu'un là pour témoigner de la qualité de son travail et à qui ça fait de la peine qu'on l'accuse injustement.

— C'est pas vrai ! hurle la fille que je ne connais pas. Rends-moi mes sous !

— Il faut recommencer le traitement, dit Cérif

en croquant un cola. Sûr que t'as pas suivi le traitement comme il fallait.

— C'est pas vrai ! Si tu me donnes pas mes tunes tout de suite, je vais porter plainte.

— C'est ça, fait mon oncle Kouam. Va trahir un frère ! Traîtresse !

La fille sursaute comme si on l'avait piquée.

— Écoute-moi, frère...

— Ne m'appelle pas frère, dit mon oncle Kouam. Une femme qui est capable de trahir un des siens n'est pas ma sœur.

— Écoute-moi, Monsieur Kouam. J' vous jure que son truc, c'est du bidon. T'as qu'à essayer et tu verras bien que j'ai pas dit des conneries.

— Mais j'ai pas envie de changer de couleur, moi ! fait mon oncle Kouam, outré. J'aime bien ma peau telle quelle.

— O.K. C'est quand même vous les mecs qui poussez les femmes à se blanchir, elle fait.

— Pas moi en tout cas ! fait mon oncle Kouam, scandalisé. Ma femme est noire comme un charbon et je l'aime.

— Ta femme, je m'en tape ! déclare la fille. J' veux mon argent ! J'ai besoin de me nourrir, moi, et d'élever mes deux mômes. Et qu'est-ce j' vais devenir s'y en a plus un qui me regarde vu que je suis trop noire, hein ?

— T'as de la chance, fillette, fait Monsieur Kaba. J'aime les gonzesses bien foncées de peau, ça fait exotique et ça excite les Blancs, alors. Tu peux travailler avec moi. Je vais te protéger.

— Jamais... ! elle hurle. Je...

Soudain, il y a un silence de mort. Je casse mon cou vers la porte et je vois entrer l'inspecteur Harry. Il est toujours vêtu de son imperméable beige pour se faire reconnaître. Monsieur Kaba surveille la Négresse que je connais pas du coin de l'œil et ça dit : « Si tu la ramènes, je te fais la peau ! » Du coup, l'autre reste la bouche ouverte comme un poisson hors de l'eau.

L'inspecteur Harry se dirige au bar et commande un demi.

— C'est bien calme par ici ? il demande.

— Ouais, répond Monsieur Guillaume. Pas de scramouche, rien. Les gens ici sont soucieux de ne pas déranger le gouvernement pour un oui pour un non. C'est manquer de conscience civile que de ne pas respecter la réglementation.

— Tout à fait ! dit Monsieur Kaba. Nous sommes des contribuables soucieux de ne pas faire des embarras aux flics vu qu'ils sont déjà surchargés de travail à protéger les citoyens et à cavaler derrière des criminels vivants.

— Eh bien, Monsieur, fait l'inspecteur Harry, votre opinion me va droit au cœur. Ça me fait plaisir de rencontrer des citoyens aussi soucieux de respecter la réglementation publique et qui voient la chose du même œil que moi.

Et sans laisser à Monsieur Kaba le temps de répondre, il vient s'asseoir à sa table comme s'il était chez lui. D'un geste nonchalant, il lève la main et dit :

— Je paie une tournée à tout le monde !

Tout le monde trinque. Je me suis assis sur une chaise, sans penser à rien de précis, sinon combien Lolita me manque, combien j'aimerais me retrouver avec elle au Pompidou et cligner de l'œil aux mouettes. Pour un peu, je lui écrirais là sur place. C'est vrai, quoi, on devrait toujours donner le meilleur de soi-même et ne rien laisser perdre. J'entends soudain :

— Par hasard, vous sauriez pas où je pourrais

me trouver une sèche? Je suis en manque, vous comprenez? demande l'inspecteur Harry à Monsieur Kaba en lui lançant un clin d'œil comme s'il était de la tribu.

Monsieur Kaba avale de travers, il tousse, ses yeux sortent de sa tête. Son verre se répand sur sa cravate rose. Et sans reprendre son calme, il lève un doigt. La musique jaillit du juke-box comme par magie.

Tatiana bondit de son siège comme piquée par des milliers d'aiguilles. Elle retrousse ses jupes, elle se trémousse énergiquement. Du coup, toutes les femmes se mettent à danser. La tribu accueille l'exhibition par des éclats de rire et des cris. Les Nègres se lèvent et se trémoussent eux aussi. L'inspecteur Harry n'en revient pas. Les femmes semblent danser pour son bénéfice exclusif et ses joues commencent à prendre des couleurs encourageantes. Il devient rouge.

Tatiana ondule jusqu'à lui et le prend dans ses bras. Ce que je peux vous certifier tout de suite, c'est que Tatiana mesure dans le mètre quatre-vingt-dix et a des biceps biotonic comme lui confèrent ses qualités d'ex-championne d'athlétisme. Elle lui fait un peu la cour, vu qu'on a vachement besoin qu'il nous foute la paix. Elle a des petits gestes de plaisir. Elle se dandine sur ses hautalonnés et ses boucles d'oreilles se balancent en faisant du tam-tam pour ameuter le client.

Les muscles de l'inspecteur se tendent. Il vire du rouge au gris cadavre. Je crois qu'il va avoir une attaque.

Mais non! Il se lève, Tatiana reçoit le coup en pleine figure. Elle n'a pas le temps de reprendre son souffle qu'une autre attaque, rénale cette fois, l'envoie au tapis. L'inspecteur Harry est prêt à lui balancer un nouveau coup dans le derrière quand Monsieur Kaba s'interpose.

— S'il vous plaît, Inspecteur... Arrêtez. Je vous en prie.

L'inspecteur hésite un moment. Puis il remet ses vêtements en ordre.

— Écoute, Tatiana, tu as fait peur à notre nouvel ami, dit Monsieur Kaba.

Le sang coule le long du nez de Tatiana et barbouille sa robe à fleurs. Elle l'essuie du revers de la main. Sa pomme d'Adam tressaute. Elle est émue. Elle se relève et elle demande en faisant des gestes pédés :

— Moi ? Mais non ! Il est un peu timide, alors il faut l'encourager.

— Fous-lui la paix ! Compris ? gronde Monsieur Kaba.

Tatiana minaude un coup pour faire plus femelle que nature. Elle s'éloigne en faisant tressauter ses nichons artificiels, vu que c'est pour ça qu'on la paye. En passant devant moi, elle dit :

— Déjà de retour Loukoum ? Je croyais que vous ne seriez pas là avant la fin du mois ! T'as passé de bonnes vacances ?

— Bof ! je réponds, changement de programme.

Elle hésite, elle caresse Amadeus qui lui lèche la main. Elle lui dit :

— Toi au moins t'es pas raciste, mon cher.

L'inspecteur Harry rougit jusqu'à la racine des cheveux. C'est vrai, quoi ! Tatiana est une fille douce, tendre, gentille, hormis l'accident de nature qui lui a flanqué des couilles et ce n'est pas une raison. L'inspecteur Harry vide son verre et sort.

Monsieur Kaba court derrière lui. Il transpire. Et son visage rond et mobile de comédien-né l'implore.

— Ne lui en voulez pas, mon ami. Elle voulait juste vous faire plaisir ! Jamais elle ne causerait d'ennuis à personne !

— Vous voulez dire IL ! fait l'inspecteur Harry. J'ai pas trouvé ça drôle, pas drôle du tout !

— Excusez...

— Jamais ! Elle me le paiera.

— Passez l'éponge, Monsieur l'ins...

— Que venez-vous de dire ? demande l'inspecteur, interloqué.

— Pardonnez ! Dieu vous le rendra. Que voulez-vous, des pau'ves immigrés comme nous, on sait pas toujours se tenir... Je vous revaudrai ça.

— Alors, trouvez-moi une sèche !

— Mais...

— A bientôt, Monsieur Kaba. Si vous n'accomplissez pas votre devoir, je vous enverrai au trou pour proxénétisme.

Inch Allah !

Le temps passait, l'âge venait. Au début, Soumana ne criait pas, elle ne pleurait pas non plus. Elle était le bruit nu de la souffrance qui s'écoulait.

Abdou arrivait, Soumana calculait tous ces gestes qui la rendraient en toute beauté. Elle pesait son charme. Un personnage de composition. Et mieux elle interprétait, plus il s'éloignait.

Elle retombait lasse. J'entends encore les hoquets de ces nuits-là, ces désespoirs à en perdre la tête.

Puis la colère est venue.

Il l'avait blessée dans le plus essentiel et ses nerfs à vif la rendaient écorchée.

Elle te cherchait, l'Amie, elle t'a vue.

Elle te regardait, monumentale, princière, elle voulait être toi.

Tu plantais tes théories dans l'eau et l'eau nous apportait leurs reflets.

Je regardais, muette.

Soumana agissait.

Elle attrapait ton regard et l'ombre ne régnait plus.

Les fleurs du temps s'ouvraient, le passé se recomposait. Tu faisais un geste, l'obscur devenait clarté, le chaos s'organisait. Tes cloches sonnaient et résonnaient désespérément en elle l'envie de te res-

sembler, de vivre. Elle hurlait : « Où vas-tu, Abdou ? Où étais-tu ? Tu as vu l'heure ? » Abdou regardait ailleurs. Elle parlait et sa parole tombait sur un linceul de mort. Elle grouillait dans sa grandeur défunte, à sa place de femme, à ras du sol. Puis ses paroles sont allées decrescendo, la lumière s'épaississait, ses rêves se mouraient dans l'enchevêtrement des chaînes et des liens. Soumana est morte, j'ai hérité de ses enfants.

M'ammaryam

Dès que j'arrive à la maison, je sens qu'il y a quelque chose qui ne va pas. Papa est assis dans son fauteuil, devant la télévision. Il mâche du cola. Ça se voit qu'il ne faut pas poser des questions à ce type, avec ses cheveux grisonnants et son regard plein d'interrogations. On dirait que quelqu'un lui a enfoncé des talons aiguilles dans la figue larmoyante de sa figure. Il regarde fixement l'écran. Ses yeux luisent comme un feu follet. De temps en temps, il envoie un jus de cola valser *floc-flac !* contre le mur. Il grogne entre ses dents.

Prudent, Amadeus file se planquer sous le lit. Une rumeur d'orage règne dans la maison. Mes sœurs se lancent des regards torves. Une espèce de sixième sens les avertit qu'elles ont tout intérêt à rester dans leur coin.

Dans la cuisine, de gros morceaux d'abats cuisent et la vapeur qui s'échappe de la marmite transforme la pièce en un véritable hammam. Des alokos grésillent au contact de l'huile sur le feu. M'am est au fourneau. Elle porte un pyjama en diamant à grosses rayures rouges d'où émergent des brassières violettes retenant une espèce de filet brillant. J'ai failli m'étouffer en la voyant vêtue comme une vieille pute ! Mais je n'ai rien dit. Après tout, c'est pas mes oignons. Je lui raconte ce qui s'est passé dans la rue et au café de Monsieur Guillaume. Elle plonge son cou ruisselant de sueur vers moi, soupire, fait la grimace comme si elle venait d'avaler un fiel.

Mais elle ne dit rien. A croire que la drogue n'est pas facile à regarder en face. Quelque chose qui ne doit pas sortir de la bouche des enfants, sous peine que ça n'arrange pas les parents. Alors, elle fait l'autruche. Je n'insiste pas.

Après le repas, M'am repousse sa chaise. Elle suçote soigneusement ses doigts. Elle rote et elle nous regarde comme si elle voulait nous marquer de quelque chose, puis elle dit :

— Il faut que je vous mette au courant.

— De quoi ? demande Peste Fatima.

— Dès lundi, je vais aller aux cours d'alphabétisation.

Il y a eu un cri. Puis, plus rien d'autre. Cri poussé par mes frangines en l'écoutant. Laquelle ? Fatima a plaqué ses mains sur sa bouche. Sorraya regarde M'am comme si elle était un revenant. Mes ongles attrapent mon pain et prélèvent des mies qu'ils commencent à pétrir.

Finalement, c'est Fatima qui rétablit la bonne humeur en s'écriant :

— Chouette alors ! Comme ça, j'aurai une mère instit', et j'aurai plus de zéros.

— Oui, je vais apprendre à lire et à écrire, insiste M'am.

Papa évite de regarder M'am dans les yeux, comme si de rien n'était et qu'elle n'avait pas parlé. Dehors, un imbécile fait ronfler son moteur.

— J' suis pas d'accord, dit Aziza. Et puis, qu'est-ce qui va nous préparer la bouffe ?

— On va s' débrouiller, répond M'am.

Papa a le nez dans son assiette et ne dit rien. Moi non plus. J'attends que les plats commencent à voler dans tous les sens.

— Et puis papa est là, fait M'am.

Elle pivote vers papa et demande :

— N'est-ce pas, mon chéri ?

Je vois la tête de papa qui se tourne d'un bloc. Il fait :

— Qu'est-ce que tu veux au juste ? Me tuer ? Rendre les mômes orphelins ?

— Je veux la justice, elle répond.

— Ah bon ? demande papa en la regardant des pieds à la tête.

— Parfaitement. Je trouve qu'elle n'est pas bien appliquée. Toute ma vie, j'ai passé mon temps à laver, à torcher le cul des mômes. Maintenant, il est temps que je prenne du temps pour moi. J' veux apprendre à lire et à écrire.

Mon papa nous regarde les uns après les autres. Il respire un bon coup. Puis il envoie valser un jus de cola et dit :

— Quéque t'espères au fond ? Devenir une intellectuelle ? Et pour quoi faire, hein ? Y a pas de boulot pour toi. Personne y peut t'embaucher. T'es noire, t'es vieille, l'oublie pas. Personne y peut te prendre, même comme putain.

— J' veux juste lire et écrire mes lettres moi-même. J'en ai marre de pas savoir c' qui est marqué sur les papiers.

— Faudrait d'abord que tu me passes dessus, il dit.

— Comme tu voudras. J'ai justement besoin d'une serpillière.

— Sacré nom d'une pipe ! Jamais, tu m'entends !

— Boucle-la, dit M'am, je suis pas ta mère.

Là-dessus, papa pousse un drôle de gémissement. On dirait la mort qui approche, et que même Allah ne pourrait pas l'arrêter. Ça vous fait dresser les cheveux sur la tête.

— Dire que j'ai vécu pendant vingt-deux ans avec une folle, il murmure.

— T'as qu'à divorcer, fait M'am sans se démonter.

Lui, il est tellement démonté qu'il ne réplique rien. Il se tourne vers Fatima. C'est sa petite préférée, même si elle est toujours à rechigner, insupportable et têtue comme une mule.

— Fatima, il fait.

— Oui, Monsieur.

Papa est dérouté. Il sait pas quoi dire :

— Laisse tomber, il fait d'abord, et puis : Va me chercher une noix de cola dans mon sac.

Elle ne bouge pas.

— S'il te plaît, il dit.

Elle va chercher la cola et la pose devant papa. Elle lui fait une bise et dit :

— Mon pauvre papa.

Elle se rassoit.

— Mon pauvre papa ! répète Aziza.

Sorraya se met à brailler à qui mieux mieux.

On sonne à la porte.

— Sacré nom de nom ! dit papa qui saute dans ses sandales et court ouvrir.

J'entends papa crier : « Oh, Aminata ! » et elle : « Oh, Abdou ! » Et je sais qu'ils sont tombés dans les bras l'un de l'autre. Et puis plus rien. Je cours à la porte, il y a l'oncle Kouam et Aminata ; je dis : « Oh, maman ! » en lui tendant les bras. Elle a le sourire jusqu'aux oreilles. Elle est habillée comme on croit rêver. J'en reviens pas et Amadeus aussi, vu qu'il n'arrête pas de japper et de remuer sa queue. Elle a l'air d'une vraie dame, mais même moi je sais que c'en est pas une vraie, bien sûr! Elle porte un chemisier en soie avec un chapeau tout en or. Quelque chose a sonné en moi, comme une énorme cloche, et mon âme a vibré. Je me jette tout contre sa poitrine. Elle m'embrasse. Puis elle me porte mais je m'écarte vite, vu que je suis plus un môme, quoi!

— Ça va, mon bébé? elle demande.

— D'abord, m'appelle pas bébé, je fais. Pour le reste, ça va.

Ils s'assoient et mon oncle Kouam attaque tout de suite :

— Quoi de neuf Abdou? T'as vraiment l'air pas bien. Et quand un homme va pas bien, c'est la faute d'une femme.

— Moi? demande mon papa. Mais tout va très bien. On est partis en vacances, on est revenus. Rien de plus.

— Vraiment rien de plus?

Voilà autre chose à présent. M'est avis que papa aurait dû inventer un mensonge rien que pour satisfaire mon oncle. Et puis non.

— Tu connais M'am, fait papa. La femme qui l'a mise au monde a vraiment fait une grande chose.

Mon oncle reste sans rien dire, et papa continue :

— Elle ne ferait pas de mal à une mouche.

Et je comprends.

Inch Allah!

Il m'a fallu beaucoup de temps.

Le temps de grandir un peu pour comprendre qu'en vieillissant, on comprend de moins en moins vu que les choses s'accumulent et que tu n'arrives plus à te dépatouiller là-dedans.

M'am me ramène un peu sur terre en envoyant mes sœurs au lit.

— Et Loukoum ? demande Peste Fatima en me lorgnant avec des couteaux.

— C'est un homme ! répond mon papa. Il peut dormir plus tard. Il est plus fort.

— C'est pas juste, elle fait ! Moi, quand je serai grande, je zigouillerai tous les mecs.

— Ça te prendra beaucoup de temps, dit M'am en rigolant.

Finalement, elles partent se coucher.

Aminata et M'am se sont levées elles aussi. Elles débarrassent la table, bientôt on entend des bruits dans l'évier.

Les hommes restent à bavarder, à se balancer dans leur fauteuil, à mâcher de la cola. Ils parlent de tout. Du travail de M'am. De Monsieur Guillaume. De Monsieur Kaba. Des choses en général. Je m'ennuie à crever puisque je ne peux même pas regarder *Malcolm* à la télévision. Alors, je vais voir ce que fabriquent les femmes.

Elles sont assises toutes les deux sur des bancs dans la cuisine. A les voir, on ne croirait pas qu'elles ont eu le même mec, quoi ! Elles trouvent cela normal. M'am a son postérieur bien calé dans son siège, exprès.

— Je suis ici chez moi, elle dit. C'est moi qui paye. Voilà.

Aminata l'entoure de ses bras.

— Bien sûr que t'es ici chez toi, elle répond.

— Alors pourquoi que j'aurais pas le droit d'apprendre à lire et à écrire comme tout le monde ?

— C'est dégoûtant, dit Aminata.

— Dieu, il pense pas pareil, fait M'am.

— Suis pas si sûre ! Ce qu'il veut, çui-là, c'est que tu l'admires. C'est pour ça qu'il fait des choses que même tes yeux n'en reviennent pas. M'est avis qu'il est prétentieux.

— T'es idiote, fait M'am. C'est l'homme qui se met partout et pourrit tout, voilà c' que j' pense.

— Alors, envoie Abdou au diable. Et va apprendre à lire et à écrire si ça te chante.

— C'est pas si facile, laisse-moi te l' dire. Ça fait si longtemps qu'il est là, il veut plus se bouger. Et il menace le monde avec des éclairs, des inondations. Faut qu'on s' défende. Maintenant, j'ai pris ma décision, j'entre dans la création. Je vais profiter des belles choses comme des fleurs, des oiseaux, des arbres. Je vais apprendre à lire et à écrire. Tu te rends compte que tout c' que tu sais c'est comme une goutte d'eau dans l'océan ? Il paraît qu'il y a plus de découvertes dans le monde que tu peux pas l'imaginer. Quand on me l'a dit, j'en revenais pas, Allah !

— Qui te l'a dit ? demande Aminata, l'air espiègle.

— Un homme que j'ai rencontré en vacances.

— T'as couché avec lui ?

— Pourquoi que tu me demandes ça ?

— Pasque première chose : quand un homme veut coucher avec toi, il est capable d'aller chercher les fleurs sur la lune rien que pour toi. Et çui-là m'en a tout l'air. Et deuxième chose : quand une femme change sa façon de s'habiller, c'est qu'y a un homme là-dessous. Me dis pas que t'es retombée amoureuse d'Abdou !

— De cette espèce de plats-pieds ? Jamais, elle fait M'am en minaudant.

— Et alors ?

— Je sais pas moi ! Depuis quéque temps avec Abdou, je ressens plus rien, alors.

— Même quand il tripote le bouton ?

— Il tâche. Mais ça va pas loin. Et depuis que j' connais l'autre, je prie tout le temps pour que Dieu il me pardonne mes péchés.

— De toute façon, dit Aminata, moi je suis une grande pécheuse. Déjà pasque j' suis une putain et une fois que t'es dedans, que veux-tu faire de plus ? C'est comme la misère, le chagrin, enfin comme quand on est dans la merde, quoi !

— Gloire à Dieu, fait M'am.

Plus loin dans la rue, on apercevait quelques passants, les yeux baissés quêtant des crottes de chien qu'on croirait des créatures sans tête. Les immeubles faisaient semblant de dormir et soudain les lumières se sont allumées. Je me suis demandé où était Lolita, je me suis demandé si elle pensait à moi de temps en temps comme je pensais à elle, je me suis traîné jusqu'au lit, j'ai serré Amadeus dans mes bras. Je pensais à Lolita. Je devinais ses cheveux qui sentaient le miel et l'arôme de vigne fraîche. J'ai pensé que je serais heureux de la retrouver samedi prochain chez Johanne. Je serais heureux même si je ne la retrouvais pas samedi, je la retrouverais dans une autre vie, j'espère qu'elle sera tout le temps avec moi, j'espère qu'elle me fera plus le coup de me laisser tout seul, une nouvelle fois. Ensuite, j'ai oublié mon état civil et je suis parti dans le sommeil...

Inch Allah !

Moi aussi j'ai voulu te ressembler. Je n'avais pas le courage de Soumana, je n'avais pas sa jeunesse.

Pourtant aujourd'hui, l'Amie, le destin m'a donné un travail, un champ où gisent quelques étoiles. Je m'accroche.

J'ai ôté mes pagnes et revêtu mon corps de soie. J'ai ôté les poils des jambes et rasé l'angle du pubis. J'ai empalé le corps d'Abdou d'amour et de volupté mais lui rejetait mes initiatives. Il me jugeait, il me condamnait : « Fais-pas-ci, fais-pas-ça. » Quand je me projette dans le futur, je deviens une chose gênante. Il hurle : « Tu es d'un ordre ingrat, un labyrinthe de problèmes et d'ennuis. Tu es une folle ! Une grimace destinée à bouleverser la géographie de ma maison ! » Et le voilà embarqué dans l'histoire d'une éternité où l'homme trouve son langage à ne pas être compris. Femme enracinée dans le passé, je ne dois pas chercher l'amour.

J'ai désobéi, et j'ai cherché l'amour. Je ne revendiquais que l'ivresse des sens et la tendresse posée là comme une récompense méritée. Pourquoi ? me demanderas-tu. Toute ma vie, j'ai cherché l'amour aussi passionnément qu'aujourd'hui. Dix-huit mille deux cent cinquante jours — un demi-siècle vécu sans amour ! J'en avais marre ! Je voulais connaître ces émotions qui font mourir deux êtres l'un pour l'autre.

J'ai erré dans les rues, dans les couloirs des métros à sa recherche. Mon rêve me poussait et je poussais mon rêve.

Quelquefois dans le métro, une voix d'homme : « Tu viens, chérie ? »

Ce n'est pas moi qu'il aimait, mais l'idée de la Négresse à la cuisse légère, à la sexualité abondante.

Le ciel me cernait.

Les pieds de l'hiver m'écrasaient.

L'espoir de cet amour rêvé me précédait, ténu. Il portait sur le visage les marques lointaines et pulpeuses de l'enfant de l'exil.

Oui,

je recherchais l'amour, ce mal fou, permanent et sublime, ces vertiges qui inscrivaient en moi la peur de mieux m'accomplir.

M'ammaryam

Dès la semaine suivante, la nouvelle s'est répandue partout. M'am a un AMANT !

M'am a un amant !

Quoi ! Un amant ?

Qui a un amant ?

M'am a un amant !

Je ne veux pas vous donner des fausses émotions, vu que je le savais déjà. Mais ça m'a quand même foutu un coup ! D'abord, c'est ma maman. Ensuite, les femmes doivent rester dignement à la maison, et faire bouillir la marmite. Enfin, le linge sale se lave en famille mais tout le monde s'en est mêlé, solidarité oblige. Et c'était tellement miteux que c'en était un vrai plaisir.

Toujours est-il que l'information a volé comme une chauve-souris, et s'est répandue au café de Monsieur Guillaume où toutes les informations se réunissent avant d'être dispatchées dans les familles nègres bellevilloises. On croyait entendre croasser des corneilles. Ça gambadait, l'air de s'en foutre. Si j'avais pu, je ne l'aurais pas permis. Je l'aurais avalé comme le font les trafiquants de cigarettes et de marijuana quand les flics s'amènent. Mais j'étais qu'un môme comme son nom l'indique, et je n'avais pas de capacité prévue. J'étais tout simplement renversé.

Monsieur Guillaume en a la langue tout épaisse. Il est écroulé sur son bar. Il tente de se redresser péniblement. Ses maigres cheveux collent sur son front. Ses yeux roulent dans leurs orbites. Des grosses gouttes de sueur perlent sur ses tempes. Il sort un mouchoir rouge de sa salopette. Il se mouche, il s'essuie le front et étale la morve sur sa figure. Il regarde ses mains, le bout de ses doigts, comme s'il ne se reconnaissait pas, il murmure :

— Dégoûtant !

— Et elle plaque Abdou pour un type dans les affaires ? C'est ça, hein ? demande l'intellectuel Ndongala.

— Elle le plaque pas, reprend Monsieur Guillaume. Elle fait que s'envoyer le Blanc.

— Honte à nous ! hurle mon oncle Kouam.

— Jézabel ! braille Monsieur Kaba. Lucifer ! Je vous l'avais bien dit que bientôt le péché sera partout ! Il pourrira tout. Nos femmes, nos enfants et même c' que nous mangeons. Oh ! Seigneur, où va le monde ?

Il se signe, il s'agenouille et ses chairs molles coulent autour de lui comme de la graisse fondue. Tout le monde fait pareil. Seule Mademoiselle

Esther est restée debout dans sa culotte très écourtée qui lui fait des jambes du tonnerre. Elle sifflote en se dandinant d'un pied sur l'autre comme si un étranger venait de lui offrir un gros bouquet de roses.

Monsieur Kaba prononce la prière :

— Seigneur, aidez notre frère Abdou Traoré à sortir de cette épreuve.

— Inch Allah ! répond en chœur l'assistance.

— Aidez-le à retrouver sa dignité perdue.

— Inch Allah !

— Aidez cette femme à retrouver son mari, afin qu'elle vive selon vos lois.

— Inch Allah !

— Protégez tous les Nègres de Belleville qui ont des problèmes avec leurs femmes et aussi des problèmes d'argent et qui trichent avec vos lois.

— Inch Allah !

— Vous n'allez pas en faire un drame parce que la vieille s'offre du bon temps, tout de même ! zozote M'amzelle Esther.

— Oh, la ferme ! hurle Monsieur Kaba. T'es irrécupérable et ton âme va brûler dans les enfers éternels ! Je te le garantis.

— Tant pis ! dit M'amzelle Esther. Moi au moins, j'ai choisi ma vie.

Monsieur Kaba la regarde comme si elle n'existait pas. L'autre fait comme si elle ne voyait rien, elle continue :

— M'am n'a pas choisi un crève-la-faim. Il est riche, lui !

— Riche ? Sans blague ! s'exclame Monsieur Kaba.

— A milliards ! répond M'amzelle Esther. La vieille peut être fière, elle aura des manteaux de fourrure, des bijoux en diamants, des Rolls, tout, quoi, pour être parfaitement heureuse.

— On s'en fout, fait mon oncle Kouam. Personne y mange chez lui. Et je vous jure que si je le croise sur mon chemin, je le crève, çui-là.

— Crève d'abord tous ceux qui baisent ta femme tous les jours, après on verra, dit l'intellectuel Ndongala, moqueur.

— Inch Allah ! Inch Allah ! répète Monsieur Kaba.

— C'est pas du pareil au même, fait mon oncle Kouam. J'ai trouvé Aminata dans la profession. Et si je l'empêche d'exercer son métier, elle pourrait me poursuivre en justice pour séquestration et entrave à la liberté individuelle. Ça va chercher dans les cinq ans ferme à Fleury-Mérogis.

— Ouais, approuve Monsieur Kaba. De toute façon, personne y va faire la peau à un mec, un white qui baise sa gonzesse et qui est recta vu qu'il paye rubis sur ongle. C'est vrai, quoi ! C'est comme si elle le trompait pas. Elle est comme qui dirait de service, sauf que c'est mieux payé que le Smic. Et pis, il y a moins d'heures de présence. Pour tous les deux, c'est de l'argent facile. Sûr que M'ammaryam ira loin, j' vous le jure !

— M'est avis qu'il devrait la dérouiller, histoire de lui faire comprendre qui commande, suggère l'intellectuel Ndongala.

— D'accord avec toi, dit Monsieur Kaba. Mais seulement si la femme fricotait avec un Noir. Là, c'est un Blanc et pas n'importe lequel ! Riche à gogo ! Hé ! hé !

— Ma foi, elle devrait nous l'amener, dit Monsieur Guillaume. J'aurais quéques affaires à lui proposer.

— Ça vous prend souvent ? demande M'amzelle Esther. Vous perdez la boule ou quoi ?

— Bon Dieu ! hurle Monsieur Kaba. Voilà la crétine qui s'en mêle.

— Si vous continuez à parler comme ça, moi, je vous fous mon pied au cul, déclare M'amzelle Esther.

— Qu'Allah me pardonne et bouche ses oreilles s'il peut ! dit Monsieur Kaba. Je décrète que les gonzesses sont toutes des putains ! Regardez M'am, qui aurait imaginé qu'elle coucherait avec le premier venu, hein ? Même le Bon Dieu n'a pas prévu ça !

La tribu a éclaté de rire. Ils me regardent, ils rient, ils s'en donnent à cœur joie et ils me regardent. Je n'en pouvais plus, l'angoisse me serrait la gorge. Merde de merde, je savais plus quoi faire. Mais entendre traiter M'am de putain m'a redonné des forces. Je me suis jeté sur Monsieur Kaba. Je lui ai martelé la poitrine avec mes poings et j'ai crié :

— C'est pas vrai ! C'est pas vrai !

— Mais, là, là, mon p'tit ! Calme-toi !

Il m'attrape les poignets. Je ne peux plus bouger. Il les serre fort. Je cesse de gigoter. Il me lâche, et je vais me rasseoir. Je croise mes bras, je ne dis plus rien.

— Pauvre gosse, fait Monsieur Guillaume. C'est injuste, c'est toujours les enfants qui trinquent dans ce genre de situation.

— Ouais, dit Monsieur Kaba. Dans le temps, les femmes connaissaient leur place et elles ne faisaient pas des trucs sales comme écarter les jambes au premier venu. Comme si c'était pas malheureux, ça !

— Elle n'a rien fait du tout, ma maman, je dis. Elle fait que d'aller aux cours pour s'alphabétiser.

— Je suppose..., commence Monsieur Kaba.

A cet instant, une tête se penche dans l'entrebâillement de la porte. Tout le monde se retourne. Mon papa entre.

Il porte une djellaba marine avec des sandales et une veste à carreaux bleus. Il a le visage plus grêle que d'habitude. Il se tient immobile au milieu du café. Il semble appartenir à une autre planète.

Monsieur Guillaume se tortille nerveusement.

— Tu veux un verre, mon grand ? il demande.

— Un scotch serré, répond papa.

— T'as raison, vieux, dit Monsieur Guillaume. C'est le meilleur remède qu'il y a pour oublier.

— Mais quéque tu racontes ? J'ai pas de problème, moi ! il fait en lui envoyant un regard bigle.

— Ah, quel gaillard !

— Il a peur que quelqu'un lui vole sa gonzesse, mais il le montre pas. Sûr qu'il l'aime, pour défendre ainsi son honneur, susurre M'amzelle Esther.

M'amzelle Esther rejoint papa. Ses deux fesses dansent la samba dans sa culotte courte.

— Ça va, chéri ? elle demande. Tu me payes un verre ?

— Une tournée pour le cocu ! crie un Nègre dans la salle.

— J'ai senti que c'était du tout cuit, fait M'amzelle Esther. Dès que j'ai vu M'am avec ce type, j'ai tout de suite compris. Qu'est-ce qui a combiné le coup pour plumer le pigeon, toi ou elle ?

— Faut dire que t'as le vice, Abdou, renchérit mon oncle Kaba.

— Moi ? demande papa. Mais j'ai rien fait du tout, moi ! Et je vous garantis que c'est pas ce que vous croyez ! Du tout ! Du tout ! Elle me trompe. Voilà !

— Tu veux pas par hasard un peu de skin Force 3 ? demande mon oncle Kouam. Tu sais, avec ça, la gonzesse te sent passer.

— Et quéque c'est ? demande papa.

— C'est ma foi un médicament que j'ai vu dans un magazine et ça disait : « Retrouvez la force et la puissance de vos vingt ans ! » Je l'ai acheté quand ma première femme voulait me quitter.

— Ton truc, c'est du bidon, fait Monsieur Guillaume. Vu que ta nana s'est quand même tirée, alors. M'est avis qu'il devrait aller voir le marabout Cérif et jeter un sort à ce blanc-bec, parole !

— Dans quel monde vivons-nous ? demande Monsieur Kaba en ramassant sa tête entre ses mains.

Il continue, très serpent à sonnette :

— Seigneur, nos femmes travaillent ! Elles nous larguent ! Elles vont apprendre à lire ! Elles laissent les mômes seuls ! Elles se peignent le visage comme c'est pas permis ! Où va-t-on ?

— Enfin, au paradis ! clame M'amzelle Esther. Vous autres, les hommes, vous êtes tous les mêmes. Si on vous laissait faire, vous mettriez une ceinture de chasteté aux femmes, et vous jetteriez la clé dans la mer !

— Boucle-la, pétasse ! hurle Monsieur Kaba. C'est de la faute des femmes de rien du tout comme toi s'il y a la vermine partout !

— Ah que non ! Ah que non ! Je ne peux pas le supporter. Ce type, elle fait en pointant son doigt vers papa comme on braque un revolver, il m'a fait un gosse, et il me verse même pas de pension alimentaire ! J'en peux plus !

— Et alors ? demande Monsieur Kaba. Qu'est-ce qui prouve que le môme est bien à lui ?

Mademoiselle Esther le regarde avec des yeux de crapaud. Elle coasse :

— Si c'est pas de lui, alors il est de toi, salaud !

— Moi ? il fait en se levant. Attends que je t'en foute une !

Il se lève, retenant son souffle, prêt à foncer comme un buffle. Mademoiselle fait pareil et renverse une chaise en essayant de contourner la table. Monsieur Kaba est dans tous ses états. Sûr que M'amzelle Esther va attraper une tartouille. Monsieur Kaba dégage la chaise d'un geste brusque et la balance ailleurs sans regarder à la catastrophe. Il n'y a plus de barrière entre eux. Il va y avoir des atrocités rue J.-P.-Timbaud. Esther pousse un cri aigu et veut s'enfuir, mais il l'attrape par la taille et la jette sur la table. Tous les Nègres se sont attroupés et applaudissent. Souple et agile, M'amzelle Esther se tord sous lui et parvient à se retourner. Il lui saute dessus comme un gros matou et la cloue sur la table. Elle a les lèvres gonflées, la veine du cou saillante et à travers son corsage moulant on voit ses nichons qui rameutent la clientèle.

Il colle ses lèvres épaisses et charnues contre les siennes et se conduit comme s'il avait payé.

— Allez ! Allez ! crie la tribu.

Mais Monsieur Kaba la garde encore en observation. Je voudrais lui donner une tartane, mais je ne peux rien faire sans provoquer des préjugés. C'est vrai de vrai la violence qu'on redoute le plus chez un immigré.

Monsieur Guillaume sort de son comptoir avec un seau d'eau tout en raclant ses pieds plats comme une locomotive. Il se fraye un chemin dans la foule. Il jette le contenu de son seau sur les lutteurs.

— Allez faire vos cochonneries ailleurs, il dit.

Monsieur Kaba lâche Esther en haletant sans la quitter du regard. Mais ses yeux se mettent à piquer vu que l'eau était savonneuse. M'amzelle fronce ses sourcils. Ses deux nattes collent sur sa nuque comme du gombo pilé. Ses yeux s'éclairent, le droit dirigé vers Monsieur Kaba, le gauche vers Monsieur Guillaume.

— Ô mon Dieu!... Ô Seigneur!... Quelle bande de tarés!...

Puis elle se tourne vers moi et sourit.

Inch Allah! je pense en la regardant avec espoir. Elle sourit, je suis sûr que c'est à moi qu'elle sourit. Avec tous ces zouaves, je suis sûr que c'est à moi qu'elle sourit et c'est une fleur qu'elle me fait. Si j'étais plus grand, cette gonzesse ne m'échapperait pas.

Quand nous sommes sortis du café, j'ai demandé à papa :

— Pourquoi que t'acceptes ça?

— Accepter quoi, fiston?

— Ben, que maman soit avec quéqu'un d'autre?

— T'aimes tout dans la vie, toi? il m'a demandé.

— Non. J'aime pas les légumes, surtout les choux de Bruxelles.

— Pourtant t'en manges.

— Ouais. Quand j' suis obligé.

— La vie est ainsi faite, mon fils. T'es toujours obligé d'accepter des choses même si elles te font pas plaisir. Si t'as compris ça, alors t'as tout compris.

Mais j'avais rien compris.

— Ça ne fait rien, il a ajouté. Un jour tu comprendras.

Un jour tu comprendras. C'est toujours la même chose avec moi. Les explications étaient terminées. Papa a bifurqué la conversation. Il m'a parlé du Mali. Des vieillards sous l'arbre, le baobab, des femmes qui pilent le mil, des enfants qui courent dans la concession. Je l'écoutais, je buvais ses paroles. Je me sentais chez moi. Un jour, j'irai au Mali. J'y construirai des ponts, des écoles, des hôpitaux, et je distillerai le bonheur à tour de bras.

Mais en attendant, cette histoire de M'am me turlupine pas mal, même si je sais qu'en France il existe une réelle hospitalité et qu'il faut donner à chacun selon ses besoins.

Inch Allah !

Un demi-siècle à attendre l'amour, et l'amour ne venait pas. L'espoir se griffait de moisissure comme la pellicule d'un champignon. L'air de l'hiver m'emmitouflait de ses bas de laine.

Je devenais l'intérieur d'un dédale couvert.

D'autres maux me remontaient, faits plus confusément de souvenirs et d'amertume. J'avais la sensation que ma vie était une escroquerie, que les nuits n'étaient que des nuits noires, sans fantômes ni terreur promise, et alors sans dénouement.

Pourtant, dans ces nuits veillées sans comédies, les enfants étaient ma seule sagesse. Ils vivaient, agençaient l'inutile tas de chairs et me faisaient partager ce que je n'espérais plus.

Architectes d'illuminations, artisans du soleil dans la nuit, ils éclataient les nuages que le vent dispersait et réunissait.

Ils me disaient : « Vis », sans trop savoir, parce que mon regard paraissait si triste auprès des leurs.

Et je vis jusqu'à en aimer l'ombre.

J'en oublie le temps qui saigne et qui voûte.

Je les aime jusqu'à la déchirure.

Suis-je folle, l'Amie ?

Oui, je sais. Les fuites rapides t'horripilent. Les

recours permanents aux artificiers exhalent ton amertume.

Non. Ne dis rien.

Change ton regard et oublie ma noyade.

Tourne jusqu'au plus noir des noirs comme au cœur du silence.

Sans toi, nul élargissement.

N'écoute que le cœur des choses.

Car fragiles sont les murs de la raison.

M'ammaryam

Le samedi suivant, je suis allé à l'anniversaire de Johanne. Elle habite rue Bisson, un appartement de cinq pièces, au troisième étage sur cour. Le salon était illuminé pour la circonstance mais ça se voyait que ça sentait toujours la rose là-dedans vu que les mômes brillaient comme des sous neufs. Je les imaginais couchant sur les Champs-Élysées. Dix filles et une douzaine de mecs se pressaient dans des fauteuils rembourrés que l'on avait repoussés contre le mur, pour aménager de la place au milieu.

Dès que je suis entré, tout le monde s'est tourné vers moi. C'est à croire qu'ils n'avaient jamais vu de Nègre là-dedans. Leurs yeux jouaient au billard dans tous les sens. Un des mômes m'a cherché tout de suite :

— Pourquoi que t'es habillé comme ça ? T'es d'où, toi ?

Comme si ça ne se voyait pas rien qu'à mes fringues qui font balayeur de France. Putain de merde ! On est quelque chose ou on ne l'est pas. Tout de même, je n'ai pas inventé la Division internationale du travail !

J'ai fait l'imbécile au cas où il essayerait de me doubler et j'ai dit :

— Je suis du quartier.

Mais il n'a plus rien dit, vu que Johanne m'a sauté dessus pour me remonter le moral.

— Je vous présente mon ami Mamadou, elle a fait.

— Loukoum, j'ai rectifié.

Je n'ai pas honte d'être nègre. Mais Mamadou, ça fait tirailleur sénégalais ! Je n'allais tout de même pas entretenir la colonisation ! Monsieur Ndongala dit que l'Afrique a trop souffert, elle s'est fait piller, couper en tranches comme du bon pain que les capitalistes se sont partagé sans penser au bonheur des indigènes. Quand je serai grand, je me battrai contre les déboiseurs des forêts qui veulent rendre l'Afrique plus plate que la paume d'une main. Je creuserai des puits pour lutter contre la sécheresse, j'instaurerai des démocraties afin que le peuple puisse parler librement comme au temps de nos ancêtres. J'enverrai les dictateurs au pôle Nord comme Staline, afin qu'ils s'entretuent ensemble. Je débarrasserai le monde de la vermine, des cloportes qui rongent les vies par la racine. Tout ça, c'est l'intellectuel Ndongala qui me l'a dit. Mais lui ne fait rien. Rien du tout !

Johanne a soufflé des bougies. Elle a craché sur le gâteau. Craché dessus parce que ses poumons sont compressés par la graisse. Le gâteau était un genre de machin un peu lourd et mou comme la pâte à modeler, mais j'ai adoré ça, j'en ai pas laissé une miette malgré qu'elle avait craché dessus. Johanne n'arrêtait pas de me regarder. Elle était fière vu que ce n'était pas tous les jours qu'on est reine de quelque chose surtout quand on a comme elle un gros cul plein de vitamines. Elle me souriait, je lui resouriais et on se faisait du cinéma tous les deux parce que ça n'engageait que des prunes !

La maman de Johanne est venue. Elle est rousse avec des yeux clairs et des gros nichons. Elle a donné à Johanne un paquet et tous les mômes ont braqué les yeux là-dessus pour ne pas faire de jaloux. Johanne a ouvert le paquet. Elle a sorti une poupée Barbie et sa maman a dit :

— Tu es heureuse, Johanne ?

— Oh oui, maman, vachement !

Mais je savais que ce n'était pas pour de vrai, que les mômes sont obligés de répondre ça et d'avoir les joues roses de plaisir alors qu'ils ont envie de répondre pouète-pouète. Parce qu'on vous offre une poupée, alors que ça fait dix mois que vous lorgnez du côté d'un mec qui vous fera un bébé grandeur nature.

La maman de Johanne a mis de la musique et elle a dit :

— Je vous laisse, les enfants, amusez-vous bien !

Et elle est sortie.

Ensuite, tout le monde est devenu gentil avec moi, mais c'était des gentillesses arabes. Ils s'embrassent tous à La Mecque et se traitent d'enfoirés, alors ! Je m'en cirais les Adidas. Moi, je voulais Lolita, elle me manquait, je suis un pantin dans ses mains, elle peut faire de moi ce qu'elle veut, comme rester des heures dans un coin-punition et attendre les yeux braqués sur la porte. Et je n'y peux rien. Mais rien du tout ! Johanne en a profité pour m'inviter à danser.

— Je ne sais pas danser, j'ai dit.

— Tu mens. Tous les Noirs savent danser, c'est ma maman qui me l'a dit.

— J' te jure que c'est vrai !

— Bon, elle a dit.

Elle est partie sur la piste, a claqué ses nichons l'un contre l'autre et je me suis demandé si elle n'avait pas mal. Mais peut-être bien qu'elle essayait de danser, je ne peux pas vous le certifier.

Elle a fait ça pendant une dizaine de minutes puis elle est revenue s'asseoir. Elle était toute rouge, elle transpirait et moi j'étais frais et sec comme Candia, j'étais content.

— Oh, quelle merde! Je me paye une de ces soifs! elle fait.

— Tu veux un Coca? j'ai demandé.

— S'il te plaît, elle a dit.

Servir une nana! Quelle idée! D'abord, c'est aux femmes à servir les hommes, à les soigner jusqu'à ce que mort s'ensuive. Je n'étais pas au Mali, bon je l'ai fait.

Elle a vidé son verre. Elle l'a posé sur le guéridon. Elle a souri, et elle m'a dit :

— J'adore danser. Paraît que ça fait maigrir.

— C'est déjà bien d'aimer quéque chose dans la vie. C'est pas donné à tout le monde.

— Ouais, elle a fait.

Elle a bâillé, puis elle a dit :

— Tu veux visiter ma chambre?

— C'est pas permis, j'ai répondu.

— Je dois être affreuse. C'est pour ça que personne m'aime.

C'est la gonzesse la plus chiante de France, je vous le jure! Elle me regardait, affolée. Elle faisait la grimace. On aurait dit qu'elle allait chialer. Je ne voulais pas être un salaud. A mon avis que je partage, il devrait y avoir des lois pour condamner les salauds. Jusqu'à présent, personne n'y a pensé. Alors j'ai dit :

— Bon, bon, si ça peut te faire plaisir...

Elle prenait la responsabilité et je sentais que je pouvais être tranquille. On a traversé un couloir, puis un autre, et on a débouché dans sa chambre.

La chambre de Johanne est très belle, avec des rideaux comme un jardin de fleurs. Il y a un lit au milieu de la pièce avec des chevets de chaque côté pour faire de la lecture. J'étais là à regarder toutes ces belles choses quand j'ai senti ses nichons se planter dans mon dos.

— Oh ! excuse-moi, Loukoum.

Elle s'est reculée en baissant les paupières. Je ne sais pas si elle l'avait fait exprès mais quelque chose s'est déclenché dans ma cervelle et j'ai vu des étoiles.

Elle s'est assise sur le lit. Et moi je la regardais. Je ne faisais que de la regarder. C'était plus la même gonzesse, quoi ! Le soleil se faufilait entre ses jambes et c'était comme un mirage. Et je me demandais si je n'étais pas en train de rêver. Je me suis assis à côté d'elle sur le lit, et j'ai attendu que ça passe, mais ça ne passait pas.

Elle m'a caressé la tête, je n'aimais pas ça, mais j'étais trop sonné pour réagir. Ma paupière droite s'est mise à trembler, je l'ai frottée mais impossible d'arrêter ça, je sentais une douce odeur de gâteau qui glissait dans le couloir, et ce que j'aurais dû faire, c'était me lever, claquer la porte et me tirer proprement sans laisser de traces. Mais la vie, on ne la comprend que plus tard.

Elle a enlevé son caleçon. Il est blanc avec des fleurs et des oiseaux comme à Cannes. Elle a lancé :

— Il paraît que les relations sexuelles donnent du tonus. Je l'ai lu dans un livre.

Je me suis réapproché d'elle. J'avais le gosier sec avec des milliers de poussières là-dedans. Je me taisais.

— T'as la trouille ? elle a demandé.

— Ouais, j'ai dit.

— Y a pas de raisons. Ma maman n'est pas là, alors.

Elle a cramponné ma chemise et je me suis retrouvé avec ma figure contre la sienne. J'avais du coton sur tout mon corps. Un coq a chanté dans ma tête. Le monde ne pesait plus, ma quéquette me jouait des sacrés tours. Elle envoyait des missiles et des éclairs de feu à l'horizon.

Elle est montée sur moi. Elle m'a embrassé, son appareil dentaire a claqué contre mes dents, vache d'effet, je vous jure ! Ça m'a donné un hoquet. Elle s'est mise à m'écraser la poitrine et à se plaindre avec régularité. Deux, trois secondes, et elle se plaignait les yeux fermés. Et qu'est-ce que ça m'a foutu comme trouille ! Sacré nom de mille cauchemars noirs ! Et j'ai pensé sans vouloir vexer personne que si c'est ainsi que M'am et Monsieur Tichit souffraient ensemble, libre à eux. Je n'étais pas pour le malheur, moi !

J'ai essayé de me relever. Mais cette nana pèse au bas mot quatre-vingts kilos, sans os. Il aurait fallu un bulldozer pour la soulever. J'étais là à me dépatouiller dans cette marmelade quand j'ai entendu soudain :

— Oh ! Oh ! Oh ! Les cochons !

Johanne m'a lâché. Elle s'est levée et a lissé sa jupe en riant débile. Je pouvais respirer, mais ça n'a pas duré longtemps, vu que le bonheur ça vient lentement comme l'éternité et ça n'envoie pas de lettre recommandée pour te mettre en garde.

Lolita nous regardait. Elle portait une jupe plissée marine avec des socquettes qui lui arrivaient aux mollets. Ses grands cheveux noirs étaient nattés et pendouillaient sur ses épaules.

Les filles s'observaient. Johanne n'arrêtait pas de rigoler bête. Ça sentait le rance et la guerre des nerfs.

— Tu fais dans les boudins, maintenant ? elle m'a demandé.

— Moi ? Mais j'ai rien fait du tout.

— Mens pas, elle a dit. Je t'ai vu.

— Mais...

— Je le savais déjà. Les hommes sont tous des menteurs.

Elle a couru au salon et je l'ai entendue crier :

— Loukoum et Johanne sont fiancé-eus !

Et les autres imbéciles n'ont rien trouvé de mieux à faire que de rire et de répéter :

— Loukoum et Johanne sont fiancé-eus !

J'ai serré les dents, j'ai frissonné un long moment, j'ai bondi au salon et j'ai dit :

— C'est pas vrai ! Pas vrai du tout ! C'est de sa faute !

Mais personne ne voulait m'écouter. C'est vrai que les gens ne se préoccupent pas de savoir si la vie a un sens. C'est Monsieur Ndongala qui me l'a dit. Tout ce qui les intéresse, c'est de savoir si la crise va prendre fin, si les Nègres vont rentrer chez eux, s'il n'y aura plus de chômeurs en France. Je me demande bien s'ils seront plus heureux quand ils auront tout cela.

Johanne, elle ne disait rien comme si elle était au plaisir. La chaleur lui avait coloré les joues en rose vif, c'était proprement écœurant, comme le reste, les boudins de graisse autour de son ventre, ses nichons qui grelottent tout seuls dans leur arrondissement, mais elle avait l'air de se sentir plutôt bien, avec ses yeux dans le vague et ses cheveux dans la figure. Elle dansait comme si c'était la meilleure chose au monde.

Lolita a brutalisé les CD pour faire son choix. Puis elle a mis un disque et elle m'a regardé.

J'ai commencé à gigoter d'un pied puis de

l'autre. Je voulais lui expliquer, mais tout ce qui me passait dans la tête tombait aussitôt en ruine, une sensation bizarre comme celle de se réveiller en plein cauchemar.

Lolita s'est mise à se balancer doucement, de gauche à droite, comme un voilier. Mais on sentait que le voilier attendait une vague plus grosse. Elle a pivoté d'un coup et elle a sautillé jusqu'à un garçon habillé comme un prince de conte avec nœud papillon et costard. Elle lui a dit :

— On danse ?

L'autre, on aurait dit qu'il n'attendait que ça. Il a bondi dans ses bras comme un gros chat et il m'a souri avec ses boutons plein la figure qui palpitaient à la lumière.

J'étais paralysé. J'ai senti du chaud et du froid dans mon ventre. J'ai avancé d'un pas vers Lolita. J'avais une envie folle d'envoyer une tartane dans la gueule à ce type. Je suis d'accord qu'il faut un commencement à tout et j'ai attrapé un brin de sagesse : j'ai fait demi-tour, et je me suis tiré en claquant la porte sur cette histoire de merde.

Seulement Lolita m'a rattrapé dans les escaliers, je l'ai envoyée se faire foutre, j'ai dégringolé les dernières marches et je suis sorti.

Il faisait frisquet. J'ai relevé le col de mon anorak et j'ai marché. J'arrivais plus à penser à rien, la vie n'avait plus aucune importance et j'aurais pu ouvrir ma main et la laisser s'envoler comme un oiseau.

— Loukoum ! Écoute-moi ! a crié Lolita.

J'ai pressé le pas. Elle marchait en trottinant comme un cheval à côté de moi.

— Bordel ! j'ai fait. Laisse-moi tranquille. Je suis content pour toi si t'es tombée sur l'homme de tes rêves. J' te reproche rien. Mais rien du tout ! C'est de ma faute si j' crois trop aux histoires que me racontent les autres.

J'ai senti sa main se poser sur mes épaules. Je me suis dégagé sans un mot et j'ai changé de trottoir.

Elle a traversé pour me rejoindre et j'ai retraversé. Elle a retraversé et une voiture a freiné juste à ses pieds. Ça m'a remonté la colère. Je tremblais. Je l'ai attrapée par le bras tandis que le bonhomme de la voiture hurlait comme un fou. Il faut le comprendre, vu qu'écraser un enfant provoque des ennuis sans fin. Je l'ai secouée comme un manguier :

— Tu peux pas faire attention ! T'as failli te faire tuer !

Elle m'a regardé avec ses yeux qui sont vastes comme un ciel. Elle a posé un pied sur l'autre. Elle a fait la grimace comme si elle allait se mettre à chialer sur place. Mais avec les filles, on ne peut pas savoir si elles font de la comédie ou si elles sont sincères. Puis elle a tendu la main vers moi et elle a dit :

— Je t'ai eu-euh ! C'était pour rigoler. J' vais quand même pas me faire tuer !

Puis elle s'est mise à courir. Elle a retraversé la route.

— Lolita !

Elle s'est éloignée. Alors, j'ai retraversé sans regarder ni à gauche ni à droite. Quand j'ai été de l'autre côté, elle est venue auprès de moi et elle a dit :

— Loukoum, il ne faut pas. T'as risqué de te faire tuer.

Elle m'a regardé, des larmes ont jailli de ses yeux, je l'ai prise dans mes bras, j'ai dit :

— Faut pas pleurer, Loulou.

— M'appelle pas Loulou. Je m'appelle Lolita.

Puis elle a ajouté :

— Mon papa m'appelait Loulou, alors il m'a abandonnée avec maman.

Je l'ai tenue contre ma poitrine et j'ai serré. Tenue contre mon cœur, et j'ai serré. Tenue contre mon cœur, tandis que les sirènes des voitures hurlaient, les grandes personnes roulaient des yeux et les chiens aboyaient.

Finalement, elle s'est dégagée. On est restés silencieux. J'ai reniflé un coup. On s'est mis à avancer doucement, l'un à côté de l'autre sans se toucher. On était ensemble sans être ensemble, et moi j'avais tout oublié, je n'avais pas de joie, je n'avais pas de peine, je ne ressentais plus rien du tout, et c'est ça le bonheur, vu que tout ce qui vient d'elle est bon.

Nous sommes rentrés dans un café. Il y avait des sièges, des femmes et des hommes qui sirotaient leur café en fumant des gitanes. Personne n'a fait attention à nous, c'était bien du chacun pour soi. Nous nous sommes installés sans dire un mot. On s'est regardés, mais j'ai pas pu résister et j'ai demandé :

— Pourquoi que tu m'as pas écrit ?

Elle a secoué la tête et je sentais que les larmes n'étaient pas loin. J'ai ajouté :

— C'est pas grave. Mais moi je t'ai écrit tous les jours.

— Personne m'a donné tes lettres. Mon courrier est trié.

— Pourquoi ?

— Parce que ma maman ne veut pas. Elle dit que je suis trop jeune et que les mecs c'est tous des salauds. Peut-être bien qu'elle a raison ?

Ça ne m'a pas plu, vu que je suis un mec moi aussi. Alors je lui ai dit :

— Faut pas parler comme ça.
— Pourquoi ?
— Faut pas, c'est tout.
J'étais en rogne. Je me suis tourné vers la fenêtre et j'avais les larmes aux yeux. C'est alors qu'un type s'est amené. Il portait un costume avec un tablier blanc sur son gros ventre. Il avait des pieds plats qui rampaient quand il marchait. Il nous a regardés en fronçant les sourcils, il avait pas l'air commode.
— Vous êtes seuls ? il a demandé.
— Oh ! j'ai fait. On attend nos parents. Ils vont pas tarder à venir.
— On peut pas vous garder ici, il a dit. C'est pas une crèche !
Nous nous sommes levés. Lolita est allée au tabac. Elle a fait la queue comme tout le monde. Mais quand ç'a été son tour, elle a commandé des chewing-gums, elle s'est faufilée en courant et elle est sortie.
Le vendeur est resté la bouche ouverte comme une grenouille à qui on vient de couper la langue. Quand il s'est mis à crier : « Au voleur ! » on était loin. Lolita courait aussi vite qu'une autruche et j'avais du mal à la rattraper. M'est avis que c'est à cause de ses Adidas. On a couru longtemps, on a traversé les rues sans observer les règles de sécurité, et à un tournant on s'est arrêtés. J'étais essoufflé, Lolita était rouge. On a rigolé parce que c'était drôle.
Ensuite j'ai pris sa main et nous avons marché longtemps. Je veux bien vous dire combien de temps on a marché comme ça, mais quelqu'un a volé le temps. On a pris des grands axes mais aussi des ruelles, avec des petits immeubles et d'autres plus hauts. Parfois, on surprenait un clochard

endormi dans un coin telle une poubelle qui attend son tour. On n'aurait pas cru qu'il était là par hasard, mais qu'il avait gagné son sommeil à la carte vu qu'il pionçait dur. On a pris Bastille et on s'est retrouvés au bord de l'eau, la Seine, je crois, où l'eau est si sale et si lourde que personne ne souhaiterait se jeter dedans. Lolita n'avait pas grand-chose sur elle, elle avait froid, j'ai enlevé mon anorak et je l'ai mis sur son dos. On s'est assis et on a regardé ensemble sans bavarder. Des bateaux-mouches passaient et des petits paquets de brume glissaient sur l'eau et c'était chouette.

Lolita s'est levée brusquement, elle a mis un doigt dans sa bouche et elle a dit :

— Oh, là là ! Il faut que je rentre, sinon ma maman va pas arrêter de crier : « Tu vas me tuer ! »

Elle a ajouté, pleurnicharde :

— Tu comprends, j' veux pas qu'elle meure.

Je n'ai rien répondu. Il n'y a pas pire pour l'équilibre d'un couple qu'une belle-mère. Néanmoins, il faut les accepter si tu veux continuer à faire des trucs comme bouffer et dormir.

— Tes parents, ils vont rien dire ? elle m'a demandé.

— Ma mère est trop occupée. Elle a un amant, j'ai ajouté en jouant le coup du mépris.

— Chouette alors ! Tu sais, depuis que mon papa est parti, ma maman est de méchante humeur. Faut comprendre, elle n'a plus d'homme pour lui raconter des mensonges.

— Mais moi, mon papa il est là !

— Encore mieux ! Comme ça au moins elle est sûre qu'il y aura toujours quelqu'un pour lui raconter des mensonges.

J'ai raccompagné Lolita devant sa porte, je l'ai embrassée, mon cœur saignait, Lolita pleurait des larmes de sang. Mais il fallait se séparer, il fallait qu'elle retourne à son école.

Quand je serai grand, je la prendrai dans mes bras, je sauterai sur mon cheval blanc, je l'emmènerai loin de tout, des adultes qui ne sont là que pour vous créer des ennuis, des hommes, des femmes qui débauchent d'autres femmes, et on habitera sur un arbre, nous aurons des enfants en miel, nous serons heureux !

Inch Allah !

Tu me diras : Pourquoi l'enfant ?

Comment aimer les enfants quand mon ventre a été un domaine stérile ?

Contresens. Je le sais, l'Amie. Mais, toi qui m'écoutes sans juger, sache que de mes espoirs ne restent que des débris. Un demi-siècle d'attente, heures perdues qui ne sauraient revenir. Il pleuvait si près de mon cœur !

Comment dérouler des années à traîner, à mâchonner mes sentiments si lentement vieillis de n'en rien faire ?

Pourquoi l'enfant ?

Comment lire le temps si on n'a jamais vu les yeux du soleil ?

Pour la désespérée que je suis, louche perdue, une seule lumière est vue double.

Certes, je n'ai pas donné la vie. Mon ventre est un domaine stérile. Mais l'essence des choses, il faut la faire sienne. Inachevés sont les pactes de la vie. Le temps est bref et nombreux les obstacles.

L'enfant est devenu mon soleil. Il dit la légende, la tendresse. Petit soleil exilé, un joyau qui se disperse en rayons, en regards, en complicités, transformant le néant en monument de rires.

Oui, je lis ta pensée, l'Amie. Tu dis : « Personne n'aime les enfants des autres. » Une affirmation véridique, certifiée par l'usage. Tu as des prétextes, des zones d'ombre pour me juger mal. Tu dis : « Tu aurais dû te battre, militer comme on dit, avec des féministes ; crier l'injustice, la nommer, la déchiffrer. » J'aurais pu faire des choses utiles, j'aurais pu être une autre, emprunter un destin, exorciser l'infortune. Mais on ne se serait pas connues.

M'ammaryam

L'école a repris. A mon avis, ce truc n'a pas beaucoup de chance : ça commence toujours quand il fait froid et que tu n'as pas envie de te geler le cul sur les bancs. Mais il faut y aller, alors. En un rien, tu passes des jeux aux choses sérieuses, et celle-là, l'école, c'est la pire de toutes !

C'est terrible à penser que tout ce que tu as vécu pendant les vacances doit disparaître. Les promenades avec Amadeus, les parties de cache-cache dans les bois, les rivières au Pompidou, les escapades avec Monsieur Michel Trauchessec, les flippers, le soleil, tout le bonheur qui disparaît en fumée. Plus rien de tout cela n'existe au coup de sifflet du surveillant. Mais Monsieur Tichit ne disparaît pas. Il ne sait pas s'épandre sans se répandre, comme dit l'intellectuel Ndongala. Il est partout. Ce type est un cauchemar qui revient et te donne des suées à vie.

Ma nouvelle maîtresse s'appelle Mademoiselle Nocetti. Elle nous a mis en rang deux par deux. On n'a pas chahuté vu que tout le monde avait subi une poussée pubertaire en trois mois. Ça ne jacasse plus, ça rauque dur. Et même qu'Antoine a eu honte quand sa maman a dit :

— Tu ne m'as pas embrassée, mon chéri.

— Il faut que j'y aille, il a fait. Je suis en retard.

Il a voulu s'en aller. Mais sa maman a bondi sur lui et lui a collé un bisou *clac!* sur la joue.

Il s'est dégagé. Mais tout le monde l'avait vu. On l'a regardé, les mines moqueuses. Il a rougi, et il est allé se planquer dans un coin, jusqu'à la sonnerie.

C'est vrai que les adultes ne comprennent pas que leurs mômes ont grandi tant que les gosses n'ont pas fait de hold-up!

Mademoiselle Nocetti nous a cramponnés tout de suite avec l'examen oral d'orthographe. Mais personne ne voulait répondre, la timidité nous bloquait. C'était la première fois. Il faut comprendre. Elle a pris l'air sévère, et elle a dit :

— Puisque personne ne veut répondre spontanément, je vais faire l'appel. Comme ça, vous répondrez.

Elle a commencé par les noms commençant par A et ainsi de suite. Quand ç'a été le tour de Johanne, cette pétasse s'est levée. Elle était heureuse, et c'était tout clair et tout brillant autour d'elle vu qu'elle n'arrêtait pas de se lisser les cheveux et de tirer sur sa robe.

— Comment écrit-on « gambader » ?

— Gambader? elle a demandé.

Puis elle a mis sa main sur sa bouche comme si elle réfléchissait et elle a dit :

— G-A-M-B-A-D-E-R.

— Très bien, a dit Mademoiselle Nocetti.

Johanne a regardé de mon côté. Elle a souri, toute crémeuse. La vraie poilade. Elle était aux anges. Elle a battu des cils et salué en révérence, tu parles. M'est avis que cette gonzesse est une lèche-cul de première catégorie pour se faire des bonnes notes.

Mademoiselle Nocetti a demandé « mariage » à Ahmidou.

— Je peux l'utiliser dans une phrase, Mademoiselle ? il a demandé.

— Comme tu veux, a dit Mademoiselle Nocetti.

Et il a dit :

— Aux dernières nouvelles, nous sommes tous invités au mariage de Loukoum et de Johanne.

— Beurk ! ont hurlé les mômes.

— Vive les mariés ! a crié quelqu'un.

— C'est pas vrai ! j'ai dit.

Alexis s'est mis à faire le pitre et à dribbler entre les bancs. Moi j'étais au plus mal. J'aurais voulu tuer Ahmidou. Si c'est pas malheureux, ça, de jouer des tours pendables aux copains !

Mademoiselle Nocetti a donné des coups sur la table. Elle était rouge de colère et elle a hurlé :

— Silence !

Mais les mômes n'arrêtaient plus de chahuter. Elle est venue cramponner Alexis et l'a mis au piquet. Personne ne parlait plus. On se taisait.

— Recommençons, elle a dit.

Elle a interrogé Alain, puis Jacques, et ensuite Pelletier.

Pelletier n'a même pas demandé qu'on répète la question. Il a répondu facilement. Les conditions sociales de ses parents l'exigent. Ils sont médecins. Et Pelletier est un vrai Français, appellation contrôlée. Il n'est pas faux derche comme Johanne et en plus c'est lui qui m'a appris à lire et à écrire quand j'étais dans la classe de Mademoiselle Garnier. Et je suis pour la reconnaissance.

A part ça, ça s'approchait de plus en plus vers moi. J'avais peur. Je tremblais. Mon cœur battait. Je ne comprends d'ailleurs pas comment j'ai fait pour ne pas me pisser dessus. En plus, j'avais les paroles de M'am dans ma tête, juste avant qu'elle me lâche devant l'école : « Tâche de bien étudier, sinon tu vas pas t'en sortir. »

Puis ç'a été mon tour.

Me voilà debout. J'en avais des suées. C'était atroce. Johanne avait le sourire jusqu'aux oreilles. Seul Pierre Pelletier me regardait avec des yeux d'encouragement.

— Épelle-moi « colonie », elle a dit.

— C-O-L-O-N-I-E, j'ai dit.

Johanne m'a regardé en chien de fusil. Il y a des gens qui ne sont pas un cadeau pour les autres. Je vous jure que cette gonzesse n'est pas une glace à la vanille pour moi. Elle a levé le doigt.

— Que veux-tu, Johanne ? a demandé Mademoiselle Nocetti.

— C'est pas juste, elle a dit Johanne. « Colonie » est marqué sur les papiers qu'on reçoit à l'entrée et tout le monde connaît ce mot.

— Menteuse ! j'ai crié.

— Toi, personne ne t'a donné l'autorisation de parler, a fait Mademoiselle Nocetti.

Puis elle s'est tournée vers Johanne et elle a crié :

— C'est moi qui commande ici. Et j'interroge chacun sur ce que je veux. Est-ce clair, Johanne ?

— Oui, Mademoiselle.

Et elle s'est rassise avec des joues couleur de ketchup. Et finalement, ce n'était que justice. J'étais au bonheur.

Mademoiselle Nocetti a terminé en disant :

— Écoutez bien, retenez bien ceci, vous n'arriverez à rien si...

Inch Allah !

Ç'a été la fin des cours. Et tous les mômes se sont vus tels qu'ils étaient. On a raconté nos vacances. C'était chouette, tant c'était énorme de mensonges. Tout le monde a gobé mon histoire de Cannes avec des princesses de Monaco qui se battent en caleçons sur les plages et des kinders au chocolat qui tombent du ciel. Et c'est comme ça que je suis devenu le leader de la classe.

En rentrant de l'école, je me suis bagarré avec Sidibé. Je descendais la rue de Tourtille avec mon copain Alexis, lorsque ce grand affreux de Sidibé m'est tombé dessus. Je ne comprends pas pourquoi ce type m'en veut tant de ne pas vouloir aller au paradis artificiel avec lui. C'est vrai, quoi ! On ne rachète pas sa mort pour une autre et sa part de paradis ne se trouve pas au marché. Dès qu'il nous a vus, il a crié :

— Hé, Loukoum, pourquoi tu me regardes comme ça, tu veux ma photo ?

C'est pas vrai que je le regardais. Je regardais une espèce de fille avec des collants et des chaussures à fenêtres comme Lolita et qui trimbalait devant elle un parfum de soleil dans la pluie, si vous voyez de quoi je veux parler.

— Ha ha ha ! j'ai fait.

Il s'est approché et il a crié :

— Fils de pute !

Il m'a cramponné par surprise. Pas réglo, le type. Il m'a foutu sur la gueule et m'a jeté par terre. Il m'a transformé en ballon et s'est mis à me donner des coups de pied jusqu'à ce qu'Alexis lui balance son cartable dans les couilles, et là, je me suis levé et on a couru jusque chez nous.

Dès que je suis arrivé à la maison, une surprise m'attendait. Papa était assis dans son fauteuil habituel. Je vous jure qu'à force, ce type va finir par se confondre avec son fauteuil. M'am s'était coiffée avec des pompons qui pendent comme sur un sapin de Noël. Elle portait un pantalon argenté si collant qu'il révélait tous ses muscles. Une ceinture plus large que la paume de ma main ornait sa taille. Ses seins pointaient comme deux cornes de buffle. Avec ses ongles laqués rouges, ses bagues lumineuses et ses innombrables bracelets, ses mains étaient une vraie vitrine de bijoutier.

Dès qu'elle m'a vu, elle s'est précipitée sur moi en criant :

— Mon Dieu ! Mon Dieu ! Mon pauvre chéri !

Je l'ai esquivée et j'ai dit :

— Ne m'appelle pas « mon chéri », d'acc ?

— Qu'est-ce qui t'a fait ça ? a demandé mon papa.

— Un flic, j'ai répondu.

Et sans leur laisser le temps, j'ai couru dans mon coin-couchette. J'ai pris Amadeus dans mes bras, il m'a léché la figure et ça m'a soulagé. Je me suis regardé dans la glace. On aurait dit que quelqu'un m'avait tourné le visage à l'envers. L'œil descendait au menton et la bouche était gonflée comme une fraise au chocolat. Je me suis regardé, reregardé, et ça m'a fait rêver de grandir, d'augmenter de volume, d'en coller un dans la gueule de ce Sidibé qui me prend pour son ballon. M'am a ouvert la porte. Elle a mis ses poings sur ses hanches, elle a fixé ses jambes gantées et elle a fait :

— Dis-moi la vérité, Loukoum, s'il te plaît.

Alors, je l'ai regardée, reregardée, et j'ai demandé :

— D'abord, où est-ce que tu vas ?

— A mes cours, bien sûr !

— C'est pas vrai ! j'ai crié. Il ne faut pas raconter des mensonges aux enfants.

Elle a fait sa bouche en cul-de-poule.

— Écoute-moi bien, Loukoum, je suis ta mère et c'est à moi à poser des questions et tu dois me répondre, tu comprends ?

— Oui. Mais seulement, t'es pas ma mère.

Elle a battu les paupières de surprise, ses lèvres se sont affaissées, j'ai cru qu'elle allait se mettre à pleurer, elle a soufflé puis elle a dit :

— Tu ferais mieux de te changer. Et n'oublie pas de ranger tes vêtements. J'en ai marre de ramasser tes affaires après toi.

J'ai porté ma main à ma bouche et le temps que je trouve une première phrase, elle avait claqué la porte.

Elle est revenue avec une bassine d'eau chaude, elle a pris ma tête entre ses mains et j'ai senti la compresse d'eau brûlante sur ma figure.

— Doucement, M'am, j'ai fait. T'es en train de me cuire tout vivant.

— C'est à peine chaud, fiston.

Il y avait un trop d'affection dans le fiston que j'ai entendu et je n'ai pas voulu écouter.

— Il t'a fait une sacrée tête, çui-là.

— Y a plus grave, j'ai répliqué.

C'est la vie ! J'allais pas me plaindre comme une gonzesse vu qu'il était temps que je pense à mon avenir.

Elle m'a embrassé doucement sur la joue, elle a ramassé sa bassine et elle est sortie. J'ai entendu ses pas décroître et sa voix :

— Il y a du riz au poisson dans le frigo, Abdou. T'as qu'à le réchauffer.

Puis :

— Bonsoir, mes chéris.

Mes sœurs criaient après M'am : « M'am, j' veux ci... M'am, j' veux ça... Avant tu nous en donnais... »

Mon papa ne disait rien. Mes sœurs tâchaient qu'il les remarque. Mais lui se cachait derrière la télévision. Je n'avais pas besoin d'être là pour savoir ce qui se passait.

— Obéissez à vo'te père, a lancé M'am.

Puis elle s'est tirée en claquant ses talons, sans expression de sentiments distingués.

J'aime M'am. Elle représente tout ce que j'ai au monde. C'est pas toujours évident d'exprimer ce qu'on ressent. Je l'aime. Je savais bien qu'elle allait rejoindre Monsieur Tichit et j'étais malheureux car il y a pas de quoi sauter de joie et chanter *La Marseillaise* quand on vous demande de ranger les océans, les soleils, les étoiles, tout ça parce qu'un type plein de blé surgi Dieu seul sait d'où veut vous les enlever.

Avant, M'am était une bonne ménagère, une bonne cuisinière, et une bonne mère pour nous, et papa n'aurait pas pu trouver mieux même en cherchant bien.

Qui a rompu l'équilibre ? Que s'est-il passé pour que M'am abandonne ses attributions conjugales ? Pourquoi ne jouit-elle plus de la bénédiction nuptiale ? Pourquoi refuse-t-elle de réjouir l'appartement ? M'am doit être habitée. Oui, c'est cela, le diable dans la tête en la personne de Monsieur Tichit. Le diable qu'on sort par la porte et qui rentre par la fenêtre. Il s'enracine, le connard. Collant ! Pouah ! Le tapis volant des amours, c'est pas avec la femme des autres, il faut être un homme pour le comprendre, et celui-là, je l'enverrais bien avec ses piastres chez un dentiste qui lui enlèverait toutes ses dents et les foutrait dans ses poches ! Mais personne ne me demande mon avis, alors...

J'ai fermé mes yeux. J'ai appelé de mes meilleurs vœux d'autres sentiments. J'ai rêvé des batailles de galets au Pompidou, de Lolita et un peu de Soumana, l'autre épouse de mon père qui niche maintenant auprès d'Allah, et malgré tout j'étais pris de bonheur. Sûr que si elle avait été là, à rouler des colas à mon papa, M'am aurait été trop occupée à conserver son mari pour se réjouir ailleurs. C'est vrai qu'il faut toujours de la concurrence en amour, sans ça les gonzesses vous chient sur la tête.

Inch Allah !

Oh ! l'Amie, j'ouvre les yeux sans oser.
Je sais aujourd'hui ce que je récuse.
Je sais ce qui me fait défaut.

Repliée sur moi, lasse et cendreuse, j'attends que meure le temps, que jaillisse la lumière. Et à force de me le répéter jusqu'à déchirure, j'ai rencontré un homme, mon amour.

Un amour comme une saison tardive de fraises et de cerises, puis des confitures soigneusement préparées pour l'hiver. Cela me tient chaud, une sorte d'amour à côté.

Dieu merci, cette rencontre chasse l'angoisse passée. La vieillesse n'a pas plus de suite que l'enfance, mais des rythmes brisés d'ondes qui se chevauchent.

La douceur d'aimer remonte, le sourire reprend sur mes lèvres. C'est un rêve, d'autres folies, une fugue, peut-être. Pourtant, il tient mon visage, je suis le tracé du bleu dans le ciel, je déchiffre des images, la vie revenue.

Et entre mes jambes, l'herbe pousse, tendre et verte.

Pourtant, je sais, l'Amie, que cette tendresse vieillissante, rien de conscient ne la guide.

J'apprends auprès de lui l'érotisme à retardement

qui ne s'exprime qu'au pur moment des sentiments. Une école de l'amour. Je ne suis plus tout à fait la même ni tout à fait une autre. Il me faut me dépouiller du passé, retourner à l'enfance et récrire l'histoire.

Que faire, l'Amie ? Ces voies du praticable me sont interdites. J'ai des responsabilités, j'ai des enfants. Que faire, l'Amie ? L'amour, comme le désir, se réclame de lui-même, plein, épanoui. Il y a le vertige mais pas la question. J'ai des questions. Comment concilier ma vie avec Abdou et celle de mon amour ?

Qu'importe ? L'archaïsme des interrogations ne doit pas cacher l'étonnement d'être debout, d'effacer dehors et dedans le nom de mon abîme.

Quand je regarde les moments de mon amour, toute sa chair qui frémit contre la mienne, je me délecte d'apprendre des intensités si différentes, je goûte chacun de ses gestes, si bien étudiés à me prendre et à me confondre à lui si savamment, comme s'il découvrait une passion plus forte dans l'interdit.

Rencontre interdite.

Étincelle ténue-mince flammèche-maigre éclair.

Qui court le risque de disparaître.

Qu'importe ? Nous sommes l'un à l'autre sans généalogie d'aucune sorte, sans précédent... Quelles conséquences ?

M'ammaryam

Les semaines suivantes, M'am n'a pas arrêté de sortir, habillée comme une fille-de-rien-du-tout. A part ça, elle dit à mon papa des choses comme : « Ton caleçon sent mauvais, Abdou ! Change-moi ça. — Tu pues des pieds, tu ferais mieux de les laver. » Ou encore : « Tes ongles sont noirs. » Et papa ne répond rien. Quelquefois, il s'excuse et fait ce que M'am demande. Il s'est transformé en maîtresse de maison pour faire régner la bonne humeur. Il lave la vaisselle, il torche les mômes. Il fait la cuisine et c'est tellement sa nature que la cuisine est vraiment bonne. Et puis il n'arrête plus de manger. Il se lève, il mange, il cuisine, il mange, il trouve toujours quelque chose à grignoter : des beignets de maïs, de la bouillie de mil, du chocolat, des gâteaux. Il ne fait que s'empiffrer.

Un jour, Peste Fatima dit :

— Pourquoi qu'il faut toujours manger ?

— Parce qu'on a faim, pardi ! je réponds. On peut aussi manger pour le plaisir ou parce qu'on est gourmand, ou parce qu'on est mal nourri.

— Mais lui, il n'est pas en Somalie ! elle dit.

— Qui ?

— Papa. Il fait que se goinfrer de jour en jour.

— Il a p't-êt' un ténia. Mademoiselle Nocetti nous en a parlé en cours de sciences nat.

Elle fronce son nez et elle ajoute :

— Lui, il se force à manger. Tiens, hier après le dîner, il a mangé deux paquets de gâteaux, quatre yaourts, six tablettes de chocolat et trois œufs.

— Non !

— Si. Je l'ai vu mais lui savait pas que je le regardais. Il a même léché les plats avec sa langue.

— P't-êt' bien qu'il a plus faim que d'habitude ?

— J' crois pas. M'est avis qu'il veut s'augmenter pour en mettre plein la vue à M'am.

Inch Allah !

En dehors de manger, papa nous raconte des histoires. Il n'est pas très doué. Ça fait bizarre, sa voix. On dirait des galets que quelqu'un s'amuse à cogner l'un contre l'autre. Ensuite, il se laisse tomber sur son fauteuil, il soupire, il dit :

— Oh ! Seigneur !

Mais le bon Dieu n'a pas le temps. M'est avis que mon papa voudrait le faire descendre de ses nuages jouissifs pour qu'ils s'expliquent. Mais l'autre fait le sourd comme c'est toujours le cas quand on a besoin de lui.

C'est alors que la tribu nègre a décidé de prendre les taureaux par les cornes et de ramener les choses à leur plus juste valeur.

On sonne à la porte et je vais ouvrir.

Toute la tribu nègre est là. Monsieur Guillaume, Monsieur Ndongala, Monsieur Kaba, mon oncle Kouam et bien d'autres que je ne pourrais pas tous vous citer avant l'an 2000.

— Il est là, ton père ?

— Ouais, je réponds.

Ils sont habillés en deuil, et les mines d'enterrement qu'ils se payent ! Le teint lessivé, l'œil éteint. Amadeus pique sa crise puis va se planquer. Imaginez un cortège de morts qui débarquent et vous annoncent que c'est le moment, et vous comprendrez ! Ils se renversent sur des chaises tout autour de mon papa. Et ça rend noir sur noir là-dedans. Seule la figure craie de Monsieur Guillaume fait comme une lampe à pétrole. C'est trop comme dose, ça a un goût de fait exprès, de pousse au suicide. Ils regardent mon papa, l'air de dire : « Oh ! le malheureux ! Oh ! le pauvre ! Comment une catastrophe pareille peut te tomber dessus alors que nous sommes tous là ? »

Mon papa tourne la tête, ça se voit qu'il tremble, il dit :

— Hé ! Qu'est-ce que ça veut dire ?

Mon oncle Kouam racle sa gorge, il passe sa

main sur ses cheveux, il cure son nez. Puis il s'essuie sur son pantalon, il tire un peu sur le pli et il fait :

— Chers frères, nous avons tous pensé qu'il était temps d'aider notre frère Abdou en prise avec des difficultés familiales.

— Ouais ! crient les autres.

— Nous avons toujours respecté les traditions d'entraide de notre continent. Et aujourd'hui, face à l'épreuve, on doit tous se serrer les coudes.

— C'est ça ! hurlent les autres.

— Dégoise, fait papa.

Frémissante, sa voix. Frémissante d'une colère que je ne lui connaissais pas. Il a un regard de serpent et un sourire en lame de rasoir.

Mon oncle Kouam penche la tête, il a sa bouche juste derrière l'oreille à papa et il murmure :

— Le mec qui fricote avec ta femme, on sait où il habite.

Les Nègres balancent la tête d'avant en arrière. Mon oncle Kouam caresse sa moustache et va la chercher dans le coin de ses lèvres avec sa langue.

— C'est un salaud de la pire espèce !

Les Nègres rehochent leurs têtes.

— On s'est dit que p't-êt' bien qu'en lui foutant les pétoches, tu vois de quoi j' veux dire.

— Ou lui couper la quéquette, ajoute Monsieur Guillaume. Parfaitement ! des salauds de son espèce qui passent leur temps à pique-niquer dans les assiettes des autres, j'en ai marre ! Et sans compter que ce sont les mêmes qui descendent les Champs-Élysées à pied et posent des roses au Panthéon.

— Au point où j'en suis, déclare papa, je m'en fous.

— T'es vraiment un saint, fait mon oncle Kouam. Tu mérites la légion étrangère.

— Un lâche, oui! vocifère Monsieur Kaba.

— Ta gueule! fait papa. T'as la langue trop longue, et si on parlait un peu des entourloupes? A la police, par exemple?

Papa est vraiment en colère. Ses yeux écument. Des grosses gouttes forment un raz de marée sur son visage.

— Qu'est-ce qui t' prend, mon vieux? fait Monsieur Kaba. Tu sais bien que je ne parle pas sérieusement... Un mec a bien le droit de rigoler de temps en temps, non?

Mon papa se détend un peu, mais sa fureur est loin d'être apaisée.

— Je me déballonne jamais! Jamais! fait papa.

Il se lève tellement brusquement que son fauteuil part à la renverse. Ses maigres cheveux gris s'ébouriffent. Il arc-boute ses maigres épaules. Je me demande où il peut mettre tout ce qu'il avale.

— Allons-y tout de suite, fait mon papa.

— Où? demande Monsieur Guillaume.

— Chez ce salopard, j' vais lui foutre, moi, ce gonze en sac!

— Mais... mais..., bafouille Monsieur Guillaume.

— Que celui qui m'aime me suive! lance papa.

— Il faut un plan, décrète Monsieur Kaba. On peut pas s'y amener comme ça. C'est un gars du seizième et pour eux les Bellevillois nègres de surcroît sont tous des cons. Voilà mon plan.

— Allons-y! hurle Monsieur Guillaume.

— Du calme, bonhomme, fait papa. Je vais pas y aller nu comme un ver de terre!

— T'as pas besoin d'un costard trois-pièces pour aller dégotter ta propre femme! dit mon oncle Kouam.

— Ouais, mais attendez un peu, on a besoin de la sainte protection de Dieu, réplique papa.

— Y a pas de temps à perdre, frère, dit Monsieur Guillaume. Le jour vient vite.

— Fais gaffe, fais gaffe, frère, déclare Monsieur Kaba. Il faut louer le Seigneur ! Le serpent est partout ! Il a pour nom Satan et il a enchaîné l'homme pour dix mille ans.

— Vous voyez, vous voyez, déclare papa. Je ne réfléchis pas avec mes pieds, moi !

Fiérot, il glisse ses sandales dans la chambre et ressort avec des tonnes de tesbiu qui est le chapelet musulman. Il en donne un à chacun. Et les Nègres se mettent aussitôt à les rouler entre l'index et le pouce pour appeler la bonne influence.

Mon papa enfile son manteau accroché à un clou derrière la porte. Il cherche son chapeau. Il commence à farfouiller nerveusement dans tous les coins. Mais depuis quelque temps, mon papa devient un de ces types qui ne sont plus sûrs de rien et il pourrait très bien ne plus savoir où est sa tête.

— Tu sais pas où est mon chapeau, par hasard ? il me demande.

J'ai pas le temps d'ouvrir la bouche que Monsieur Guillaume fait :

— Laisse-moi toutes ces conneries. A te voir gaspiller le temps, on dirait que tu t'en fous de ce que devient ta femme.

— Je suis aussi pressé que toi, rétorque papa. Mais je vais pas me présenter comme un clodo, tout de même !

— Personne y verra rien dans le noir. Allez, en route !

— Loukoum, fait papa, tu refermes bien la porte derrière nous et tu laisses rentrer personne. D'accord ?

— Faut qu'il vienne avec nous, dit Monsieur Kaba. On aura besoin de lui.

— Et les petites, qui va les soigner? demande papa.

— Cherche pas de problèmes, frère. Les petites dorment. On peut les mettre dans un sac et les jeter dans la Seine qu'elles n'y sentiront rien du tout! Allez, en route!

Nous sortons tous à la queue leu leu. Mon papa ferme la porte. Puis il cherche à tâtons l'interrupteur.

— Non! hurle Monsieur Kaba, on a pas besoin de lumière pour une opération commando.

Nous montons dans la fourgonnette de Monsieur Guillaume. On est presque vingt là-dedans et il faut se serrer pour faire de la place. Mon cœur danse dans ma poitrine. C'est la première fois que je participe à une expédition punitive! Il y a une phrase du Coran qui trottine dans mon ciboulot : « Tu ne rendras jamais le mal par le mal! » Et je la dis à haute voix pour que tout le monde puisse l'entendre vu que c'est une consultation gratuite et que je vais pas réclamer des tunes pour ça.

— Boucle-la! dit papa. Tu vas nous porter la poisse.

Il est plus de minuit et les boutiques ont fermé. Mais il y a encore quelques personnes qui glandouillent. Il y a même de la circulation boulevard de Belleville. Des taxis roulent pleins feux, s'arrêtent pile, les gens en descendent ou y entrent. Des bus touristiques remontent vers Pigalle que nous avons traversé à pas de tortue vu qu'il y avait des embouteillages. Des filles habillées comme c'est pas permis vendent ce qu'elles ont à vendre. Des hommes affairés tournoient dans les parages comme des mouches autour d'un plat de frites et les pigeons se font plumer dans des maisons interdites. C'est des coins où on volerait sa langue à un sourd-muet. C'est l'intellectuel Ndongala qui me l'a dit.

Après, ça va mieux. Plus on monte vers l'ouest, plus ça devient blanc et propre. La fourgonnette de Monsieur Guillaume crachote du feu et fait des embardées. J'ai la trouille. Il manque avoir un accident avenue de Wagram. Une voiture freine en poussant des miaulements de chat. Le chauffeur se penche par la portière et nous adresse de grands gestes de menace, mais il ne peut pas nous attraper, alors. Monsieur Guillaume conduit courbé sur le volant et observe attentivement la route. Une voiture de police a surgi avec ses yeux jaunes comme un insecte malfaisant et nous a coupé la route. Deux flics sautent lourdement sur le pavé. L'un est gras et mou comme du pâté pour chat. L'autre, je ne veux pas lui jeter des fleurs, mais il est grand et jeune. Mon papa les regarde et des gouttes de sueur qui perlent de son front viennent s'écraser sur ma figure.

— Joue le malade, me souffle Monsieur Kaba.

Je ne suis pas dans ma forme olympique. J'ai tellement peur que je n'arrive pas à respirer, j'ai le hoquet, j'ai envie de manger quelque chose pour m'occuper comme papa parce que c'est contagieux, la boulimie. La sueur me coule le long des mollets.

— Je vous l'avais dit! je fais. Ça porte malheur de vouloir se venger.

— Ferme! hurle papa. Cette histoire ne te regarde pas.

Les agents s'approchent et nous encadrent. Un des flics porte respectueusement un doigt à sa casquette:

— Excès de vitesse, il lance, l'air fatigué. Vérification de papiers.

— Wallah ! hurle Monsieur Kaba en portant ses deux mains sur sa tête.

— Quéqu'il a, ce zigoto ? demande le gros agent, étonné.

— C'est qu'il y a son fils mourant dans la fourgonnette, dit Monsieur Guillaume.

— Autrement dit, vous allez à l'hôpital de ce pas ?

— Oui, Monsieur le commissaire. J'amène l'enfant vers celui qui a le pouvoir de Dieu.

Les flics échangent un coup d'œil. Le gras s'approche de moi. Je sens que je me mouille le caleçon. M'est avis qu'il y a pas pire que rester là et attendre qu'on vous tire une balle dans les fesses ! Il braque sa torche dans mes yeux et allonge la main pour me toucher. Je me mets à gigoter et à remuer comme un poisson.

— Voilà un malade qui a les jambes bien légères, dit le flic. M'a pas l'air très bien en point. Quéqu'il a, le pauvre gamin ?

— Sida, lance Monsieur Kaba.

— Euh ! Euh ! fait le flic. Ex... Excusez-nous.

Le flic s'essuie les mains comme s'il venait de les plonger dans un réduit rempli de cambouis. Il se met à transpirer.

— C'est pas... Pas... contagieux ?

— Mais si, gros bêta, rétorque son coéquipier. C'est les risques du métier, mon vieux.

— Oh, là là là ! Et quéqu'elle va devenir, ma femme, hein ?

— On est tous faits pour la tombe, Inch Allah ! réplique Monsieur Guillaume.

— C'est pas grave, mon ami, zozote l'intellectuel Ndongala. Après la mort, il y a encore beaucoup de chemin à faire.

— Mais... mais j' veux pas mourir, moi ! dit le

flic qui commence à s'agiter et à nous fusiller des yeux.

— Mais non, mon ami, réplique Monsieur Kaba. Faut pas vous faire de bile. Suffit de dire trois fois : « Allah ! I Lank I Ne Ma Zout. » Et « Amen », et tous vos malheurs disparaissent comme par magie.

Il lui fait répéter la formule magique trois fois avant d'essayer lui-même.

— I Langue I Ne Ma Zout !

— Voilà, mon ami, vous pouvez dormir sur vos deux oreilles.

— Amen ! Merci, Seigneur, ajoute le flic.

Et il se signe. Sûr que ce type n'a jamais foutu un pied à l'église et qu'il se signe juste pour mettre toutes les chances de son côté à l'heure de l'épreuve.

— Vous pouvez repartir, fait l'autre flic. Et respectez la limitation de vitesse, sinon...

— A vos ordres, chef ! dit Monsieur Kaba. Merci, chef.

Monsieur Guillaume démarre. On roule quelques minutes en silence. Puis Monsieur Guillaume dit :

— Hé, Kaba, t'es vraiment un faux cul, toi ! Tu m'as jamais dit que tu connaissais des formules magiques.

— Je suis un enculé, rectifie Monsieur Kaba.

— Une tante, toi ? J' te crois pas. Un cave, ça oui !

— Moi ?

— Ben oui, tu donnerais ta chemise pour avoir une gonzesse.

— Tout à fait ! Mais je repartirais avec sa culotte, si tu vois de quoi j' veux parler. J'ai dit au flic de répéter ceci : « Je suis un enculé. »

— Mmmm... Mmmm..., grogne Monsieur Guillaume. Rien à faire. T'es le roi du vice.

Et tous les Nègres éclatent de rire. Y avait rien de mieux pour détendre l'atmosphère et calmer l'entrechoquement des genoux consécutif à l'inspection des flics vu que personne là-dedans n'a ses papiers en règle.

Inch Allah !

Mes enfants découvrent l'idée que mon amour m'arrache à eux, et déjà, la jalousie.

Mon époux se perd. Les perspectives d'autres horizons l'effraient.

Il me sermonne. Ses mots ont le poids d'un souffle.

Sans voix, ses yeux demandent l'air.

Il a l'instinct des rythmes essentiels. Il dit : « Une femme devrait porter son mari inscrit sur son visage ou l'annoncer à travers sa première poignée de main. »

Il hurle : « Infidèle ! Salope ! » Il exprime tout ce qui s'est passé, tout ce qui se tient entre nous, que j'ignore qu'il savait.

Pourtant, je m'aperçois qu'il n'a pas tenu le compte exact de ses fautes. Orfèvre en manipulations, il oublie l'amertume et les souffrances subies, que même la morale ne saurait lui pardonner.

Je n'ose invoquer l'égoïsme dans lequel il s'est enfoui. Et, la tête mise en terre selon la politique des autruches, il dit ses largesses, mes longues années de vie baignées dans la félicité, et qu'il ne méritait pas tout ce qui est arrivé.

Une sagesse rétrécie qui tient de son expérience.

La tribu nègre bellevilloise me surveille. Elle énumère mes fautes, donne des leçons brèves et des pénitences exactement calculées, conformes à ma fourberie. Elle surveille mes moindres distractions pour les prêter aux démons. Elle argumente, des choses vraies selon elle et qui tiennent de la morale. Quelle morale ? Quelques bribes du Coran comme quelques gouttes de pluie sur un front. Exilés, arrachés de leurs terres, leurs bouches ne savent plus, leurs doigts creusent des trous dans la pierre pour extraire quelques légendes du passé dont ils ont oublié l'essence. Tôt mêlés au ciel gris, farcis de nostalgie, enrobés du système D, ils sont indignes de chanter la morale.

Pourtant, l'Amie, je me sens modeste, née pour être coupable.

Ultime marathonienne, je suis coupable de trouver le relais de tendresse qu'Abdou me refusait.

Que faire, l'Amie ? Renoncer ?

C'est l'ultime question. Tu ignores jusqu'à mon existence. Qui suis-je, après tout ? Un courant d'air qui passe et qui bouleverse la géographie de ton pays. Une bouche encombrante, génératrice d'autres bouches encombrantes et qui t'arrache chaque jour des miettes de pain.

Mais, écoute-moi encore, l'Amie : au bout des interdits, des peines, des haines et des chagrins, la tolérance est la seule rigueur qui vaille.

M'ammaryam

Monsieur Tichit habite une belle rue avec des immeubles élégants et des arbres qui ornent pour le plaisir. La route était déserte. Des belles voitures étaient alignées avec dignité le long des trottoirs. Les Nègres vêtus de noir dans leur fourgonnette regardaient tout cela avec admiration vu que ce n'était pas dans notre arrondissement. Une fine goutte de pluie battait la chaussée et éclaboussait le pare-brise de la voiture.

— C'est ici, a fait mon oncle Kouam. T'as qu'à t'arrêter là. Ça n'a plus d'importance.

— T'es sûr qu'il peut pas nous voir ? a demandé Monsieur Kaba.

— S'il regarde pas, il peut pas.

La réponse était tellement ambiguë que mon papa s'est mis à prier très fort. Et j'avais pas envie de quitter l'abri de la fourgonnette.

— Allez-y ! a fait Monsieur Guillaume. Je vous attends ici.

— Pas question, a dit mon oncle Kouam. Ou on y va tous ou personne y va.

— Mais il faut que je trouve ma femme, a insisté papa. Où est-elle ?

— Quéque part là-haut, a répondu mon oncle Kouam.

— Où exactement ? a demandé mon papa.

— Quéque part là-haut. J' suis pas voyant, moi !

— Tu crois qu'elle est vraiment là ? a demandé papa.

— J' crois rien du tout, a fait mon oncle Kouam. Faut aller voir.

Mais tout le monde est resté assis à comptabiliser les gouttelettes de pluie. Il faut comprendre quand on peut et pardonner. Ça se voyait à des kilomètres que nous ne sommes pas du quartier et de là que les flics nous interpellent pour vagabondage, il n'y avait qu'un pas.

— Qu'est-ce qu'on fait ? a demandé Monsieur Guillaume. On va pas dormir ici !

— Vaut mieux rentrer et bien analyser la situation, a fait mon oncle Kouam. Des fois que ce type nous tendrait un piège, on sait jamais.

— J' veux ma femme, moi ! a vociféré papa.

— Ils sont p't-êt' pas là, a dit quelqu'un.

— On va pas tarder à le savoir, a répliqué papa.

— Mais alors, qu'est-ce qu'on va faire ?

Et sans attendre la réponse, papa s'est déplié comme un ressort et a sauté de la fourgonnette. Il était déjà devant la porte cochère quand les autres Nègres l'ont rejoint. Il était tellement courageux que Monsieur Guillaume en était resté bouche ouverte comme une carpe malienne.

— Pourquoi que tu fais ça ? a demandé Monsieur Kaba.

— J' veux me rendre compte, a répliqué papa.

Sur la pointe des pieds, papa s'est engagé le premier. Tout le monde retenait son souffle. On a escaladé sans bruit l'escalier.

— C'est au deuxième étage, a murmuré mon oncle Kouam.

Au deuxième étage, tous les Nègres se sont attroupés et ont récité une prière. Puis mon papa a appuyé sur la sonnette.

— Qui est là ? a demandé une voix hésitante.

D'un doigt, Monsieur Kaba m'a poussé dans les côtes pour m'obliger à répondre. J'avais comme des cafards morts au fond du gosier, mes mains étaient gluantes de transpiration, j'arrivais pas à parler.

— Qui est là ? a fait la voix de l'homme que la terreur rendait méconnaissable.

— C'est moi, le copain de Goélène. Il est arrivé un malheur, Monsieur.

Une clé a tourné.

— Quel con ! a fait Monsieur Guillaume.

La porte est ouverte.

— Que... que..., a commencé Monsieur Tichit en nous lorgnant comme s'il voyait une apparition.

Puis son visage s'est viré. Il est devenu tout navet. Il a porté la main à son cou et s'est écroulé comme une grosse pastèque, *platsch !*

— Il est... il est pas mort ? a demandé mon papa.

Mais déjà tous les Nègres s'écartaient et reculaient doucement.

— Hé, réveille-toi, a fait papa et dis-moi où est ma femme.

— Peut plus t'entendre, a dit mon oncle Kouam qui avait déjà pris quelques mètres d'avance. Vaut mieux filer d'ici avant que les flics rappliquent.

C'était comme un signal. Ils se sont tous mis à courir. Mon oncle Kouam s'est envolé dans les airs telle une marionnette en papier. Les Nègres se bousculaient en débandade grotesque et s'entrechoquaient comme des boules de pétanque. On s'est retrouvés dans la rue. Un clochard qui traînait par là a sauté par-dessus une barricade pour se mettre à l'abri. Puis ils se sont engouffrés dans la fourgonnette.

La fenêtre d'une maison s'est éclairée. Une voix a déchiré la nuit.

— Au voleur ! Au voleur !

Aucune autre fenêtre ne s'est éclairée. Tout le monde savait que les dés étaient pipés. Tout le monde sait qu'il y a longtemps que les Français ne se battent plus. La dernière fois, c'était en 1940, je crois. Aujourd'hui, c'est le repos du guerrier. Pas question de laisser troubler son sommeil. Ou sa partie de jambes en l'air. Vous pouvez ouvrir la gorge de votre frère jusqu'aux oreilles. Il peut appeler au secours. Crier. Personne ne bouge. Personne n'a rien vu. Rien entendu. Demain, ils achèteront leurs consciences en se scandalisant devant les gros titres dans les quotidiens : « Meurtre dans le seizième : UN MORT. » Question de survie. De caste. Ou d'époque. Faut comprendre et pardonner quand on peut. Nous sommes à Paris, alors.

Monsieur Guillaume a claqué sa portière et démarré en trombe dans un bruit sourd qui évoquait la mise en orbite d'une fusée.

Mais, dominant le vacarme, s'est élevée la voix croassante de Monsieur Kaba :

— Je vous l'avais bien dit, faut pas se fier à un richard du seizième plein de piastres ! Vous vous rendez compte ? Çui-là nous a foutus dans la merde !

Nous avons pris l'escalier de service pour entrer au café. Il fallait passer inaperçus, se cacher, se surfiler, passer en fumée, en vent, l'essentiel était de ne pas être vus, il y avait eu mort d'homme.

Mais la douleur est la chose qui te fait tout oublier, il a fallu faire des compresses d'eau chaude à Monsieur Kaba, il s'était cassé un doigt chez Monsieur Tichit. Il n'arrêtait pas de hurler :

— Merde ! Merde ! et tout le temps comme ça.

— Arrête de te plaindre, a fait Monsieur Guillaume. On croirait pas que c'est toi qui as eu l'idée.

— Moi ?

— Oui. On a respecté tes plans au pied de la lettre et on a récolté de la soupe !

— C'est la meilleure, ça ! J'essaye de sortir ces gens de la merde et voilà comment on me remercie ! Oh, que non ! Je ne reste plus ici une minute de plus !

Les autres Nègres ont enfoncé leur chapeau jusqu'aux oreilles et on n'a plus vu que leurs petits yeux noirs brillants et cette expression terrifiée qu'il y avait là-dedans. Ils respiraient juste ce qu'il fallait comme s'ils avaient peur de manquer d'air et de mourir étouffés. Ils étaient tellement raides sur leur chaise qu'on aurait cru des marionnettes de bois. Ils étaient installés là. Et c'était la défaite qui installait ses jambes. Ça me faisait des boules de les voir, la gueule vieillissante, les pattes musclées, les bras faits pour porter des poubelles et cette gentillesse qui tartinait leurs figures malgré les circonstances.

Monsieur Guillaume a reniflé la crainte qu'ils émettaient par tous leurs pores comme des ultraviolets. Il s'est précipité au comptoir et il a servi un verre à tout le monde pour penser à l'avenir et ça a fait de l'effet vu que les joues se sont renoircies, les langues se sont mises en marche.

— Quéqu'on va faire? a demandé un des Nègres.

— Y a rien à faire, a répliqué Monsieur Kaba.

— Ah! que non, a dit l'intellectuel Ndongala. Si quelqu'un nous a vus, les flics vont pas tarder à rappliquer.

— Et alors? On leur dira qu'on était tous ensemble, qu'on a bavardé et qu'on a pas bougé d'ici jusqu'à quatre heures du mat'. D'ailleurs, il est l'heure de se séparer.

D'un même mouvement, tous les Nègres se sont levés. Ils étaient déçus. Ils ont gommé les traces d'alcool sur leur bouche et essuyé leur figure dégoulinante de sueur. Puis ils sont passés à tour de rôle devant papa et ils lui ont touché les épaules pour l'encourager. Puis ils se sont éparpillés dans la nature.

Pauvres Nègres! M'est avis que chacun de nous rêve de voir ses efforts couronnés par une médaille. Bien sûr que les Nègres ne se soucient guère de distribuer des médailles! Mais s'ils avaient réussi leur plan, tous leurs soucis se seraient envolés. C'est vrai que Dieu n'est plus le même pour nous depuis que nous sommes en France, il faut comprendre.

Papa et moi, on a quitté le café de Monsieur Guillaume. Lui devant, moi derrière. Brusquement, il s'est arrêté comme une voiture qui vient de perdre son moteur. Il a appuyé sa tête sur un mur et il s'est mis à chialer. Vrai, vrai que je n'avais jamais vu mon papa pleurer. Il pleurait et il n'arrivait plus à s'arrêter. Et pour une surprise, c'en était une. Je tapais nerveusement par terre du bout du pied. Il s'est tourné vers moi, il s'est mouché et il a dit :

— Je suis devenu vieux. Tout ce que je voulais faire est tombé dans l'eau. Tu sais, je voulais apprendre à lire, à compter et aussi faire plein de choses pour mes frères africains. Mais tout cela est resté à l'état de rêve. M'am et moi on s'est bien amusés dans notre jeunesse. Je l'aimais, je l'ai fait venir avec moi en France parce que je l'aimais. Je l'aimais et j'ai essayé de lui montrer mon amour. Aujourd'hui, elle me trompe, elle me rejette. Je ne savais pas qu'elle aurait pu oublier nos vieilles traditions.

— Faut pas être triste, papa.

— Comment ne pas l'être, fils ?

— M'am veut être comme toutes les femmes ici. Elle veut avoir une belle maison, une voiture, apprendre à lire et à écrire. Quant au reste, faut pas lui en vouloir, c'est un coup de tête, ça lui passera.

— C'est pire que cela. M'am ne me voit plus, elle m'ignore. Elle ne reconnaît plus en moi son mari. Elle ne veut même pas reconnaître que je souffre.

— T'inquiète pas, papa. Bientôt, on retournera au Mali et tout redeviendra comme avant.

Il m'a souri, puis il a dit :

— Tu sais, fiston, l'argent dérouille l'amour. Il faut que je trouve du travail. C'est ça, la solution.

— Inch Allah ! j'ai répondu.

Je n'y croyais pas, bien sûr, mais il fallait lui remonter le moral.

Son désespoir était si palpable que ça tuait le bonheur dans l'œuf.

Mais un papa est un héritage. Si j'avais eu le choix, je me serais déniché un papa médecin, ministre ou ingénieur en quelque chose. Il aurait eu des voitures, des hôtels particuliers dans le seizième, pas un Nègre de Belleville, qui ressent le poids du jour qui vient et n'en finit plus, qui appréhende ce ciel moisissant, qui perd tous ses repères et ses badinages. Si j'avais pu...,

j'aurais choisi un papa blanc,

j'aurais accepté un papa arabe,

j'aurais toléré un papa juif.

Mais le noir, ça se porte dans la peau et tu ne peux plus te sauver.

J'ai caressé son visage et c'était la première fois que je le faisais. Il n'a pas reculé, et j'ai caressé sa joue. Il s'est laissé faire. J'ai redécouvert mon papa un peu comme une poupée russe qui n'en finit pas de se faire découvrir, du plus grand au plus petit. C'est vrai que je l'aimais avant parce que j'étais obligé par la loi coranique, maintenant je l'aime parce que je m'aperçois qu'il est comme tout le monde, qu'il peut rire, souffrir et pleurer comme tout un chacun. Je l'aime tellement que j'aime jusqu'à ses yeux dans lesquels on peut lire toute sa vulnérabilité et la beauté de son âme. Quant à

M'am, j'éprouve à son égard des sentiments contradictoires, mais je ne veux pas vous ennuyer avec ça vu que j'ai décidé de ne plus lui parler.

Inch Allah !

Oh, l'Amie, je n'ai pas renoncé à mon amour! Il ne fait pas que dissiper ma solitude, il est au-delà d'un simple souffle chaud de l'embrassade, il me réinvente.

Au jour le jour, il rectifie le catalogue de ma vie. J'en reconnais quelques traces sur le cahier qu'il me prédestine. Mots d'homme maquillage fard sur mes joues et sur mes paupières, des robes, des pantalons, des salopettes. Mon corps se soumet à ces caprices si nouveaux que ma tradition récuse. Car, à l'entendre, c'est bien cela la définition de la femme.

Il dit : « Tu dois apprendre à lire et à écrire. »

Une idée qui me fait peur, comme si elle accentuait à distance ma différence d'avec mon voisinage, ma tribu, celle de Belleville. J'imagine déjà en eux tout un bouillonnement de haines tapies et de convoitises qui me tiendraient loin d'eux.

Pourtant, j'ai dû franchir la barrière. Accepter cette préférence d'apprendre à lire et à écrire. Je sais que c'est un scandale qui efface chacune de mes complicités avec la communauté nègre. Un privilège, déporté sur l'éloignement culturel — l'enfer, en somme.

J'ai osé.

J'ai prêté mon cerveau à la magie des raisons contraires. Et dans cette connivence avec le démon, je venge la vie qu'ils me refusaient.

J'apprends à lire et à écrire.

J'y mets tout mon corps, beaucoup de mon temps. Je veux aller au bout de cette expérience, y découvrir des plaisirs pour ne jamais avoir à subir des remords de mon désert abandonné.

J'apprends à lire et à écrire, et cette passion, si nouvellement née, m'apprend à mieux compter le rythme et la passion.

J'apprends à désigner les choses par les mots, les signes. Je les épelle un à un pour les apprivoiser. Une maîtresse détentrice de l'écriture me dresse les répertoires de leurs espèces, une sorte de catalogue de leurs races si diverses, si variées, si coloriées comme un grand puzzle dont je recompose chacun des carrés dans chacune des cases, par cœur. Des mots si fragiles qu'ils ne tiennent que le temps d'un cours, dans ma mémoire.

Je perds leurs définitions, leurs impressions, mais leurs odeurs m'accompagnent tout au long de la journée. Une route difficile d'accès, surtout quand tu songes, l'Amie, que j'ai un demi-siècle d'emmurement dans l'ignorance.

Je sais qu'au bout de ma nuit il y a un matin bordé d'ifs et de cyprès, d'allées d'oliviers et de mandariniers en fleurs.

Je sais qu'au bout des souffrances, le silence ne sera plus cette absence noire de la parole, mais le champ où il faudra lire l'amour, la fraternité d'un regard qui recule les moments de détresse.

Oh, l'Amie! Tu ne me connais pas, et pourtant c'est ton regard qui m'apaise et ressuscite en moi cette quête d'idéal au-delà des abîmes de l'indifférence.

M'ammaryam

Le lendemain matin papa est sorti chercher du travail. Je n'ai pas fermé l'œil de la nuit, j'ai la tête comme une citrouille. M'am a préparé le petit déjeuner, des beignets de maïs avec de la bouillie, et je me suis régalé. Elle a sa robe de chambre de service matrimonial mais je sais que c'est pour l'artifice. Elle réserve ses câlins à Monsieur Tichit, alors. Ses maigres mains noires comme des pruneaux s'harmonisent avec ses lèvres. Je voudrais bien prendre ses mains et lui dire des choses qu'on ne dit pas, qu'on pense et qui font honte. Elle n'arrête pas de bavarder, elle prépare, elle bavarde, elle sert, elle bavarde, elle ne fait que bavarder et de me poser des questions :

— Ça va, mon p'tit ? T'as une toute petite mine. Où vous étiez hier soir ?

Je me tais.

— Ça se passe bien à l'école ?

Je me tais.

— T'étais avec ton papa, c'est ça ?

Je me tais.

Elle pousse un soupir et va se préparer pour aller au magasin. Elle a une lueur bizarre dans les yeux.

— D'abord, quéqu'il y a ? elle me fait.

Je me tais. Je ne suis pas pour le malheur, mais je veux lui rendre sa monnaie. J'ai mal de son indifférence envers mon papa. Il est devenu comme une mouche posée sur le dos d'un éléphant. Avant, elle était si digne et si respectueuse ! On n'arrivait pas à l'imaginer en train de courir la ville et jouer les filles de trois-fois-rien.

C'est ça l'ennui dans le monde, c'est que personne ne connaît vraiment personne, que les valeurs se perdent dans les décharges municipales, que tout le monde s'en fout et que personne ne fait plus rien pour remettre les choses en état à cause des facilités domestiques, des voitures et des télévisions.

— Tu ne veux pas que j'aille travailler ?

Je me tais.

— Dis, c'est bien ça, hein ? Seigneur, je deviens dingue !

Je me tais.

— Et si j'arrête de travailler, quéqu'on va bouffer, hein ? Ça va nous coûter cher, je te garantis.

Et là, je ne peux plus me retenir et je lance :

— Ça nous coûte déjà très cher que tu travailles.

— Quéque tu racontes ?

Je pousse ma chaise, j'enfile mon anorak, je ramasse mon cartable.

Elle me regarde, elle lève les yeux au ciel et elle rit. Pas un gros rire, mais ça suffit pour me faire dégringoler l'escalier en courant. Monsieur Tichit est mort ? Bien fait pour cette pomme ! S'il avait dragué une fille en ville plutôt qu'à la cambrousse, avec une seule bouteille de Coca-Cola il serait tombé sur une gonzesse sans problème et drôlement plus excitante que M'am.

Mais je dois reconnaître pour sa décharge que les femmes sont toutes des traîtres courants d'air. Elles vous collent des rhumes de cerveau sans légiférer ni rien. C'est dur de penser ça de M'am, vu que j'en ai honte. Plus de honte que d'amour. Je me demande bien comment elle est maintenant rapport à sa tête. Si ça fonctionne bien là-dedans, si elle n'est pas maboule.

Le Coran dit : « L'infidélité est un acte criminel. »

Et l'infidélité, c'est un tour du Diable qui en a plus d'un dans son sac.

Je préfère penser à Lolita pour me remonter.

En classe, Mademoiselle Nocetti dit : « Écoutez bien ceci... Retenez bien cela... Le participe passé s'accorde avec le verbe si... Ne vous trompez pas dans l'application de la règle de trois... C'est... »

Je me jette sur mon cahier et je copie. Je copie sans rien comprendre, je sais que je tisse ma tragédie et qu'au bout c'est l'apocalypse. Mais papa et M'am me désorganisent la matière grise. Ça devient une famille au jour le jour. Une famille où il y a du vent qui souffle et tout le monde doit s'accrocher à quelque chose. Et parfois, je regrette mes trois ans, quand je pouvais en toute impunité ne rien comprendre. Aujourd'hui, je préfère regarder à hauteur des nuages, alors j'écris à Lolita :

Ma chère Lolita,

Comme promis, je t'écris. Je sais que tu ne recevras pas ma lettre mais je l'écris, vu que je partage un bout de ciel avec toi et que tu es là partout avec moi, même dans les rêves qui me mènent ailleurs.

Il fait froid cet hiver et si ça continue, je vais attraper un rhume de cerveau. L'intellectuel Ndongala dit que le cerveau est une chose fragile. J'espère que tu te couvres bien. J'aimerais pas que la mort te fauche. Tu es ce que j'ai de plus cher au monde et ça me martyrise.

Je pense à toi, à la maison que je construirai pour toi. Et plus j'y pense, plus je me dis qu'on ferait peut-être mieux d'habiter dans les arbres comme ça il y aura personne d'autre pour te voir, sauf moi. On fera des enfants qu'on mettra dans des petits pots de miel pour qu'ils soient tout sucrés. On ne descendra sur terre que pour nous mêler des injustices, on aura des convictions personnelles pour lutter contre le racisme, la xénophobie, la haine, l'exclusion et tout le reste. Et puis, il y aura des oiseaux pour nous réveiller chaque matin, et Amadeus aboiera à la lune pour nous indiquer les saisons.

Ton tout dévoué Loukoum qui t'aime.

Puis je reste dans les nuages, mon crayon dans la bouche et une excellente vacuité dans la cervelle.

Soudain, je me sens tétanisé par une crainte instinctive. Mademoiselle Nocetti est suspendue à un fil au-dessus de moi. Elle me fait refroidir, le front plissé, la bouche entrouverte, ses yeux baissés sur ma lettre, le teint empourpré. Elle cherche sa respiration, elle déglutit et finit par se mordre les lèvres.

— Mamadou, peux-tu me répéter ce que je viens de dire ? elle demande.

Je ne suis pas Madame Soleil. Je ne peux pas lire dans les astres. Je reste la bouche ouverte comme un crapaud écrasé avec le palpitant à cent quatre-vingts. Les autres mômes prennent des airs ironiques. Sale moment à passer.

Mademoiselle Nocetti prend des airs de suffisance. Elle est celle qui sait, qui commande, elle a dû bien travailler à l'école, bien retenir ce qu'il fallait pour être là où elle est. Elle arrache ma lettre.

— Voilà comment on gaspille son temps, elle fait en donnant une chiquenaude dans ma lettre.

Elle m'attrape l'oreille, elle la tord, elle la

malaxe, je la sens bouillir, ça chauffe affreusement, j'ai les yeux qui sortent de leurs orbites. Elle la lâche.

Ouf! Elle va à son bureau, elle a toujours ma lettre dans ses mains, elle la lit, j'ai peur qu'elle la lise à voix haute, j'ai si peur que je sens d'atroces picotements dans mes jambes, des canards, d'affreux canards picorent mes chevilles et mes mollets comme s'ils becquetaient des vers albinos. L'intolérable, c'est que ce sont des canards que je ne vois pas.

Finalement, Mademoiselle Nocetti ne lit pas la lettre. Elle la pose devant elle et me regarde avec l'orgueil de celui à qui on doit tout et qui voit à travers vous.

A la fin des cours, je me faufile entre mes camarades, je veux me cacher, mais Mademoiselle Nocetti a des yeux de chat, elle me repère :

— Loukoum, j'ai à te parler.

Je sens les canards revenir, ils reviennent, je dandine d'une jambe sur l'autre et je regarde mes pieds pendant qu'elle parle, c'est affreux, elle me sermonne, elle me dit que les études mènent à la réussite, aux grandes écoles, et que si je continue à me tripoter la bite, j'irai droit à la luzerne, une vie moche qui conduira recta à la décharge municipale. Et elle continue :

— Demain, tu me réciteras les règles suivantes : l'accord du participe passé, les compléments d'objet direct et indirect ainsi que la règle de trois, vu ?

— Oui, M'amzelle, j' réponds comme un bon citoyen.

— Tu peux disposer, elle fait. (Avant d'ajouter :) C'est pour ton bien. Demain, tu me remercieras.

Les adultes disent tous cela en coïtant discrètement avec vos vies, qu'ils pompent l'air de rien. C'est des remarques bateau où navigue la bonne conscience obèse de la censure. Mais j'accepte les choses, vu que je suis philosophe.

Départ tronche fermée.

Quand je sors, la plupart des élèves sont déjà partis. Sauf Pierre Pelletier qui attend, appuyé à un arbre dans la cour. Il lit un livre. Il est sapé superluxe comme d'habitude, je ne suis pas jaloux ni rien. Il me demande :

— T'as été puni ?

— Moi ? Tu m'as bien regardé ? je fais en prenant des faux airs d'assurance.

— T'as de la chance, il dit. Il y a certains, ils ont beau faire, ils ont toujours des problèmes. Quand t'es le meilleur, les autres élèves se moquent de toi et te transforment en souffre-douleur. Et quand t'es mauvais, c'est l'instit' et les parents que t'as sur le dos.

— Je préfère être le meilleur et le plus fort, je dis.

— Personne ne peut tout avoir, il fait, très philosophe.

Et puis on ne dit plus rien pendant de longues minutes. Les derniers élèves passent devant nous, les portes cessent de claquer et Pierre Pelletier lance :

— Tu sais, Loukoum, on pourrait peut-être faire un deal : je t'aide en classe et tu deviens mon garde du corps, d'acc ?

— D'acc.

Inch Allah !

J'ai glandouillé un peu à travers le jardin de Belleville, les mains enfoncées dans mes poches sans avoir d'idées précises. Des mômes jouaient, ils dégringolaient les toboggans, ils riaient, la trouille dans le ventre. Les mamans arabes, juives, négresses ou françaises surveillaient leurs chers petits avec un sourire idiot. Un vieux bonhomme entouré de mômes-Benetton racontait *Blanche-Neige*. Tout le monde sait qui est ce bonhomme. Il a dû être beau dans le passé — mais ce qui en reste fait plutôt mort vivant avec des os pointus, une peau flasque et décollée, des dents noiraudes comme je ne le souhaite à personne. Il dit qu'il est écrivain — tout le monde écrit, alors. Mais je l'aime bien, vu qu'il répand le bonheur gratuitement sans oublier personne. Je me suis sorti de là-dedans comme une fleur. J'ai enjambé la passerelle. J'ai grimpé les marches et je me suis collé sur la tôle du toboggan. J'ai boulonné, la tête levée pour goûter le frisson, le petit vent léger qui fouette ma figure avec une lamelle de lassitude. J'ai fait plusieurs tours, j'étais bien, j'attendais qu'il se passe quelque chose.

J'avais presque tout oublié, qui j'étais, ce que je faisais, quand soudain j'ai entendu gueuler :

— Wallaï ! Descends ! Descends ! C'est pour les p'tits !

J'ai repéré une femme arabe boursouflée de couscous avec une ribambelle de gosses engoncés dans des djellabas. Elle faisait des gestes dans ma direction.

J'ai fait le sourd. Mais la bonne femme avait l'air vraiment furieuse.

— Descends, p'tit voyou ! Tu vas écraser les tout-p'tits.

Ses yeux étaient comme deux rails métalliques, luisants comme des lames de couteau. Elle a commencé à frapper sur le toboggan, je sentais les vibrations sous mes fesses et je me suis mis à descendre en vitesse avant qu'elle ne rameute les autres. Il faut comprendre, je ne voulais pas avoir toute une meute aux fesses.

Il y a des âges que je ne souhaite à personne. A trois ans, les mamans ne vous lâchent pas la main dans le métro et on a droit à toutes les bêtises. A douze ans, t'as plus droit de jouer avec certaines choses et t'as même pas d'objets de substitution, sauf rouler la mécanique en face d'affreux garçons de ton âge qui rient affreusement. Un premier bond dans l'espace où tu restes coincé dans ton scaphandre en attendant que les adultes te sortent de là. A moins d'avoir l'idée géniale de faire une fugue de majorité.

J'ai continué ma promenade dans le jardin de Belleville. J'ai grimpé les escaliers jusqu'à ces espèces de blocs de pierre qui servent de chiottes, où tous les kickés de Belleville viennent se payer du paradis artificiel. C'est alors que j'ai repéré ses mollets, ses jambes et le caleçon qui jouait les mimosas entre ses cuisses. Il m'a fallu trois secondes avant que le doute m'assaille, j'ai pas compris tout de suite, j'ai pas compris ce qu'ils faisaient. Puis la réponse a pété dans ma cervelle : M'am et Monsieur Tichit. Non ! Je ne rêvais pas. Pas du tout. Du tout ! Ce cinglé était bien vivant ! Tous les deux assis sur un banc. Lui la tenant dans ses bras et lui roulant une cigarette. Elle gémissante. Lui mettant ses sales pattes sous sa robe. Et sa figure craie virant au rouge. J'ai cessé de respirer. J'ai cessé de penser. J'ai tout cessé. Je suis resté avec les mains crispées dans mes poches.

C'est M'am qui m'a vu la première. Elle a sursauté et elle a dit :

— Loukoum ! Quéque tu fous là ?

J'ai regardé mes pieds.

— Je suis allée te chercher à l'école pour t'inviter mais t'étais déjà parti, elle fait.

J'ai regardé mes pieds.

Monsieur Tichit a grogné quelque chose. Puis il a dit :

— Ta maman a eu une bouffée de chaleur, alors... j'essayais de la ranimer.

Celui-là a vraiment l'art de vous mettre à cran. J'ai grogné, grogné, puis je me suis mis à courir, les poumons en feu, et j'ai maudit cet enculé, j'arrivais pas encore à déplier mes mains et je l'ai maudit de toutes mes forces.

J'ai dérivé au café de Monsieur Guillaume. Toute la tribu nègre est là. Ceux d'hier soir avec leur second bureau qui sont des épouses illégitimes. Ils ont repris un peu du poil de la bête. Mais on voit qu'ils sont inquiets, et tout le monde semble aux aguets comme s'ils allaient voir surgir un indic ou un flic. Les tapineuses de Monsieur Kaba sont à l'affût d'un pigeon. Un Blanc que je ne connais pas est effectivement dans la salle. Il a commandé un verre, puis un deuxième. Il sort de ses poches un rouleau d'oseille. Les yeux des Nègres font un virage dans leurs orbites. Monsieur Kaba manque de s'étouffer en avalant de travers. Il a failli y avoir un accident cardiaque rue J.-P.-Timbaud. Mais le Blanc fait comme s'il ne voyait pas. Il détache négligemment un billet de cinq cents balles et le jette sur le comptoir comme si c'était le dernier de ses soucis. Monsieur Guillaume ramasse le bifton, il donne une chiquenaude dedans, il le contemple à la lumière, il fait cliqueter sa caisse enregistreuse, et il lui rend sa monnaie.

— Quéque vous cherchez? demande Monsieur Guillaume. Vous voulez vous faire dévaliser?

— Que dois-je faire à votre avis? Partir sans régler l'addition?

— C'est pas ça, vieux! Ici, vous risquez rien, mais ailleurs, je ne peux pas le jurer. Tenez, pas plus tard qu'hier soir, la pharmacienne d'en haut s'est fait braquer. Ils lui ont tout pris, jusqu'à son caleçon.

Mais c'est trop tard. Les filles de Monsieur Kaba se sont jetées sur le Blanc avec tant de fougue qu'on croirait qu'il est tout en aimant.

— Tu me payes un verre, trésor?

— J'aurais une affaire à vous proposer, dit Monsieur Guillaume. Très lucratif, il ajoute à voix basse.

— Te laisse pas avoir par ce couillon, fait M'amzelle Esther.

— Il sait même pas où il y a une banque! intervient Tatiana.

— Laisse tomber, pote, dit le marabout Cérif. Je peux te multiplier tes gains par mille. Mille pour cent d'intérêts garantis. Aucune banque ne peut faire mieux!

— Quoi? demande le Blanc.

— Ne l'écoute pas, trésor, fait la gonzesse que je ne connais pas et qui travaille depuis peu pour Monsieur Kaba. Ce carafon, ces trucs, c'est du bidon. Il me doit mille balles pour blanchiment de la peau. Regarde, je suis noire comme un pruneau. Il n'a plus réussi un tour de magie depuis que le petit Jésus tétait encore sa mère.

— Tais-toi, Satan! hurle le marabout Cérif. Hé, Guillaume, sers à ces filles de rien une tournée et qu'elles nous laissent parler entre hommes!

— Faut pas parler comme ça à des dames, proteste le Blanc.

Les Nègres le dévisagent comme un extraterrestre. Puis Monsieur Kaba dit :

— Excusez notre ami. Il est énervé. Aux yeux du Seigneur, elles sont dignes de respect.

Le Blanc sourit, soulagé. Et tout le monde pense qu'il est le pigeon rêvé.

— C'est vrai, j'étais un peu énervé, dit Monsieur Cérif. Je me présente : Marabout Cérif — grand spécialiste de l'envoûtement à distance — reçoit exclusivement sur rendez-vous.

Le Blanc lui tend la main.

— Enchanté. Alexandre Gerbaud.

— Quéque tu fais dans la vie, Alexandre ?

— Dans les affaires.

Monsieur Cérif éclate de rire.

— Ça doit rapporter...

Mais il n'a pas le temps de finir sa phrase que l'inspecteur Harry débouche dans le café. Il se dirige illico vers Monsieur Kaba et sort son flingue. Alexandre Gerbaud que je ne connais pas fait pareil, et il faut avoir vu ça avec ses propres yeux pour le croire : ses affaires, c'est dans la police qu'il les fait !

— Vous êtes en état d'arrestation ! hurle l'inspecteur Harry. Vous pouvez garder le silence car...

Les yeux de Monsieur Kaba se révulsent à la vue du P. 38. On n'en voit plus que le blanc. On dirait qu'il va avaler sa langue dans son effort pour parler.

— Je n'ai rien fait, Patron, dit-il enfin. J'ai passé la nuit ici.

— Exact ! crient les Nègres en chœur.

— C'est pas moi qui l'ai tué ! Que je sois pendu si je connais ce bonhomme.

— C'est vrai ! renchérissent les Nègres.
— Parce qu'en plus il a coupé le sifflet à quelqu'un ? demande l'inspecteur Harry. Très bien. Proxénétisme. Faux et usage de faux. Meurtre. Ça va chercher la perpète.
— Il n'est pas..., j' commence.
Quelqu'un me plaque une grosse paluche sur la bouche, on me soulève et on me tire en arrière. Je ne peux plus rien dire.
— Bon, fait l'inspecteur Harry. Vous m'expliquerez tout cela au poste. Allez ! Ouste !
A cet instant, M'am fait une apparition très remarquée, hautalonnée, mains sur les hanches.
— Quéque s' passe ? elle demande.
— Meurtre, répond l'inspecteur.
— Qu'est-ce qu'il a flingué, çui-là ?
— Sais pas, moi ! fait l'inspecteur. D'habitude, on trouve la victime avant de rechercher le meurtrier. Mais avec les Nègres, ma foi, tout est possible !
— Fsst... fsst..., siffle M'am. Ça serait pas un Blanc, par hasard ?
— Possible.
— Fsst... fsst... Il habiterait pas le seizième, par hasard ? demande M'am.
— Peut-être, j' sais pas, moi ! fait l'inspecteur, agacé. Pose-leur la question.
M'am dévisage les Nègres à tour de rôle, puis elle pivote lentement vers l'inspecteur.
— Si c'est c' que j' crois, c'est bien eux qui ont fait le coup ! elle s'écrie en pointant un doigt accusateur sur les Nègres.
— Ils ont tué quelqu'un, c'est ça ? demande l'inspecteur.
— J'ai tout compris, grogne M'am. Oh ! les salauds ! On peut même plus vivre en paix !

— Vous inquiétez pas, madame, zozote l'inspecteur. J' vais de ce pas les enfermer, ils vont plus nuire à personne, je vous donne ma parole d'honneur. Allez, en avant !

— Inspecteur, ajoute M'am, je suis punie. Ils m'ont mis la chaîne aux chevilles pour mille ans !

— Qu'est-ce que vous racontez, madame ? Ils vous font chanter, c'est ça ? Eh bien, je vous assure ma protection rapprochée et là où ils seront, personne ne pourra vous nuire.

— Justement, Inspecteur. Il n'est pas mort !

— Qui n'est pas mort ?

— Le type en question. Ils lui ont tellement flanqué la trouille qu'il a tourné l'œil. Il m'a dit qu'il avait vu des fantômes.

Les Nègres restent bouche bée. Ils se demandent si M'am ne les embringue pas dans une arnaque de son cru.

— Expliquez-vous, madame.

Elle lui dit tout. Elle ne se donne même plus la peine de jouer les vertus offensées.

— Quelle bande de tarés ! s'exclame l'inspecteur.

— Vous voyez, j'ai rien fait, Patron ! dit Monsieur Kaba, mielleux.

— Eh bien, mon salaud, t'es pas libre pour autant. Les autres chefs d'accusation courent toujours.

— Mais, chef, je suis un honnête citoyen, moi !

— Ah oui ? demande l'inspecteur. Tu veux peut-être écouter la bande d'enregistrement ? Hé, Alexandre, ce saligaud veut que tu lui mettes les points sur les *i*.

L'autre flic sort de sa chemise un petit appareil d'enregistrement.

— Ô Seigneur ! soupire Monsieur Kaba. Pourquoi m'as-tu abandonné ?

— Tu iras lui adresser tes prières en prison, mon vieux. Tu te croyais plus malin que moi, n'est-ce pas ? demande l'inspecteur.

— Oh non ! Patron. Pas de danger. Un homme de poids comme vous, j' veux pas me mouiller avec lui.

— Des noms ! Je veux des noms, des adresses !

— Quels noms, Inspecteur ? demande Monsieur Kaba en jouant le pitre.

— Des dealers. Je compte jusqu'à trois. UN. DEUX...

— Y avait qu'à le demander, patron, dit Monsieur Kaba. Il y a un ordinateur là-dedans, il ajoute en se tapant le front.

Les Nègres éclatent de rire.

Il se met à réciter des noms que je ne connais pas, des adresses que j'ignore et des tas d'autres trucs encore. L'inspecteur Alexandre marque tout cela sur un carnet en nous observant, curieux et vigilant.

— C'est tout ? demande l'inspecteur Harry.

— Oui, patron. J' suis un honnête citoyen, moi ! Et puis des gars qui refilent de la drogue aux mômes, j' peux pas les sacquer, j' le jure !

— Pauv' con ! fait l'inspecteur Harry en lui envoyant un coup de pied dans le cul.

Le tas de gras de Monsieur Kaba vole dans l'air avant de s'écraser au sol dans un bruit de pastèque *platsch !*

— Sainte croix, il gémit.

— Mon salaud, dit l'inspecteur, si tu m'as raconté des conneries, j' saurai comment te retrouver.

L'inspecteur Harry ponctue sa phrase d'un coup de pied dans le flanc.

— J' sais, Patron ! Et j' vous jure sur la tête du Seigneur que tout c' que j'ai dit est vrai.

L'inspecteur Harry rengaine et tourne les talons, suivi de son coéquipier.

— Patron! braille Monsieur Kaba. J' peux compter sur vo'te discrétion, n'est-ce pas? Sinon, je suis bon pour une double couverture.

— Pau've imbécile!

— Merci, Patron.

Ils quittent le café. Monsieur Kaba se relève, époussette négligemment ses vêtements, rajuste sa cravate, s'assoit au comptoir et murmure :

— Quel couillon!

Il fronce ses sourcils, l'air de réfléchir. Il se tourne vers la tribu et demande :

— La bavure policière, ça va chercher dans les combien, selon vous?

— La suspension, répondent les Nègres en chœur.

— On peut se la couler douce, il lance. Une tournée générale. C'est moi qui paye!

Et tout le monde trinque à la santé de tout le monde et on danse. Sauf M'am. Les Nègres font comme s'ils ne la voyaient pas, elle est devenue invisible. Pourtant, elle est assise, les jambes croisées bien haut et on voit même sa brassière blanche qui dépasse sur les cuisses. Les danseurs la bousculent, certains lui marchent sur les pieds, mais les yeux, leurs yeux, ils les jettent en brousse. Finalement, M'am se lève et dit :

— Tu viens, Loukoum?

Je la suis.

Le plus terrible avec les gens qui apprennent à lire, c'est qu'ils lisent tout ce qui leur tombe sous la main. Des vieux journaux. Des feuilles de maladie.

Des papiers froissés. N'importe quoi, noirci à l'encre. Et M'am confirme la règle. Dérouillée à zéro par l'alphabet. Elle tient bon. Elle tient le bon bout. Elle marche le cou cassé. Elle lit comme une somnambule. Inconsciente des mouvements, de l'époque. Elle lit, l'artiste. Elle se jette sur les mots plus exultante que quiconque. Elle s'effeuille en prose supermarket. LA-VE-RIE AU-TO-MA-TI-QUE ; VINGT-FRANCS-LES-CINQ-KI-LOS ; QUA-RAN-TE FRANCS LES DIX KI-LOS. PRI-È-RE DE NE PAS COM-MEN-CER LES LA-VA-GES A-PRÈS VINGT HEU-RES. CA-FÉ BAR-RES-TAU-RANT. TA-BAC LO-TO. É-LY-SOL. BOU-CHE-RIE MU-SUL-MA-NE. RES-TAU-RANT KA-SHER. Elle tenace dans les sillons des tout tracés, émascule les mots. Elle se sourit aux anges. Parce que le miracle a eu lieu, parce que l'incubation a été profitable.

Faste coin où la rue devient la lune ! Où elle se réveille autre. Femme. Elle a désormais choisi ses eaux de navigation. Qu'elle s'escrime, qu'elle hurle ! Elle a choisi, elle a accepté la dérive de la banquise, la hauteur à laquelle elle se positionne. Désormais.

M'am.

Il faut que j'apprenne à la regarder avec les yeux du cœur.

Mais, quand on a choisi de bouffer les mangues avec le manguier, on y gagne pas toujours, et ça, c'est pas moi qui l'ai inventé.

Quand on décide de mettre en action les pensées aussitôt qu'elles fermentent dans le cerveau, on paye les pots cassés.

Nous sommes entrés au Cock-Mink. Un Chinetoque avec des canards laqués à la devanture. Et, bien évidemment, M'am a lu le nom du restaurant à haute voix avant. Et elle s'est souri et tout lui a souri, et la vie entière entrait par ses yeux, sur un mot prononcé à haute voix.

Nous nous asseyons. Et rebelote. La carte. La lecture l'emporte sur le terre à terre digestif. Acte éblouissant. Dépassement de soi. Femme de personne. Mère de personne. Quel orgueil à elle seule ! Besoin sourd de creuser la terre pour trouver le sens des choses.

Je crève de faim. Et M'am ne fait que de lire. De ma place, je trépigne comme un cheval de course. Je tape mes baguettes l'une contre l'autre. Elle lève les yeux sur moi. Elle soupire. Elle referme brusquement le menu. Elle est devenue soudain très nerveuse. Elle appelle le garçon, elle commande des rouleaux de printemps, un canard aux champignons noirs, un riz cantonais et du thé. Elle n'arrive même pas à se servir convenablement. Elle renverse son thé. Quant à son rouleau, elle l'a proprement éventré sur ses vêtements. Au dessert, elle avale une cuillerée de glace à la vanille, elle suçote ses doigts et elle dit :

— Il faut qu'on se parle, Loukoum.

Je ramasse vite fait une feuille qui traînait par là et j'écris : « Tais-toi ! »

— Mais, Loukoum, il faut que je t'explique pour que tu comprennes. Je me fais vieille. Je n'ai jamais connu le bonheur, l'amour, tu comprends ?

J'écris : « Je m'en fous. »

— Pourquoi tu le prends si mal, fils ? Écoute, Loukoum, je te demande juste quelques semaines, le temps que ça passe. Si tu me laisses quelques semaines, j'aurai le temps de me sortir cet homme de la tête et tout reviendra comme avant.

J'écris : « C'est à papa que tu dois le demander. C'est ton mari. »

— Je sais. Mais vois-tu, entre ton père et moi, il y a bien longtemps que les choses sont terminées. Et puis c'est pas à lui de me faire des reproches aujourd'hui avec tout c' qu'il m'a fait souffrir.

J'écris : « IL T'AIME. »

— Arrête, Loukoum ! Tu me tues. Par pitié. Mon Dieu, Loukoum, qu'est-ce que je vais devenir ? T'es la seule personne qui a toujours été très proche de moi. Quand tu me traites de cette façon, j'ai envie de mourir !

Et ses yeux se remplissent de larmes. Son visage se défait.

Elle pleurniche doucement et appuie sa tête sur mon épaule.

— Je t'aime, M'am, j'ai fini par dire. Je t'aime quoi que tu fasses, quoi qu'il arrive.

— Merci, fils. Je savais que je pouvais compter sur toi.

— Il y a des choses qu'on accepte et qui font souffrir malgré tout.

— Je sais, Loukoum. Mais je souffre encore plus que toi, ne l'oublie jamais, jamais !

Puis elle se met à parler pour rigoler. Des bêtises que je faisais quand j'étais enfant, mes premiers pas, mes premiers mots. Alors je ris. Mais ça se voit à ma tête que le cœur n'y est pas.

C'est le prix à payer pour que M'am ait des étoiles qui brillent dans les yeux. Chacun a son rocher à pousser. Ses tournis. Ses claques. Sans ordre de grandeur. Évangile selon saint Mamadou Traoré, dit Loukoum.

J'ai terminé mon repas, la tête pleine d'abrutissement, de consentement passif. Autant en emporte le vent.

Mais c'est mon papa qui va amener le grand chambardement.

Parce qu'il est resté sans rien dire, qu'il aille au claque ou à la trappe, il est resté muet. Son impuissance a ricané jusqu'à ce soir. Il a tout raturé pour ce passé si lumineux. Parce que l'Afrique bourrée de sa patiente sagesse l'a pris à son bord et lui a récité la mémoire de l'acceptation, celle du défi. Défi de s'aguerrir aux jeux du bonheur et du malheur.

Accepter d'être pilonné de pensées contradictoires.

Perdu comme un ver solitaire — révolté parce que l'amour-propre a reçu de la fiente en pleine figure. Et au bout, cette sensation terrible d'avoir tout raté, d'être plus orphelin que le monde.

Une indigestion n'est jamais conseillée dans un ménage.

Inch Allah!

Oui, papa s'est révolté.

D'abord, il a gueulé. Des mots gros qui affluaient. Et débordaient. C'est vrai, quoi! Une femme qu'il avait découverte, rien que pour lui, destinée à tourbillonner autour de son nombril. Une femme malingre qu'il avait modelée comme de la pâte et qui soudain prend du muscle et de la stature, galipette pour se faire remarquer, et à peine dans le monde, manigance à tout va et s'envoie en l'air sans pudeur aux dépens de son amour au sens double. Sentimental. Propre. C'en était trop pour ce vieux Nègre qui a usé sa vie à balayer la France. Il faut comprendre et pardonner si l'on peut.

Dès que nous sommes arrivés à la maison, papa lui a bondi dessus tout de suite comme un gros chat.

Il s'est mis à miauler, le dos rond. Il ne l'a pas griffée, bien sûr! Il a crié :

— J'en ai marre!!!
— Quéque t'as, mon chéri? a demandé M'am.
— C'est la meilleure, ça! Elle me fait cocu et elle me demande c' que j'ai. Ô Seigneur! Aide-moi!
Il a pris sa tête entre ses mains et il a passé sa langue sur ses gencives, les nerfs à vif.
— Fais demi-tour et repars d'où tu viens avant que...
— Mais... j'étais avec Loukoum au restaurant, c'est tout! Pourquoi que tu te fâches maintenant?
— Sors immédiatement de chez moi!
— Mais...
— Dehors!!!! il a hurlé.
Je me suis ramassé, vu que j'ai cru que les murs allaient s'écrouler.
M'am n'a pas bougé. Elle a émis une douce plainte gourmande. Elle a relevé machinalement une mèche, passé sa langue sur ses lèvres, fixé papa. Brusquement, elle est devenue gracieuse, minette d'Opéra.
— Chéri, calme-toi. On peut parler. J' peux tout t'expliquer.
— Je nc veux plus rien savoir!
— Et les enfants? T'as pensé aux enfants? Qu'est-ce qui va s'en occuper?
— Stop! Depuis un an, c'est moi qui m'occupe de tout dans cette maison.
— Je suis ta femme et cette maison est autant à toi qu'à moi!
— Quoi!!!?
— Écoute...
— Dehors!!! Sinon, je te sors par les pieds!
M'am ne voulait pas bouger. Papa l'a attrapée par son chemisier et l'a tirée dehors avant de refermer la porte, clac!
Mes sœurs se sont mises à chialer, Amadeus

aboyait vu qu'il ne comprenait pas. Moi j'étais dans mon coin, contre le mur, avec une absence de vitesse caractéristique des cas de surprise, comme un renoncement à l'énergie.

Papa s'est agité. Il est allé dans la chambre. Il a ouvert la fenêtre, arraché les fringues de M'am et les a balancées par-dessus bord. M'am a tambouriné :

— Ouvre cette porte, Abdou !

— Fous le camp, j' te dis !

— S'il te plaît, Abdou...

— Va-t'en !

— Laisse-moi au moins récupérer mes affaires.

— Je les ai jetées par la fenêtre. Elles t'attendent en bas.

Silence. Puis :

— Comme tu veux.

Ses hautalonnés ont cogné les marches de l'escalier. Ils se sont éloignés, amenuisés, puis ils ont disparu et mon cœur a fichu le camp dans ma poitrine. J'étais bouleversé. Mais j'ai partagé mon chagrin entre hommes avec moi-même. Que voulez-vous ? Les grands sentiments conduisent à la catastrophe.

Papa s'est écroulé dans son fauteuil. Un vrai placard pour peau de chagrin. La peine se lisait sur sa figure. Je la captais dans cette retraite cafardeuse et je comprenais son vieux cœur africain qui continuait à être un enfant malgré lui.

Puis, chez les Abdou, la vie a repris son cours. Mes sœurs ont séché leurs larmes et sont parties se coucher. J'ai donné des restes à Amadeus, il s'est régalé et a oublié.

Inch Allah !

Je suis de cet ordre à part qui t'arc-boute, comme si mon temple intérieur était à la fois le volume qui m'élève et le vide qui me délimite. Il y a la religion, les coutumes, les généalogies qui nous séparent. A la fin, il faudrait bien pourtant que la connaissance l'emporte, que l'architecture des classes sociales mesurable et quantifiée cède le pas et chasse la peur.

Seule dans la nuit, je bâtis un royaume d'ailleurs, au-delà des portes du possible. Mon amour me porte et s'ancre en moi, l'amour de la liberté où déjà ma folie enfante ma joie.

J'enterre l'amertume. Sur chacune des blessures de mon âme, je dépose un peu de salive.

Mais le passé est têtu. Il frappe à ma porte. Mes enfants comme un printemps, difficile d'abandonner.

Je veux bâtir d'autres architectures, mes enfants comme une cicatrice qui rappelle l'histoire.

Je suis assise au bord de cet océan de joies et je lis d'autres peines. Ce sont des angoisses, des doutes, un mal qui est fou, et qui m'interdit de mieux m'accomplir, des nuits plus noires qu'au cœur de la nuit, traversées des désirs de mon amant, de la souf-

france que j'inflige à mes enfants, un cercle vicieux, l'impression tenace d'être enfermée et que sans cesse la prison me précède dans sa course. Nulle solution à l'horizon. La bipolarité du monde : mes enfants ou mon amour. Un choix difficile, car au fond de moi, l'un n'exclut pas l'autre et cette impossibilité d'envisager ma vie avec l'un sans l'autre, un choix illusoire, une liberté qui s'annule. Que faire, l'Amie ?

La justice de la tribu a été précise à mesurer mon compte de contrition. Elle me sermonne. Elle me nomme : « Infidèle ! » Je suis l'arbre du mal.

Mon époux me chasse. La tribu lui refuse l'hypocrisie de n'en rien savoir. Elle lui refuse la lumière, lui impose d'autres dimensions sans dimension, une morale qui me semblait interdite dès lors qu'elle annihile la révélation de l'amour, à nu.

Mon époux me chasse, j'atteins les extrêmes de la souffrance, un demi-siècle à monnayer un pardon qui m'est refusé.

Un pardon, celui d'être femme, de découvrir l'amour, les joies, les sublimes, les dimensions des sept ciels, tout ce qui forme notre humanité dépouillée des mensonges et des contresens.

Qu'importe, l'Amie. Ces passions pour un ciel muet m'épuisent.

Je me tiens à moi-même, recroquevillée, parfaitement assurée.

Ce qui est mon noyau se tient en un lieu secret où nul ne viendra plus me menacer.

C'est pour mieux être moi que j'ai accepté cet ultime rôle.

Une armure qui devrait désormais s'adapter aux êtres et aux circonstances.

Si je n'avais pas à subir tant d'agressions, je ne chercherais pas à me protéger.

Chacun doit tenir son temps.
Je n'ai pas failli au mien.

M'ammaryam

M'am est partie et papa n'en parle plus. Mais plus du tout. C'est comme si elle était morte. Je ne sais même pas où elle habite. Je me sens mal comme quand je ne dis pas mes prières. Je me retrouve refermé en moi-même, étouffé par les battements de mon propre cœur.

Les Nègres de Belleville viennent souvent à la maison pour veiller papa. Ils lui parlent des voitures, de la course, des chevaux, du loto, mais je sais que tout ça c'est de la politique — ça se voit à bout de nez que mon papa n'est pas dans son assiette, il ne fait que de boire. Il nous prépare plus de bons petits plats. Il ne rit presque plus, il ne parle de rien, et il nous tape dessus. Et chaque soir, il sort. Alors, mes sœurs crient :

— Reste avec nous, papa !

— Il faut que je voie mes amis à moi aussi, il répond. Les vôtres, vous les voyez dans la journée !

Ce papa-là, je ne le connais pas et j'en suis bien content.

C'est Aminata ma maman biologique qui vient nous préparer les repas et faire du ménage. Quand on lui ouvre la porte, elle s'écrie :

— Quelle puanteur là-dedans !

Ensuite, elle se met à tout nettoyer. Elle nous prépare à manger. Elle nous lave des pieds à la tête. Quelquefois, elle lave papa. Il est souvent trop faible pour protester et même trop aplati pour donner son avis.

Aujourd'hui, quand elle est venue, papa n'était pas là. Elle a tout de suite ôté ses vêtements de soie pour pas les abîmer. Elle a mis un pagne et un fichu sur sa tête et elle a commencé à travailler. Elle a lavé, elle a chanté, elle a essuyé les casseroles, elle a chanté encore, elle a préparé à manger, elle a rechanté. Mais seulement, moi j'avais pas envie d'écouter vu qu'elle chantait bien et que j'avais du chagrin. Je me suis assis par terre, Amadeus est venu s'asseoir à côté de moi et j'ai commencé à pleurer.

Aminata s'est arrêtée de chanter. Elle a glissé un œil vers moi.

— Oh ! mon enfant, mon fils, qu'est-ce que t'as ? elle a demandé en m'entourant de ses bras qui sont doux et noirs comme du satin.

J'arrivais pas à m'arrêter de pleurer. Tout me revenait d'un seul coup, Lolita qui était loin, M'am qui était partie, Le Pompidou, Soumana et même papa qui n'était plus le même.

— Pleure pas, mon petit. Pleure pas.

Mais il y avait pas moyen d'arrêter mes larmes. Si ça avait continué, je crois bien que la maison se serait transformée en rivière, et même qu'un bateau aurait pu naviguer dessus comme sur le Mississippi. Je sais pas où c'est ni même si ça existe. Mais Mademoiselle Nocetti en parle tant que c'est comme si j'y étais déjà allé.

Aminata s'est mise à lécher les larmes qui me coulaient dessus la figure. Au bout d'un moment, elle a poussé un soupir et elle a lancé :

— C'est de ma faute si tout ça est arrivé.

J'ai retrouvé mon souffle d'un coup et j'ai répondu :

— Je vois pas de quoi tu veux parler.

Elle a tourné la tête comme si elle osait plus me regarder dedans ma figure et elle a dit :

— Oh ! j'ai pas su retenir ma langue. Si j'avais pas raconté aux autres pour M'am et Monsieur

Tichit, rien de tout cela ne serait arrivé. Je crois que même quand je suis venue ici, j'en voulais à M'am. Et tout ça parce que ton papa l'a épousée. En plus, tout au fond de moi, je le voulais pas comme mari. J'ai jamais songé sérieusement l'épouser. Mais je voulais qu'il demande ma main, parce que le destin l'avait décidé. T'es bien notre fils! et c'est le seul qu'il ait jamais eu. Et moi je voulais rien qui se mette à travers nous. Tu comprends? Mais la vérité, c'est que c'est de l'orgueil qui me poussait. M'am est si gentille! Y a pas plus gentil qu'elle au monde. La gentillesse lui sort de partout. Et j' crois bien qu'elle m'aime vraiment.

Je suis resté sans bouger. Amadeus aussi. Je ne dormais pas. Je ne pleurais pas non plus. Je ne bougeais pas, je ne faisais rien. Je sais ce que je pensais. Je pensais que je ne pensais rien.

Aminata m'a serré contre elle et elle a continué de parler :

— J'ai tout raté dans ma vie. Comme femme, comme chanteuse, comme mère, et tout ce que je trouve à faire par-dessus le marché, c'est de rendre mon fils malheureux.

Là, j'ai bondi et j'ai couru dans mon coin-couchette. J'ai serré ma couverture, fort, fort. J'avais froid.

Aminata est venue me voir. Elle avait vraiment l'air d'un chat mouillé.

— Tu sais, Loukoum, M'am n'est pas malheureuse. Elle est même très heureuse là où elle est.

— Quéque t'en sais? j'ai demandé.

— Oh! je l'ai vue.

Et là, j'ai voulu tout savoir. Si je lui manquais comme elle me manque. Où elle habitait. Comment elle s'habillait maintenant. Et bien d'autres choses encore.

— Oh ! Maintenant, elle met la fourrure que Monsieur Tichit lui offre. Des bijoux et des chapeaux tout en or, des habits en satin et en soie. Quant aux souliers, elle en a plus de cent !

Elle s'est arrêtée de parler et m'a regardé comme si elle me voyait pour la première fois. Elle a demandé :

— Pourquoi que tu me poses toutes ces questions, Loukoum ?

— Parce qu'une femme qui est pas mariée n'est rien du tout ! j'ai dit.

Inch Allah !

Ce jour-là, j'ai séché les cours. Je voulais revoir M'am. Elle habite place Pigalle. J'ai pris le métro à Couronnes et après c'est direct. Quand je suis descendu du métro, ça m'a rappelé le bon vieux temps, quand M'am était encore à la maison, les vacances au Pompidou et tout ça. Mais c'est du passé, je me suis dit. Et même que je m'étais lavé proprement des pieds à la tête et que j'avais mis mes habits du dimanche. Ma djellaba rouge avec mon anorak. Je ne voulais pas que M'am ait honte de moi maintenant qu'elle faisait dans le haut de gamme.

J'ai retrouvé tout de suite l'immeuble où M'am habite. J'ai grimpé les escaliers. J'allais frapper à la porte quand j'ai entendu du vacarme comme une table renversée et des voix qui se disputaient :

— ... Tu es vraiment ingrate ! Je t'ai tout donné et tout ce que tu trouves à me dire c'est que tu as des responsabilités, que tes enfants te manquent.

— Eh bien, tu l'as dit. Et maintenant tu te tais, M'am a répliqué.

— Je sais bien que tu as élevé ces enfants mais quand même. Il est temps que tu vives ta vie !

— Tu veux m'aider à les revoir, oui ou non ?

— Et de quoi ça aurait l'air, hein ? D'un kidnapping ? Tu ferais mieux d'aller t'habiller, ma chérie. On a des courses à faire.

— Pas avant que tu me promettes que tu iras chercher mes enfants.

— Je me demande ce que tu veux. Briser notre amour ? Je t'avertis : un amour comme le nôtre, tu ne peux pas trouver mieux dans le genre. On a tout pour être heureux. On s'entend bien, sans compter qu'au lit ça fonctionne pas mal.

— Ça ne me fait plus rien du tout, elle a répondu.

— Tu veux me faire croire que tu es redevenue vierge comme avant ?

— Peut-être bien. D'ailleurs, tout ce que tu veux de moi, c'est me baiser.

D'un coup, il y a eu un grand silence. Et puis j'ai entendu Monsieur Tichit qui demandait d'une voix toute gentille :

— Pourquoi tu es comme ça, hein ? Pourquoi veux-tu toujours en faire à ta tête ? Une femme, c'est fragile, c'est fait pour pleurer, mais pas pour s'imposer. Qu'est-ce qui peut bien se passer dans ta petite tête ?

— Ce qui se passe là-dedans vaut bien celui des autres.

Monsieur Tichit a éclaté de rire. Je sais que le moment était mal choisi pour frapper mais je l'ai fait quand même, alors.

— Loukoum ! Oh mon fils ! s'est écriée M'am en ouvrant la porte. Que t'es beau ! N'est-ce pas qu'il est beau, hein, Étienne ?

Monsieur Tichit m'a regardé, l'air pas commode.

Et moi, malgré ses beaux vêtements, je n'arrivais pas à l'aimer. M'am m'a serré dans ses bras et m'a embrassé sur les joues.

— Où sont tes sœurs ? elle a demandé.

— A l'école.

— Et ton papa ?

— On peut dire une chose pour papa, c'est qu'il a des démons en lui depuis que t'es partie.

— Il sait que t'es là ?

— Oh que non ! Il m'aurait pas laissé venir...

— Mmmm... j' vois. En fait, il ne plaisantait pas quand il m'a dit que je n'aurais plus de vos nouvelles...

Puis elle m'a fait asseoir. Elle a servi du thé à la menthe avec des petits gâteaux. Nos tasses étaient toutes les mêmes avec des dessins dessus. J'étais trop excité pour manger, mais à la fin je me suis aperçu que ma tasse était vide.

Et M'am et moi on a parlé. Elle m'a raconté sa vie depuis qu'elle a quitté la maison. Et moi aussi je lui ai dit tout. Comment les premiers jours, papa n'arrêtait pas de pleurer. Et comment, les premiers temps il n'arrivait pas à dormir. Il entendait des fantômes partout dans la maison et d'autres bêtes sur ses couvertures. La journée, c'était à peu près normal. Mais dès qu'il faisait nuit, son cœur commençait à battre comme un tam-tam, et comment les premiers temps j'étais obligé de dormir dans le même lit que lui pour que les fantômes ne lui sautent pas dessus.

— Et comment qu'il va maintenant ? elle a demandé.

— Mieux. Les Nègres de Belleville l'ont aidé à remonter la pente. Mais ça l'empêche pas d'être sur les nerfs et de nous taper dessus.

— Oh mes enfants. Mes pauvres chéris !

Elle a pleurniché doucement et elle a appuyé sa tête sur son fauteuil.

Je n'ai rien dit à personne de ma visite à M'am. J'ai tellement mal au cœur que je préfère ne plus la voir. Et surtout je ne veux plus croiser Monsieur Tichit qui est comme signalé à l'origine de tout ce malheur. Je prie tous les soirs pour que M'am revienne. Je suis un peu comme un tournesol, toujours tourné vers la même lumière, celle qui refuse la vérité apparente et se tourne vers le soleil, sur la route de l'espoir : M'am reviendra. Mon petit doigt me l'a dit.

A part ça, je suis tranquille. A l'école, j'essaye de travailler pour réussir mes examens. Pierre Pelletier m'aide. A Pierre Pelletier, son autre nom c'est Patience. Il me répète inlassablement les mêmes choses pour qu'elles se gravent dans ma tête.

Mais j'ai toujours des problèmes avec les compléments d'objet. Je n'arrive pas à comprendre ces trucs qui se placent avant ou après, comme si c'est pas malheureux, ça, de placer les choses n'importe comment !

Pierre Pelletier m'a dit : « Tu sais, Loukoum, le français, c'est comme les Français. Il suffit de leur interdire quelque chose pour qu'ils le fassent. C'est pareil pour la langue. Il n'y a pas de logique. »

Inch Allah !

Je suis revenue, l'Amie. J'ai quitté mon amour.

Longtemps, j'ai pensé qu'Abdou était mon port.

Un homme comme un port où le chagrin flotte et porte loin.

Un port fétide. Pestilentiel, qui fait sortir les lions des profondeurs.

La femme est née à genoux aux pieds de l'homme.

L'ignorance de mon époux m'accable.

Ses illusions le poursuivent et installent la nostalgie dans son crâne. J'aime mes enfants. Je suis revenue pour eux.

Mais l'homme n'a rien compris. Sa peau exilée de soleil s'est ratatinée. Aucune théorie ne s'y infiltre. Rabougri, orphelin du passé, il transforme ma vie en cauchemar. Il m'accuse : « Tu es la complice du diable, tu tues la vie par les origines ! » Il sourit et dit qu'il m'aime.

Il m'accable, question de faciès, de sexe et de liberté verrouillée.

Pourtant, je devais revenir pour mes enfants, les conduire au seuil du paradis tandis que s'éloigne mon amour.

Abdou, mon maître ? Il est mon soleil déchu. Chaque posture de lui le déshabille, je le vois devant moi, nu, l'esprit plein de jouissance, de conquête et de domination.

Je suis revenue, l'Amie.

Je reste muette devant ce simple portrait d'homme.

Dans une torpeur de chien
qui fixe un foyer invisible.

Combien j'ai envie de dire, le droit de redire, ce demi-siècle de source recluse !

Combien j'ai envie de crier l'amour perdu sur l'aile d'un oiseau, qui se meurt au soleil !

Je reste muette.

Amarrée dans ce port empuanti, ce havre rassurant mais plat.

Je ne lui dirai pas que dans les bras de mon amour, j'ai rencontré des champs irisés de lumière, où s'entrelacent des âmes pures.

J'y ai appris à lire le Blanc.

J'ai enivré mes jours si frêles
d'amour, de plaisir et de subtils parfums.

M'ammaryam

Et M'am est revenue ! Merci, Seigneur ! merci, soleil ! merci, bon Dieu ! de m'avoir donné tous ces gens que j'aime, M'am, papa, mes sœurs, Monsieur Guillaume, Monsieur Kaba, Mademoiselle Esther, Pierre Pelletier, Alexis, Lolita et chers vous tous...

Ça n'est pas arrivé d'un coup comme un miracle. Non ! Il s'est passé quelques semaines où y avait carence des soins parentaux. Papa a trouvé du travail chez Monsieur Fielman. Mais toute la famille s'interrogeait sur la manière de dire : Je t'aime. La vie a fonctionné au ralenti, hibernante, c'est l'hiver, il faut comprendre.

Je revenais de l'école avec mon copain Alexis.

Nous sommes passés devant l'église Notre-Dame-de-la-Croix et je me suis signé. C'est vrai que je ne suis pas chrétien, mais Dieu est de partout, il est dans le ruisseau qui coule, dans le vent qui bruisse, dans l'arbre qui geint. Je l'ai lu quelque part. Nous avons bifurqué rue de Ménilmontant, ensuite boulevard de Belleville. Il y avait de l'animation boulevard de Belleville. Des Arabes, des Nègres et des Blancs immigrés échangeaient des marchandises et c'était comme le bonheur qu'ils se donnaient. Si j'étais Dieu, je ferais un monde où les gouvernements négocieraient la paix. On abattrait sans jugement des divisions entières. Les Arabes ne se transformeraient plus réciproquement en choux de Bruxelles. Les Blancs auraient des visages quadrillés par des violettes. Les Nègres auraient des étoiles sur les joues et la graisse de sédentarité plein la panse. Il y aurait des grands sentiments et pour trouver des bonnes odeurs, il suffirait de plonger son nez dans ses chiottes.

Comme c'est nécessaire, un marchand de rêves! La clé du vrai, c'est pratiquement toujours douloureux.

Nous arrivons rue J.-P.-Timbaud. Il y a du grabuge. Un car de flics est stationné. Des dizaines de flics armurés. Leurs chaussures à boucles luisent comme des lames. La mort danse dans leurs yeux. Et qui vivra verra. Mêmes regards. Mêmes fronts durs. Émotion échec et mat. Il fait un froid coupant net. La nature dépassée par l'homme. Mais rien ne semble perturber les policiers. Défi de l'homme ou simple érection des nerfs. Qui vivra verra.

Des hommes sont allongés par terre, mains sur la nuque. Garde à vous! Pas de crampe! On fouille. On interroge! Ahmed, boucle-la! Chapelets d'hématomes. Sévices toutes catégories. Logique musculaire.

Je reconnais un des hommes couchés. Celui que ce kické de Sidibé avait appelé Eddie, ce jour de sainte horreur où il avait voulu me faire partager son paradis artificiel. Monsieur Eddie-dealer.

L'enquête à la noix de l'inspecteur Harry avait porté ses fruits. Normal, avec tous les zéros que le gouvernement français allonge à ses flics, il faut bien qu'ils démontrent qu'ils ne sont pas complètement nuls !

Je traverse toute cette moulinade comme une rose. Je grimpe vite fait les cinq étages sans ascenseur qui conduisent à notre maison. Et c'est là qu'une surprise m'attend.

Toute la tribu nègre est là. Monsieur Kaba, Monsieur Guillaume, mon oncle Kouam, Mesdemoiselles Esther et Tatiana, Maman Aminata, la grand-mère Balbine qui n'est la grand-mère de personne, mais qu'on appelle grand-mère parce qu'elle est la plus délabrée de France. Et M'am. Et bien d'autres que je ne peux pas tous vous citer sans compter jusqu'à mille.

Et surtout M'am. M'am. Ma maman. Les yeux rêveusement inquiets. Silencieuse, encavernée dans sa culpabilité.

Je meurs d'envie de lui sauter dans les bras, mais je m'abstiens, vu que, chez nous, ça ne se fait pas quand il y a une cérémonie familiale.

Je sautille par-dessus les jambes. Je cours dans mon coin-couchette, je range mes affaires et je prends Amadeus dans mes bras.

— Tu es sage, hein, mon p'tit ! j' lui fais.

Il gémit puis il me regarde avec des yeux comme s'il voulait me draguer.

Nous nous planquons dans un coin et grand-mère Balbine dit :

— Nous ne sommes pas là pour vous juger, mes enfants. Nous sommes ici pour recoller les deux moitiés d'une orange.

— Ouais, font les Nègres.

— « Autrefois, continue grand-mère Balbine, la femme était étoile. Elle scintillait nuit et jour dans le ciel. Un jour, par un phénomène que les astres piétinés refusent d'expliquer, l'homme fut propulsé sur terre. Il portait la souffrance dans le corps, il gémissait nuit et jour et l'étoile souffrait de le voir souffrir. Ne pouvant plus supporter ces plaintes qui lacéraient ses chairs, elle voulut lui offrir son aide. Elle apporta avec elle des containers entiers de lumière et, nuit et jour, elle le veilla. Elle lui donna la lumière et l'amour en abondance et il se retrouva très vite sur pied. Considérant que sa mission était terminée et qu'il était temps de regagner sa place auprès des astres, elle fit ses bagages et voulut s'en aller. C'est alors qu'elle s'aperçut de la traîtrise de l'homme. Pour l'obliger à rester, il avait dérobé les containers de lumière et encerclé sa maison de fils barbelés. L'étoile ne pouvait plus partir. Elle était prisonnière. Elle supplia, elle pleura, l'homme ne voulait rien entendre. Il disait : “J'ai besoin de toi pour monter, je ne peux souffrir ton absence.” Elle hurlait sa douleur. Il s'accrochait à ses mots. Elle pleura pendant sept jours et sept nuits et ses larmes formèrent la mer, les marigots, les lacs et les rivières. » C'est une légende, mes enfants. Mais elle doit être notre lampe et nous montrer le chemin.

— Ouais ! crient les Nègres.

Grand-mère Balbine casse le cou vers M'am.

— Ma fille, tu es la lumière dans cette maison. Tu es la vie. Quelles que soient les souffrances que te fait endurer ton mari, tu ne dois pas t'abaisser à l'imiter. Tu dois rester digne. N'oublie jamais : Tu es l'esprit supérieur qui guide l'homme.

Puis elle se tourne vers mon papa.

— Abdou, mon enfant. Quand ton fils fait des bêtises, tu lui mets une bonne fessée, et quand il a mal, qu'il pleure, c'est encore toi qui le prends sur tes genoux pour le consoler, n'est-ce pas, mon fils ?

— Oui, Maman.

— Ta femme est comme ton fils. Elle a fait une bêtise et tu l'as frappée, maintenant elle pleure. Je ne te dis pas quels sont aujourd'hui tes devoirs envers elle. Seul ton cœur doit te dicter ta conduite.

Quelques secondes de silence. Longues comme l'éternité. Je sens mes palpitations à cent vingt. Les mots des fois, ça remplit un vide.

Papa et M'am se regardent. Ils se cherchent. Ils s'apprivoisent. Je sens leurs mains se palper à distance, leurs lèvres se toucher. Je continue à me tourner du côté tournesol. Rien n'est fait. Rien n'est gagné. M'am peut toujours repartir.

Enfin papa fait le premier pas. M'am fait le deuxième. Je ne sais pas qui est tombé le premier dans les bras de qui, mais ils sont dans les bras l'un de l'autre.

— Oh, Abdou !

— Oh, M'ammaryam.

— Appelle-moi Maryam.

— Oui, Maryam.

Comme un seul homme, les Nègres se lèvent. Ils applaudissent pour la bouillotte de paix. Les femmes crient : « Youyouyou ! »

Aminata chante une chanson. Puis elle dit :

— Je dédie cette chanson aux nouveaux mariés. Non, leurs cœurs n'ont pas pris de rides. Je suis envahi d'un bonheur trop vif pour avoir la ressource de crier.

Puis grand-mère Balbine prend une bassine. Elle lave les pieds, les mains et les figures de mes parents en récitant des incantations pour chasser les mauvais esprits.

Toute la nuit, on va boire du vin de palme et manger du maffé, du riz, du poulet grillé. Et puis on va danser aussi pour fêter l'événement.

Heureusement que chez les Nègres, on a toujours penché du côté cœur. Seul l'esprit de tribu compte.

Inch Allah !

Très très chère Lolita,

Ma maman est partie, puis elle est revenue. Et les étoiles brillent de nouveau dans le ciel. J'ai cuisiné une tarte en l'honneur de mes parents. Que seraient nos vies sans les femmes, les enfants et les arbres ? Ils sont nos balises. Je te le dis texto, vu que l'intellectuel Ndongala me l'a dit. C'est vrai, mon papa reprend du poil de la bête et M'am frissonne devant lui comme une Scarlett, et tout est limpide autour d'eux comme une illusion. Ils sont heureux, ces Nègres de Belleville, avec cet amour qui les ensanglante comme un coucher de soleil.

J'ai envie que tu m'apportes ta beauté sereine de lac et te voir sourire comme un ange.

Ce soir, après manger, mon papa a dit :

— Il faut que je sorte, j'ai quéque chose d'urgent à faire.

— Ah oui ? a fait M'am.

Elle a ramassé les assiettes sales et les a empilées les unes sur les autres.

— Marguerite est en ville, M'am a ajouté.

Ce n'était pas une question. Marguerite est cette reine que papa a rencontrée pendant les vacances au Pompidou et qui veut faire de la chanson, du cinéma et être top-model ou quelque chose comme ça que j'ai pas très bien compris.

Papa a baissé la tête, il a croqué sa noix de cola, il l'a mâchée, il l'a envoyée valser contre le mur *floc-flac !* Puis il a dit :

— Pau've petite ! Il faut vraiment qu'on l'aide.

— Bien sûr, elle a fait. Quand est-ce que tu la vois ?

Elle a tenu les assiettes dans ses mains quelques secondes, ensuite elle a tout lâché et ça s'est écrasé sur le sol avec un bruit de catastrophe.

Je ne m'inquiète pas, la bonne humeur proverbiale des Nègres est là et tout finit toujours par s'arranger.

J'espère te voir bientôt, mon amour. Je t'amènerai en Afrique. Finalement pour la maison, j'ai encore reréfléchi. Vaut mieux vivre dans un arbre.

Ton Loukoum qui t'aime et t'adore
de tout son cœur.

Grands romans

La littérature conjuguée au pluriel, pour votre plaisir. Des œuvres de grands romanciers français et étrangers, des histoires passionnantes, dramatiques, drôles ou émouvantes, pour tous les goûts...

ADLER Philippe

Bonjour la galère !
1868/1

Les amies de ma femme
2439/3

Mais qu'est-ce qu'elles veulent ces bonnes femmes ? Quand il rentre chez lui, Albert aimerait que Victoire s'occupe de lui mais rien à faire : les copines d'abord. Jusqu'au jour où Victoire se fait la malle et où ce sont ses copines qui consolent Albert.

ANDREWS™ Virginia C.

Fleurs captives

Dans un immense et ténébreux grenier, quatre enfants vivent séquestrés. Pour oublier leur détresse, ils font de leur prison le royaume de leurs jeux, le refuge de leur tendresse, à l'abri du monde. Mais le temps passe et le grenier devient un enfer. Et le seul désir de ces enfants devenus adolescents est désormais de s'évader... à n'importe quel prix.

- Fleurs captives
1165/4
- Pétales au vent
1237/4
- Bouquet d'épines
1350/4
- Les racines du passé
1818/5
- Le jardin des ombres
2526/4

La saga de Heaven

- Les enfants des collines
2727/5

C'est l'envers de l'Amérique : la misère à deux pas de l'opulence. Dans la cabane sordide où elle vit avec ses quatre frères et sœurs, Heaven se demande comment ses parents ont eu l'idée de lui donner ce prénom : «Paradis». Un jour, elle apprendra le secret de sa naissance.

- L'ange de la nuit
2870/5
- Cœurs maudits
2971/5
- Un visage du paradis
3119/5
- Le labyrinthe des songes
3234/6

Ma douce Audrina
1578/4

Etrange existence que celle d'Audrina ! Sur cette petite fille de sept ans, pèse l'ombre d'une autre : sa sœur aînée, morte il y a bien longtemps dans des circonstances tragiques et qu'elle est chargée de faire revivre.

Aurore

Un terrible secret pèse sur la naissance d'Aurore. Brutalement séparée des siens, humiliée, trompée, elle devra payer pour les péchés que d'autres ont commis. Car sur elle et sur sa fille Christie, plane la malédiction des Cutler...

- Aurore
3464/5
- Les secrets de l'aube
3580/6
- L'enfant du crépuscule
3723/6
- Les démons de la nuit
3772/6
- Avant l'aurore
3899/5

ARCHER Jeffrey

Le souffle du temps
4058/9

ASHWORTH Sherry

Calories story
3964/5 Inédit

ATTANÉ Chantal

Le propre du bouc
3337/2

AVRIL Nicole

Monsieur de Lyon
1049/2

La disgrâce
1344/3

Isabelle est heureuse, jusqu'au jour où elle découvre qu'elle est laide. A cette disgrâce qui la frappe, elle survivra, lucide, dure, hostile, adulte soudain.

Jeanne
1879/3

Don Juan aujourd'hui pourrait-il être une femme ? La belle Jeanne a appris, d'homme en homme, à jouir d'une existence qu'elle sait toujours menacée.

L'été de la Saint-Valentin
2038/1

La première alliance
2168/3

Sur la peau du Diable
2707/4

Dans les jardins de mon père
3000/2

Il y a longtemps que je t'aime
3506/3

L'amour impossible entre Antoine, 14 ans, et Pauline, sa belle-mère.

BACH Richard

Jonathan Livingston le goéland
1562/1 Illustré

Illusions/Le Messie récalcitrant
2111/1

Un pont sur l'infini
2270/4

Grands romans

BELLETTO René
Le revenant
2841/5
Sur la terre comme au ciel
2943/5
La machine
3080/6
L'Enfer
3150/5

BERBEROVA Nina
Le laquais et la putain
2850/1
Astachev à Paris
2941/2
La résurrection de Mozart
3064/1
C'est moi qui souligne
3190/8
L'accompagnatrice
3362/4
De cape et de larmes
3426/1
Roquenval
3679/1
A la mémoire de Schliemann
3898/1

BERGER Thomas
Little Big Man
3281/8

BEYALA Calixthe
C'est le soleil qui m'a brûlée
2512/2
Le petit prince de Belleville
3552/3
Maman a un amant
3981/3
Loukoum, douze ans, est un Africain de Belleville, gouailleur et tendre comme tous les gamins de Paris. Mais voilà que sa mère décide soudain de s'émanciper. Non contente de vouloir apprendre à lire et à écrire, elle prend un amant, un Blanc par-dessus le marché ! Décidément, la liberté des femmes, c'est rien de bon...

BLAKE Michael
Danse avec les loups
2958/4

BORY Jean-Louis
Mon village à l'heure allemande
81/4

BOUDARD Alphonse
Saint Frédo
3962/3

BRAVO Christine
Avenida B.
3044/3

TERROIR

Romans et histoires vraies d'une France paysanne qui nous redonne le goût de nos racines.

BRIAND Charles
De mère inconnue
3591/5
Le destin d'Olga, placée comme domestique chez des paysans angevins et enceinte à 14 ans.

CLANCIER G.-E.
Le pain noir
651/3

GEORGY Guy
La folle avoine
3391/4
Orphelin, Guy-Noël vit chez sa grand-mère, une vieille dame qui connaît tout le folklore et les légendes du pays sarladais.

JEURY Michel
Le vrai goût de la vie
2946/4
Une odeur d'herbe folle
3103/5
Le soir du vent fou
3394/5
Un soir de 1934, alors que souffle le vent fou, un feu de broussailles se propage rapidement et détruit la maison du maire...

LAUSSAC Colette
Le sorcier des truffes
3606/1

MASSE Ludovic
Les Grégoire
Histoire nostalgique et tendre d'une famille, entre Conflent et Vallespir, en Catalogne française, au début du siècle.
- Le livret de famille
3653/5
- Fumées de village
3787/5
- La fleur de la jeunesse
3879/5

PONÇON Jean-Claude
Revenir à Malassise
3806/3

SOUMY Jean-Guy
Les moissons délaissées
3720/6
Mars 1860. Un jeune Limousin quitte son village natal pour aller travailler à Paris, dans les immenses chantiers ouverts par Haussmann. Chaque année, la pauvreté contraint les gens de la Creuse à délaisser les moissons... Histoire d'une famille et d'une région au siècle dernier.

VIGNER Alain
L'arcandier
3625/4

VIOLLIER Yves
Par un si long détour
3739/4

Grands romans

BROUILLET Chrystine
Marie LaFlamme
- Marie LaFlamme
3838/6
En 1662, à Nantes, la mère de Marie est condamnée au bûcher. Pour sauver sa fille, elle lui fait épouser un riche et cruel armateur, Geoffroy de St Arnaud. Mais Marie aime Simon et pour conquérir sa liberté, elle est prête à tout. Même à s'embarquer pour la Nouvelle-France, qui va devenir le Canada...
- Nouvelle-France
3839/6
- La renarde
3840/6

BYRNE Beverly
Gitana
3938/8

CAILHOL Alain
Immaculada
3766/4 Inédit
Histoire d'un écrivain paumé, en proie au mal de vivre. Un humour désespéré teinte ce premier roman d'un auteur bordelais de vingt ans, qui s'inscrit dans la lignée de Djian.

CALFAN Nicole
La femme en clef de sol
3991/2

CAMPBELL Naomi
Swan
3827/6

CATO Nancy
Lady F.
2603/4
Tous nos jours sont des adieux
3154/8
Sucre brun
3749/6
Marigold
3837/2

CHAMSON André
La Superbe
3269/7
La tour de Constance
3342/7

CHEDID Andrée
La maison sans racines
2065/2
Le sixième jour
2529/3
Le choléra frappe Le Caire. Ignorante et superstitieuse, la population préfère cacher les malades car, lorsqu'une ambulance vient les chercher, ils ne reviennent plus. L'instituteur l'a dit : «Le sixième jour, si le choléra ne t'a pas tué, tu es guéri.»
Le sommeil délivré
2636/3
L'autre
2730/3
Les marches de sable
2886/3
L'enfant multiple
2970/3
Le survivant
3171/2
La cité fertile
3319/1
La femme en rouge
3769/1

CLANCIER Georges-Emmanuel
Le pain noir
651/3
Le pain noir, c'est celui des pauvres, si dur, que même les chiens n'en veulent pas. Placée à huit ans comme domestique chez des patrons avares, Cathie n'en connaîtra pas d'autre. Récit d'une enfance en pays Limousin, au siècle dernier.

CLERC Christine
Jacques, Edouard, Charles, Philippe et les autres
3828/5

CLÉMENT Catherine
Pour l'amour de l'Inde
3896/8
Le roman vrai des amours de Nehru et de Lady Edwina Mountbatten, l'une des plus grandes dames de l'aristocratie anglaise,femme du dernier des vice-rois des Indes britanniques.

COCTEAU Jean
Orphée
2172/1

COLETTE
Le blé en herbe
2/1

COLOMBANI Marie-Françoise
Donne-moi la main, on traverse
2881/3
Derniers désirs
3460/2

COLLARD Cyril
Cinéaste, musicien, il a adapté à l'écran et interprété lui-même son second roman Les nuits fauves.
Le film 4 fois primé, a été élu meilleur film de l'année aux Césars 1993. Quelques jours plus tôt Cyril Collard mourait du sida.
Les nuits fauves
2993/3
Condamné amour
3501/4
Cyril Collard : la passion
3590/4 (par J.-P. Guerand & M. Moriconi)
L'ange sauvage (Carnets)
3791/3

CONROY Pat
Le Prince des marées
2641/5 & 2642/5
Le Grand Santini
3155/8

CORMAN Avery
Kramer contre Kramer
1044/3

Grands romans

DEMILLE NELSON
Le voisin
3722/9

DENUZIERE MAURICE
A l'aube du XIXe siècle, le pays de Vaud apparaît comme une oasis de paix, au milieu d'une Europe secouée de furieux soubresauts. C'est cette joie de vivre oubliée que découvre Blaise de Fontsalte, soldat de l'Empire, déjà las de l'épopée napoléonienne. De ses amours clandestines avec Charlotte, la femme de son hôte, va naître une petite fille... La nouvelle saga de Maurice Denuzière.

Helvétie
3534/9
La Trahison
des apparences
3674/1
Rive-Reine
4033/6 & 4034/6

DHÔTEL ANDRÉ
Le pays où l'on n'arrive jamais
61/2

DICKEY JAMES
Délivrance
531/3

DIWO JEAN
Au temps où la Joconde parlait
3443/7
1469. Les Médicis règnent sur Florence et Léonard de Vinci entame sa carrière, aux côtés de Machiavel, de Michel-Ange, de Botticelli, de Raphaël... Une pléiade de génies vont inventer la Renaissance.

DJIAN PHILIPPE
Né en 1949, sa pudeur, son regard à la fois tendre et acerbe, et son style inimitable, ont fait de lui l'écrivain le plus lu de sa génération.

37°2 le matin
1951/4
Se fixer des buts dans la vie, c'est s'entortiller dans des chaînes... Oui, mais il y a Betty et pour elle, il irait décrocher la lune. C'est là qu'ils commencent à souffrir. Car elle court derrière quelque chose qui n'existe pas. Et lui court derrière elle. Derrière un amour fou...

Bleu comme l'enfer
1971/4
Zone érogène
2062/4
Maudit manège
2167/5
50 contre 1
2363/2
Echine
2658/5
Crocodiles
2785/2
Cinq histoires qui racontent le blues des amours déçues ou ignorées. Mais c'est parce que l'amour dont ils rêvent se refuse à eux que les personnages de Djian se cuirassent d'indifférence ou de certitudes. Au fond d'eux-mêmes, ils sont comme les crocodiles : «des animaux sensibles sous leur peau dure.»

DOBYNS STEPHEN
Les deux morts de la Señora Puccini
3752/5 Inédit

DORIN FRANÇOISE
*Elle poursuit avec un égal bonheur une double carrière. Ses pièces (*La facture, L'intoxe...*) dépassent le millier de représentations et ses romans sont autant de best-sellers.*

Les lits à une place
1369/4
Les miroirs truqués
1519/4
Les jupes-culottes
1893/4
Les corbeaux et les renardes
2748/5
Baron huppé mais facile à duper, Jean-François de Brissandre trouve astucieux de prendre la place de son chauffeur pour séduire sa dulcinée. Renarde avisée, Nadège lui tient le même langage. Et voilà notre corbeau pris au piège, lui qui croyait abuser une ingénue.

Nini Patte-en-l'air
3105/6
Au nom du père
et de la fille
3551/5
Un beau matin, Georges Vals aperçoit l'affiche d'un film érotique, sur laquelle s'étale le corps superbe et intégralement nu de sa fille. De quoi chambouler un honorable conseiller fiscal de soixante-trois ans ! Mais son entourage est loin de partager son indignation. Que ne ferait-on pas, à notre époque, pour être médiatisé ?

Pique et cœur
3835/1

Grands romans

DUBOIS Jean-Paul
Les poissons me regardent
3340/3
Une année sous silence
3635/3
Vous aurez
de mes nouvelles
3858/2

DUNKEL Elizabeth
Toutes les femmes
aiment un poète russe
3463/7

DUROY Lionel
Priez pour nous
3138/4

EDMONDS Lucinda
En coulisse
3676/6

ELLISON James
Calendar girl
3804/3

FERBER Edna
Show-Boat
4016/5

Au début du siècle, tous les grands fleuves américains sont sillonnés de bateaux affrétés par des troupes théâtrales. Ces comédiens ambulants abordent pour quelques représentations et repartent un peu plus loin. La vie et les amours de Magnolia, une enfant de la balle, dans le Sud pittoresque d'autrefois.

FIELD Michel
L'homme aux pâtes
3825/4

FIELDING Joy
Dis au revoir à maman
1276/4

Lors de son divorce, Donna s'est battue pour avoir la garde de ses enfants. Mais lors d'un week-end, Victor, son ex-mari, disparaît avec Adam et Sharon. Que peut Donna contre ce rapt qui ne tombe sous le coup d'aucune loi ? Pour retrouver ses enfants, elle va se battre, espérant et désespérant tour à tour...

La femme piégée
1750/4

FOSSET Jean-Paul
Saba
3270/3

FOUCHET Lorraine
Jeanne sans domicile fixe
2932/4

FREEDMAN J.-F.
Par vent debout
3658/9

FRISON-ROCHE

Né à Paris en 1906, l'alpinisme et le journalisme le conduisent à une carrière d'écrivain. Aujourd'hui il partage son temps entre de grands reportages, les montagnes du Hoggar et Chamonix.

La peau de bison
715/3
La vallée sans hommes
775/3
Carnets sahariens
866/2
Premier de cordée
936/3

Le mont Blanc, ses aiguilles acérées, ses failles abruptes, son pur silence a toujours été la passion de Jean Servettaz. C'est aussi pour cela qu'il a décidé d'en écarter son fils. Mais lorsque la montagne vous tient, rien ne peut contrarier cette vocation.

La grande crevasse
951/3
Retour à la montagne
960/3
La piste oubliée
1054/3
La Montagne
aux Écritures
1064/2
Le rendez-vous
d'Essendilène
1078/3
Le rapt
1181/4
Djebel Amour
1225/4

En 1870, une jolie couturière épouse un prince de l'Islam. A la suite de Si Ahmed Tidjani, elle découvre, éblouie, la splendeur du Sahara. Décidée à conquérir son peuple, elle apprend l'arabe, porte le saroual et prend le nom de Lalla Yamina.

La dernière migration
1243/4
Les montagnards de la
nuit
1442/4

Frison-Roche, qui a lui-même appartenu aux maquis savoyards, nous raconte le quotidien de ces combattants de l'ombre.

L'esclave de Dieu
2236/6
Le versant du soleil
3480/9

GEDGE Pauline
La dame du Nil
2590/6

L'histoire d'Hatchepsout, reine d'Egypte à 15 ans. Les splendeurs de la civilisation pharaonique et un destin hors série.

Grands romans

GEORGY Guy

La folle avoine
3391/4
Le petit soldat de l'Empire
3696/4
L'oiseau sorcier
3805/4

GOLDSMITH Olivia

La revanche des premières épouses
3502/7

GOLON Anne et Serge

Angélique
Marquise des Anges
2488/7

Lorsque son père, ruiné, la marie contre son gré à un riche seigneur, Angélique se révolte. Défiguré et boîteux, le comte de Peyrac jouit en outre d'une réputation de sorcier. Derrière cet aspect repoussant, Angélique va pourtant découvrir que son mari est un être fascinant...

Le chemin de Versailles
2489/7
Angélique et le Roy
2490/7
Indomptable Angélique
2491/7
Angélique se révolte
2492/7
Angélique et son amour
2493/7
Angélique et le Nouveau Monde
2494/7
La tentation d'Angélique
2495/7
Angélique et la Démone
2496/7
Angélique et le complot des ombres
2497/5
Angélique à Québec
2498/5 & 2499/5
La route de l'espoir
2500/7
La victoire d'Angélique
2501/7

GROULT Flora

Après des études à l'Ecole des arts décoratifs, elle devient journaliste et romancière. Elle écrit d'abord avec sa sœur Benoite, puis seule.

Maxime ou la déchirure
518/1
Un seul ennui, les jours raccourcissent
897/2

A 40 ans, Lison épouse Claude, diplomate à Helsinki. Elle va découvrir la Finlande et les enfants de son mari. Une erreur ?

Ni tout à fait la même, ni tout à fait une autre
1174/3
Une vie n'est pas assez
1450/3
Mémoires de moi
1567/2
Le passé infini
1801/2
Le temps s'en va, madame...
2311/2
Belle ombre
2898/4
Le coup de la reine d'Espagne
3569/1
L'amour de...
3934/1

HEBRARD Frédérique

Auteur de nombreux livres portés avec succès à l'écran ; son œuvre reçoit la consécration avec Le Harem, *Grand Prix du Roman de l'Académie française 1987.*

Un mari, c'est un mari
823/2
La vie reprendra au printemps
1131/3
La chambre de Goethe
1398/3
Un visage
1505/2
La Citoyenne
2003/3
Le mois de septembre
2395/1
Le Harem
2456/3
La petite fille modèle
2602/3
La demoiselle d'Avignon
avec Louis Velle
2620/4
Le mari de l'Ambassadeur
3099/5

Sixtine est ambassadeur. Pierre-Baptiste est chercheur à l'Institut Pasteur. Opposés, l'aventure les réunit pourtant, au beau milieu d'une révolution en Amérique centrale, et va les entraîner jusqu'au Kazakhstan, en passant par Beyrouth et le Vatican !

Félix, fils de Pauline
3531/2
Le Château des Oliviers
3677/7

Entre Rhône et Ventoux, au milieu des vignes, se dresse le Château d'Estelle, son paradis. Lorsqu'elle décide de le ramener à la vie, elle ne sait pas encore que son domaine est condamné. Aidée par l'amour des siens et surtout celui d'un homme, Estelle se battra jusqu'au bout pour préserver son univers.

Grands romans

HOFFMAN ALICE
L'enfant du hasard
3465/4
La maison de Nora Silk
3611/5

HUBERT JEAN-LOUP
Le grand chemin
3425/3

HUMPHREYS JOSEPHINE
L'amour en trop
3788/5

JAGGER BRENDA
Les chemins de Maison Haute
2818/9
A 17 ans, Virginia hérite de la fortune des Barthforth. Mais dans cette Angleterre victorienne, une femme peut-elle choisir son destin ? Contrainte d'épouser un homme qu'elle n'aime pas, Virginia se révolte.
La chambre bleue
2838/8

JEAN RAYMOND
La lectrice
2510/1

JEKEL PAMELA
Bayou
3554/9
En 1786, les Doucet s'installent au bayou Lafourche, en Lousiane. Quatre femmes exceptionnelles vont traverser, en un siècle et demi, l'histoire de cette famille.
Columbia
3897/8
Du XVIIIe siècle à nos jours, l'épopée des pionniers indiens et européens de l'Oregon. Cinq générations de femmes et d'hommes héroïques et attachants, dont les bonheurs et les drames vont marquer l'histoire de cette immense contrée du nord-ouest des Etats-Unis.

JULIET CHARLES
L'année de l'éveil
2866/3

KANE CAROL
Une diva
3697/6

KAYE M.M.
Pavillons lointains
1307/4 &1308/4
Dans l'Inde coloniale, un officier britannique reçoit l'ordre d'accompagner dans le Rajputana le cortège nuptial des sœurs du maharadjah de Karidkote. Il est loin de s'imaginer que cette mission va décider de toute sa vie.

KONSALIK HEINZ G.
Amours sur le Don
497/5
La passion du Dr Bergh
578/4
Dr Erika Werner
610/3
Aimer sous les palmes
686/3
L'or du Zephyrus
817/2
Les damnés de la taïga
939/4
Une nuit de magie noire
1130/2
Le médecin de la tsarine
1185/2
L'héritière
1653
Bataillons de femmes
1907/6
Clinique privée
2215/3
Conjuration amoureuse
2399/1
La saison des dames
2999/4 Inédit
La vallée sans soleil
3254/5 Inédit
La baie des perles noires
3413/5 Inédit
Un beau jour, Rudolph abandonne tout pour aller s'installer au bout du monde, sur un atoll du Pacifique Sud, en compagnie de la belle Tana'Olu.

KOSINSKI JERZY
L'oiseau bariolé
270/3
Au début de la guerre, un jeune garçon trouve refuge à la campagne. Mais dans ces pays d'Europe de l'Est où tous sont blonds aux yeux bleus, on persécute l'enfant aux cheveux noirs. Bohémien ou juif, il ne peut que porter malheur. Lui, du haut de ses dix ans, essaie de comprendre et de survivre.

LACAMP YSABELLE
Coréenne par sa mère, cévenole par son père, elle revendique sa double appartenance. Egalement comédienne et chanteuse, elle conjugue tous les talents.
La Fille du Ciel
2863/5
Dans la Chine décadente et raffinée du Xe siècle la trop belle Shu-Meï, fragile mais rebelle, a décidé de prendre en main son destin.
L'éléphant bleu
3209/5
Une jeune fille bien comme il faut
3513/3
L'histoire d'une jeune fille en apparence comblée par la vie, qui tombe amoureuse du meilleur ami de son père. Alors rien ne va plus. Sarah se ronge de culpabilité et devient anorexique. Peut-être parce qu'elle n'a pas d'autres moyens de se révolter ou de s'affirmer.

LAHAIE BRIGITTE
Les sens de la vie
3916/3
Fille de petits restaurateurs de la Beauce, Laure est devenue, par son mariage, une grande bourgeoise. Rejetée par sa belle-famille, elle va tenter de s'imposer, après la mort accidentelle de Luc, en usant de sa fortune et de sa beauté. Mais peu à peu, elle bascule dans la débauche... Un roman initiatique, porté par la rage de vivre, de comprendre et de se trouver.

Grands romans

LEFEVRE Françoise
La première habitude
697/2
Le petit prince cannibale
3083/3
Sylvestre, c'est un peu le Petit Prince. Il habite une autre planète, s'isole dans son monde, écoute le silence, officiellement catalogué comme autiste. Il dévore littéralement sa mère. Et elle, tout en essayant de le sortir de cette prison, tente de poursuivre son œuvre d'écrivain. Un livre tragique et superbe.

McCULLOUGH Colleen
Les oiseaux se cachent pour mourir
1021/4 & 1022/4
Lorsque les Cleary s'installent en Australie, sur un immense domaine où paissent des troupeaux innombrables, la petite Meggie sait déjà qu'un seul homme comptera pour elle. Beau comme un prince, intelligent et doux, Ralph est prêtre et donc rien n'est vraiment possible entre eux. Mais l'amour ne transgresse-t-il pas tous les interdits ?
Tim
1141/3
Un autre nom pour l'amour
1534/4
La passion du Dr Christian
2250/6
Les dames de Missalonghi
2558/3
L'amour et le pouvoir
3276/7 & 3277/7
L'amour et le pouvoir : deux passions qui mènent le monde, dans la Rome antique comme aujourd'hui. Des bords du Tibre aux confins barbares d'Afrique ou d'Arménie, une fresque haute en couleurs , où les hommes de pouvoir s'affrontent, en proie à une folie meurtrière.
La couronne d'herbe
3583/6 & 3584/6

McMILLAN Terry
Vénus dans la Vierge
4037/8

McMURTRY Larry
Texasville
3321/8

MAHÉ Patrick
Memphis blues
4013/4)

MALLET-JORIS Françoise
Née à Anvers, fille d'un homme d'Etat belge et de l'écrivain Suzanne Lilar, elle fait partie de l'académie Goncourt.
Adriana Sposa
3062/5
Divine
3365/4
Jeanne est grosse et heureuse. Mais par défi, elle entame un régime. Et son corps mince devient quelque chose d'étranger.Un roman truculent, plein d'humanité et d'intelligence.
Les larmes
3914/6
Sous la Régence, Antoinette éveille la passion de deux hommes : Samson, le bourreau de Paris et le duc d'Orléans. Un roman alerte, sur fond d'Histoire.

MARIE-POSA
Eclipse
3189/3

MARKANDAYA Kamala
Le riz et la mousson
117/2

MARKHAM Beryl
Vers l'ouest avec la nuit
3753/5

MICHAEL Judith
Une autre femme
3012/8
Une femme en colère
3300/6 & 3301/6
Farouche
3721/10
Avocate, Anne a été dans son enfance victime d'un viol d'autant plus traumatisant que personne n'a voulu la croire. Lorsque le destin replace son persécuteur, devenu sénateur, sur son chemin, elle va pouvoir enfin se venger.

MICHAELS Fern
L'autre rive de l'amour
3768/7

MILES Rosalind
Les promesses du péché
3485/7

MILLER Sue
Portraits de famille
3656/7

MONTGOMERY L.M.
Les vacances de Jane
4067/4

MONNIER Thyde
Les Desmichels
- Grand-Cap
206/2
- Le pain des pauvres
210/4
- Nans le berger
218/4
Deux bébés naissent à deux mois d'intervalle sur le domaine de Guirande. Firmin, le fils de Laurent Michel en est l'héritier. Nans, l'enfant de la servante, gardera les moutons. Pourtant, le premier conçu, l'enfant de l'amour, c'est lui.
- La demoiselle
222/4
- Travaux
231/4
- Le figuier stérile
237/4

3981

Composition Euronumérique
Achevé d'imprimer en Europe (France)
par Brodard et Taupin à La Flèche (Sarthe)
le 18 juillet 1995. 1119M-5
Dépôt légal juillet 1995. ISBN 2-277-23981-X
Éditions J'ai lu
27, rue Cassette, 75006 Paris
Diffusion France et étranger : Flammarion